KB193955

연애 교과서 2

도서
출판 선영사
www.sunyoung.co.kr

프롤로그(Prologue)

"연애를 성공하기 위해서는 사랑하는 마음만으로는 부족하다."

돈이 없어서 연애를 실패했습니다.

못생긴 외모라서 연애를 실패했습니다.

그러나 사랑했습니다. 진심으로 사랑했습니다.

사랑하는 마음만으로는 연애를 성공할 수 없는 것일까요? 정말 그런 것일까요?

나는 "그렇다!"라고 냉정하게 대답하고 싶다.

왜냐 하면 사랑을 하기 위해선 이유가 필요하며, 사랑을 평가하는 주체는 우리 자신이 아닌 상대방이기 때문이다.

이제는 연애도 전략이다.

연애도 올바른 정보를 통한 학습이 필요하며, 전략적으로 사랑을 쟁취할 시대가 다가온 것이다. 더 이상 이유 없는 사랑만이 진정한 의미의 사랑이란 말을 하지 마라!

우리의 사랑은 영화나 CF에서나 존재하는 그런 미화된 아름다운 사랑이 아니다. 현실적인 사랑이다. 조건을 보고, 외모를 보고, 능력을 본다. 연애도 경쟁이며, 경쟁에 낙오된 사람은 연애를 하고 싶어도 할 수 없는 것이 현실이다. 아무런 준비 없이 무턱대고 "나는 당신을 사랑하기 때문에 당신도 나를 사랑해 주세요!"라고 외치다간 당신의 마음은 철저히 무시를 당하고 만다.

사랑이란 감정에 이유가 없을지는 모르지만, 이유 없이 사랑을 시작하는 사람은 드물다. 당신은 그 이유를 만들어야 한다. 그 이유로써 기회를 만들어야 하며, 그 기회를 통하여 사랑이란 감정을 이끌어내야 하는 것이다(사랑이란 감정은 원래 주어지는 감정이 아니라 시간과 함께 서서히 생성되는 감정이다). 순간 달아오르는 감정은 사랑이 아니라 사랑을 가장한 호기심이다. 그 감정은 사람을 오랫동안 묶어 두지 못한다.

우리는 연애의 방법을 모른다(연애가 모든 대인 관계의 기본임에도 불구하고 우린 연애를 배우려 하지 않는다). 좋아하는 감정만으로 서툰 연애를 시작하게 되며 잘못과 실수를 저지르고 나서, 그렇게 연애를 실패하고 나서야 왜 그 사람을 떠나 보내야 했었는지를 깨닫게 된다. 이젠 배우자! 이젠 알고 시작하자! 더 이상 소중했던 한 사람을 실패의 대가로 저버리지 말자.

여기 수 년 간 경험으로 축적된 국내 최고의 연애 노하우들이 총 집결되어 있다.

나는 이 것을 배우기 전에 수많은 이별을 경험해야 했고, 돈과 외모만이 연애를 성공하기 위한 전부라고 믿고 있었던 사람이었다. 그러나 아니었다. 나는 단지 방법을 몰랐을 뿐이었다. 지금 알고 있었던 것을 그 때도 알았다면 아마 나는 가장 지키고 싶었던 한 사람을 지켜 낼 수가 있었을 것이다.

《연애 교과서 2》에 있는 내용들은 가식적인 사랑을 가르쳐 주는 연애 테크닉이 아니라 당신이 당신으로써 사랑할 수 있는 기회를 만들어 주게 될 것이다. 그 기회를 통하여 당신은 전과 다른 모습으로 연애를 하게 될 것이며, 과거의 힘듦을 하나씩 지워 나가게 될 것이다. 그리고 당신의 진심과 나의 연애 정보가 합쳐진다면 당신의 연애는 날개를 달게 될 것이다(단 그 날개 역시 당신의 살을 뚫고 나오는 날개여야만 한다).

이제 날아오를 시간이다.
상대방의 마음 속으로 훨훨 날아 들어갈 시간이다.
시작이다!

이 책을 완성하기까지 수백 번의 연애 경험을 했고, 수천 번의 연애 컨설팅 글을 적었고, 수천 명의 사람들에게 연애 상담을 해 주었으며, 수많은 이별을 감당해야 했었습니다.

이제 이 책 한 권으로 당신은 분명히 성공적인 연애를 하게 될 것입니다.

설레는 마음으로 책을 열어도 지나치지 않는, 남녀의 구분이 없는, 이 책 한 권만 믿어도 될 정도, 그 정도의 자신감으로 만들었습니다.

《연애 교과서 2》는 세상이 변하지 않는 이상 여러분들의 연애에 가장 큰 도움이 되는 책으로 남아 있을 것입니다.

끝으로 이 책이 나올 수 있도록 보이지 않는 곳에서 큰 힘이 되

어 주신 '쿨카사노바(kiss only one lady) 카페' 회원 여러분들과 도
서출판 선영사, 그리고 사랑하는 모든 사람들에게 깊은 감사의
말을 드립니다.

당신에게 문제는 없다.
단지 당신이 방법을 몰랐을 뿐이었다.
이제는 그 방법을 배울 시간이다.

2005년 4월 5일
나를 있게 만들어 준...
나를 잊게 만들어 준...
고독과 사랑이 공존하는...
내 작은 방 안에서...

송창민

차례ents

Renaissance of love affair

fail to goal

4 Love is Art..177

love is same as ART

211..실전 연애심리 5

actual mental state of love

8

Tears of azalea

연분홍빛 눈물..361

연애 교과서 2

"아름다운 연애가 아름다운 사랑을 만들며 아름다운 사랑은
세상을 아름답게 만든다."

- s.ch.m -

I 연애

르 네 상 스

renaissance of love affiar

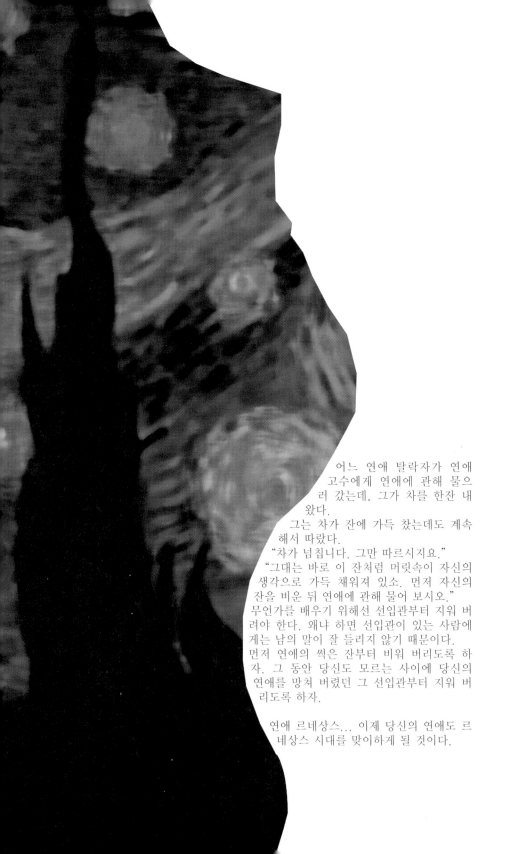

어느 연애 탈락자가 연애 고수에게 연애에 관해 물으러 갔는데, 그가 차를 한잔 내왔다.

그는 차가 잔에 가득 찼는데도 계속해서 따랐다.

"차가 넘칩니다. 그만 따르시지요."

"그대는 바로 이 잔처럼 머릿속이 자신의 생각으로 가득 채워져 있소. 먼저 자신의 잔을 비운 뒤 연애에 관해 물어 보시오."

무언가를 배우기 위해선 선입관부터 지워 버려야 한다. 왜냐 하면 선입관이 있는 사람에게는 남의 말이 잘 들리지 않기 때문이다.

먼저 연애의 썩은 잔부터 비워 버리도록 하자. 그 동안 당신도 모르는 사이에 당신의 연애를 망쳐 버렸던 그 선입관부터 지워 버리도록 하자.

연애 르네상스... 이제 당신의 연애도 르네상스 시대를 맞이하게 될 것이다.

연애(Love)

연애는 열정을 담고 있는 예술과 같으며, 과거와 현재가 함께 만들어가는 사랑이란 미래다. 한 사람과의 소중한 약속이며, 하나가 둘이 되어가는 소중한 과정이다. 그리고 서로 다른 두 사람이 어울려 가는 것.

전혀 똑같지 않은 사람이 어울려 감으로 인하여 아름다운 풍경이 되는 것.

그것이 바로 연애다!

욕심 가득 찬 마음의 접근은 연애가 아니라 욕망과 목적을 해결하기 위한 수단일 뿐이다.

진심을 담은 그 마음이 상대방과 함께 하기 위한 손을 내밀 때 사랑의 힘이 당신의 손길을 따뜻하게 만들어 주며, 상대방의 마음을 따뜻하게 적셔주게 되는 것이다.

연애＝진심(방법＋용기)＋자아 발전

모든 것은 이 공식을 중심으로 열리게 될 것이다. 진심의 값이

0이라면 그 사람의 연애는 결코 성공할 수 없다.

연애는 유체 이탈 없이 자신이 자신의 영혼을 볼 수 있는
어쩌면 유일한 기회일지도 모른다.

연애 이유

학창 시절 연애는 학업을 방해하는 방해물이 되었다.

직장 시절 연애는 일을 방해하는 방해물이 되었다.

그러나 사랑에 대한 갈망을 숨길 수는 있었지만 사라지게 할 수는 없었고, 참을 수는 있었지만 포기할 수는 없었다.

학창 시절 연애를 하면 불성실하게 보였고, 인생에 오류를 남기는 일처럼 수상해 보였으며,

직장 시절 연애를 하면 적금 통장의 입금액을 줄여야 하며, 일에 대한 추진력이 사라지게 된다고 생각했으나, 우리는 늘 고독했으며, 텅 빈 가슴으로 살아가야 했다.

어느 노인의 독백이 귓가에서 울려퍼진다. 삶을 마감하며 젊은 이들을 위해 들려주었던, 가장 해 주고 싶었던 유언과도 같은 덕담 한 마디.

"젊음의 시간은 무한하지 않다. 아름다운 젊은이여, 사랑하라!"

이제 당신은 연애를 해야 한다.

당신의 젊음을 사랑으로 채워나가야 하며, 반평생을 함께 할 소중한 사람을 능동적인 자세로 찾아나서야 한다. 연애는 더 이상 우리 인생의 방해물이나 오점이 아닌, 우리의 영혼을 성장시

켜 줄, 우리의 인생을 보다 값지게 만들어 줄 영혼의 교훈인 것이다.

연애를 하는 동안 당신은 가장 열정적인 인간이 될 것이다.
그리고 그 열정은 결코 일과 무관하지 않다.

연애의 혁명

혁명이란 단어는 아직 낯설고 우리와는 웬지 거리가 멀게 느껴지는 단어다.

그렇다면 혁명을 꿈꾸기 전에 먼저 아기 걸음마와 같은 작은 변화부터 꿈꾸어 보도록 하자.

지금 당장 지킬 수 있는, 조금의 시간을 투자하고 노력하면 그렇게 반복적으로 하다 보면 서서히 변할 수 있는 것부터 실행에 옮겨 보도록 하자.

확실하게 누군가를 꼬실 수 있는 방법을 터득하기보단 인사를 하고 칭찬을 하는 것부터...

카사노바의 테크닉을 배우기보단 쉽게 쓸 수 있지만 감동을 줄 수 있는 편지부터...

패션 모델처럼 되기보단 현재 입고 있는 옷을 깨끗하게 빨고 다려 입는 것부터...

비록 시간이 걸릴지라도 그 작은 변화와 노력하는 자세는 습관이 되고, 그 습관은 비로소 당신의 연애를 혁명처럼 일으켜 세워 주게 될 것이다.

연애의 진리

연애의 시작.

사람을 잡아먹는 귀신도 아닌데 무서운 것. 그리고 망설여지고
또 망설여지는 것.

어쩌면 누구나 막연히 연애의 시작을 그렇게 생각하는지도 모
른다.

그러나 두려움과 망설임으로 끝을 내는 사람이 있고, 자신감과
용기를 가지고 자신의 마음을 표현하는 사람이 있다. 그렇게 당
당하게 연애를 시작하는 사람이 있다.

우리는 과연 이 둘 중 어떤 사람일까?

차였다고 해서 그 다음 날 신문에 대문짝만하게 실리는 것도 아
닌데... 신용 불량자가 돼서 파산하는 것도 아닌데... 차인 사람
이란 명찰을 달고 다니는 것도 아닌데... 순간의 창피함을 견디
지 못하고 그렇게 갈망했던 한 사람을 너무나 쉽게 포기해 버리
고 만다.

연애를 시작하기 전에 먼저 자신에게 말해 주어라.

"믿는다고..." 그럼 내 안에서 조용히 응답하게 될 것이다.

"할 수 있다고..." 그렇게 우리의 이야기가 시작되는 것이며, 우
리는 멋진 연애를 시작할 수 있는 사람이 되어 가는 것이다.

누군가 말했다. "용기는 두려움을 감출 수 있는 지혜라고..."

이제 당신이 말할 차례다.

"두렵지만 용기를 내어 다가갔고, 그 사람은 자신의 운명이 되었다고..."

시작하는 모든 것에 힘을 부여하는 것. 그것은 바로 당신이 당신을 믿는 바로 그 믿음이다.

용기 있는 자가 미인·미남을 얻는다. 이것은 연애의 진리이다.

연애의 권력

쫓김을 당하는 사람은 쫓아다니는 사람보다 더 많은 권력을 행사할 수 있다.

덜 아쉬우며, 덜 적극적이며, 덜 신중하다.

그러나 그들은 알아야 한다. 연애의 권력은 그 집권 기한이 짧다는 사실을...

관심을 이용할 수는 있으나, 사랑을 이용할 수는 없다.

반드시 사랑의 눈이 정확해지는 날이 오게 되고, 당신은 권력을 잃는 순간 외로움과 친구가 되어야 할 것이다.

"잘 해 주지마... 부담스러워... 난 너의 사랑을 받을 자격이
안 되는 사람이야..." 그러면서 받을 것은 다 받았지.

연애 자신감

자신이 가진 것을 인정하고, 그것을 믿는 마음에 관용을 베풀어라.

온몸의 감각 기관을 곤두세우고 발견하는 즉시 믿어주어라.

발견하는 즉시 완벽하게 믿고 행동으로 옮겨라.

그것이 바로 자신감이다!

동정어린 눈빛으로 자신의 감정을 호소하지 말고, 눈과 배에 힘을 주고 크게 한 숨을 들여마셔라. 자부심을 가지고 당당하게 자신을 표현하라.

기어들어가는 목소리와 썩은 동태눈마냥 희미한 눈빛을 지닌 자에게는 어느 누구도 빠져들지 않는다.

참고 ; 물질적 여유에서 오는 자신감은 일시적인 자신감일 뿐이다.

자신감이 사라지고 있을 때
자신의 기억 속에 가장 영광스러웠던 그 순간을 떠올려 보아라.
어떤가? 정말 당신은 대단한 사람이지 않았던가...

연애의 전제

연애를 하기 위해서는 당신도 상대방을 사랑해야 하며 상대방도 당신을 사랑해야 한다.

그것이 바로 연애의 전제가 된다.

그러나 대부분은 어느 한 쪽이 사랑하는 것으로부터 시작한다.

그렇게 하다보니 서로가 사랑에 빠지게 되는 것이다.

전제 조건이 충족되지 않는다고 해서 쉽게 포기하지는 마라.

사랑의 감정은 예측할 수 없다.

허무 신데렐라

마법사 할머니 : 자 이제 됐다. 더 필요한 것은 없겠지?

신데렐라 : 예... 옷도 마차도 너무 예뻐요...

마법사 할머니 : 그럼 이제 왕자가 있는 무도회장으로 가려무나...

신데렐라 : 그런데... 어떻게 여자 혼자서 무도회장에 가요... 창피하게시리... 안 갈래요!

마법사 할머니 : ……

조건이 충족되어도 용기를 내지 않는다면, 자신감을 가지지 않는다면 어렵게 만들어 놓은 기회조차 쉽게 사라져 버리고 만다. 당신의 연애가 허무하게 끝나 버리는 이유는 언제나 먼저 다가서지 못하는 당신의 용기와 자신감 부족 때문이었다.

제 아무리 신데렐라라 해도 집에만 있으면

You

"차이면 어떻게 하지?" 남자들이 가장 많이 하는 고민이다.

"왜 날 사랑하지?" 여자들이 가장 많이 하는 고민이다.

먼저 남자들에게 말해 주고 싶다.

"당신은 차이지 않을 것이라고…"

그리고 여자들에게 말해 주고 싶다.

"당신은 충분히 사랑받을 자격을 갖춘 사람이라고…"

왜 고백해 보지도 않았으면서 먼저 차일 걱정부터 하는 것인가?

왜 당신을 사랑하는 남자의 마음을 믿지 못하는 것인가?

지나친 소심함은 항상 당신의 연애를 방해할 방해물이 되어 당신을 괴롭히게 될 것이다.

차여본 경험이 없는 남자는 연애를 한 번도 해 보지 못했던 남자다.

태어나자말자 죽음을 걱정하는 아기가 되려 하지 마라. 지나친 사랑의 의심은 연애의 미래를 어둡게 만든다.

꽃이 되길 거부하는 씨앗이 되려 하지 마라. 우리가 연애를 시작하지 못하는 이유는 대부분 우리 자신이 만들어 놓은 어리석은 고민 때문이다.

연애의 고민은 시간과 함께 생겨나게 되는 사랑이란 감정이 하나씩 지워주는 것이다. 그렇다면 이제부턴 생각을 한번 바꾸어

보도록 하자.

　남 : 차여도 상관 없어! 말도 못 걸어보고 후회하는 것보단 나을
테니...
　여 : 두고 봐! 날 사랑하지 않을 수 없도록 만들겠어...

　바꾸었는가? 그럼 당신의 연애도 그렇게 긍정적으로 바뀌어져
갈 것이다.

왜 너였는지 아니?

그건 바로 너이기 때문이야. 그래서 널 사랑하는 거야...

마음 지우개

이제 나랑 사귀니깐 나를 사랑하겠지

　착각하지 마라 '사귐＝사랑'은 아니다. 단지 더 자주 만날 수
있고, 자신의 모습을 장기적으로 보여 줄 수 있는 기회를 얻은 것
일 뿐이다. 사랑의 감정은 시간과 함께 조금씩 우리에게 다가오
는 감정이란 사실을 잊지 마라(인내와 기다림이 없이 연애를 성공할
순 없다).

무조건 잘 해 주기만 하면 나를 사랑해 주겠지

　만약 그렇다면 이 세상에 헤어질 커플은 존재하지 않는다. 잘
해 줘도 실패할 수 있는 것이 바로 연애다. 자신의 잘 해 줌이 사

랑의 크기와 비례한다고 생각하지만 판단은 우리가 하는 것이 아닌 상대방이 하는 것이다. 지나친 잘 해 줌이 오히려 상대방에게는 집착으로 느껴질 수가 있다(집착과 사랑의 경계선은 우리가 정하는 것이 아니라 상대방이 정하는 것이다).

Only you

상대방에 대해 잘 알지도 못하면서 상대방이 없으면 죽을 것 같다고 말하는 사람이 있다. 그리고 그들은 극단적인 행위마저 서슴지 않는다. 지금 그 사람이 전부라 믿고 있는가? 그러나 안타깝게도 그것은 당신이 만들어 놓은 환상일 뿐이다.

자격지심

"내가 돈이 없어서 나를 무시하는 거야..." "내가 못생겨서 나를 별로 좋아하지 않는 거야..." 마음은 그러지 않길 바라면서, 상대방이 그렇게 생각해 주지 않았으면 하고 바라면서도 끊임없이 그런 생각을 하게 되고 자신을 부족한 사람으로 내몰아 간다. 괜한 자격지심으로 상대방과 자신을 힘들게 만들지 마라.

사랑은 당신이 생각하는 것 이상 관대하다. 오히려 당신의 그런 모습들이 상대방의 눈과 마음을 멀어지게 만들고, 당신을 부족하게 만든다.

지우다 마음의 종이가 찢어져도 상관 없다.
지워라. 깨끗하게 지우고 다시 시작하자.

슬픈 속임수

나는 어쩔 수 없어! 생긴 대로 살아야지! 당신들은 당신들끼리 잘 살아봐!

나는 나대로 그렇게 잘 살 테니깐! 사실 당신들도 별수가 없을 걸?

전혀 안 부러워! 그깟 사랑이 뭔데! 시간 낭비고 돈 낭비지. 아! 좋네... 좋아...

당신은 그렇게 혼자서 거짓말을 한다.

물론 스스로를 위해 순간적인 거짓말을 할 수도 있는 문제다. 적당한 정당화가 없다면 이 세상엔 낙천주의자란 찾아볼 수 없을 테니까... 하지만 문제는 거짓말을 하고 난 뒤다.

진정한 거짓말쟁이는 자신에게 한 거짓말을 지키기 위해 계속 노력하는 사람이다.

일부러 안 그런 척... 아무렇지도 않은 척... 그렇게 감정을 누르고 악을 쓰며 자신의 거짓말을 지켜나간다. 불쌍하게도 말이다.

숨겨진 상처가 사랑을 막을 뿐이다.

드러낼 수조차 없는 상처가 사랑을 부정할 뿐이다.

당신은 누구보다 사랑받기를 원하던 사람이 아니었던가?

부디 당신이 이 글을 읽고 뜨끔하지 않기를...

열려라 참깨

눈으로 보여지지 않았던 당신의 화려한 모습이...

귀로 들리지 않았던 당신의 달콤한 속삭임이...

시간과 함께 챙겨줌으로 인해 보이게 되고 들리게 된다는 사실을 알고 있는가?

화려한 실루엣이 아닌 따뜻한 보살핌과 달콤한 속삭임 없이 묵묵히 챙겨주는 그 손길이 상대방의 눈과 귀를 열게 한다는 사실을... 그렇게 조금씩 열려가는 마음 속에 서서히 당신의 자리가 커져 나가게 되고, 그 자리에 비로소 당신을 향한 사랑이 싹튼다는 사실을...

"열려라 참깨!"와 같은 주문으로 금방 열리게 만들 순 없지만, 누군가의 옆에서 묵묵히 챙겨주는 그 고마운 마음들이 사랑으로 느껴지는 순간 그 인연의 끈은 그 어떤 끈보다 질기며, 당신과의 인연을 강하게 매듭지어 준다는 사실을 당신은 꼭 기억해 두고 있어야 한다.

마음은 쉽게 열고 닫고 할 수 있는 여닫이 문이 아니다.

연애의 계단

"오르지 못할 나무는 쳐다보지 말라"는 말이 있다.

누구나 삶을 살아가면서 한 번쯤은 오르지 못할 그런 사람을 만나게 될 것이다.

그러나 높은 그 나무를 쳐다보며 목 아파하거나 포기할 바엔 차라리 오를 수 있는 계단(자기 계발·연애 정보 습득·매너·능력·자신감·지식·스타일 등) 하나를 만들어 가도록 하자.

그 계단이 오르지 못할 나무를 오를 수 있게 만들어 주며, 당신을 연애에 자유로운 사람으로 만들어 주게 될 것이다(여기서 말하는 연애의 자유란 여러 종류의 사람을 만날 수 있는 자유와 더불어 귀천 없이 사람을 만날 수 있는 자유를 말한다).

계단 하나에 사랑을 싣고 계단 하나를 위해 노력한다면
당신이 못 오를 나무가 되어 그 누군가의 희망 사항이 될 것이다.

아름다운 설득

연애는 설득이다.

"뚱뚱하면 어때? 나의 있는 모습 그대로를 사랑해 줘야지 그게 진정한 사랑이지!"

"무조건 마음가는 대로 하는 것이 최고의 방법이야... 사랑은 가식이 아니니깐!"

그러나 어떤가? 우리는 자신에게 유리한 쪽으로만 생각을 하게 되고, 지나친 자기 합리화 때문에 결국 상대방을 만나기도 전에 차이고 마는 결과를 초래하고 만다.

20%의 연애 성공 확률을 가지고 있는 사람이 80%의 연애 성공 확률을 가질 수 있음에도 불구하고 언제나 자신에게 합당한 핑계

대기에 바쁘다.

발전을 위해 노력하는 자세는 연애 성공 확률을 올려줌과 동시에, 상대방에게 자신의 가치를 보다 빠르게 전달해 주는 효과적인 설득의 전제가 되어준다.

연애도 경쟁인 시대가 다가왔다. 자신의 존재를 알릴 수 있는 올바른 설득의 자세를 겸비하여 더 이상 연애 탈락자(번번이 연애를 실패하게 되고 연애의 기회를 잃어가는 사람)의 길을 걷지 않기를 바란다.

그리고 당신의 아름다운 마음은 당신의 설득 자세에 따라 설득되어지는 것이지, 당연히 상대방이 알아차리게 되는 것이 아님을 잊어서는 안 될 것이다(물컵 이론 : 물의 본질은 같아도 컵 모양에 따라 물을 받아들이는 마음이 달라지게 된다. 같은 물이라 해도 물컵의 모양에 따라 전달되는 속도가 달라지게 되는 것이다).

연애는 인간이 인간에게 할 수 있는
가장 위대하고 아름다운 설득이다.

원더우먼

당당히 자신의 마음을 고백할 줄 아는 여자가 되어라.

싸게 보인다고?

만나서 그런 여자가 아니라는 것을 보여 주면 되는 것이다. 기회조차 얻지 못하고 늘 다이어리 한 모퉁이에 짝사랑의 힘듦을 적어나가는 지금의 당신 모습보다는 낫다.

아니라면 당당하게 그 자리를 벗어날 줄 아는 여자가 되어라.

혹시 그런 행동 때문에 남자가 싫어하면 어떡하냐고?

아직 받아들이기 힘든 행동(갑작스러운 스킨십·섹스·보증 등)을 요구하고 그것을 들어주지 않는다고 변심하는 남자라면 그 남자는 처음부터 아닌 남자다.

끈질기게 구애하는 남자가 싫다고? 그럼 과감하게 무시하라. 구애의 불을 끄는 것은 변명이나 합당한 설명이 아닌 철저한 무시다.

결국... 밍밍한 여자보다는 당돌하고 당찬 여자가
남자의 눈엔 더욱 매력적인 법이다.

Step by Step

하루 만에 사귐을 시작할 수 있다는 사실은 중요한 사실도 혹은 연애를 성공한 결과라고도 말 할 수 없다. 마음은 쉽게 금방 열리는 것이 아니며, 연애는 사귐과 동시에 성공하게 되는 것이 아니기 때문이다.

연애는 과정이다. 사랑이라는, 결혼이라는 결과를 이끌어내기 위한 과정. 그러나 현재 우리의 마음은 너무나도 성급해져 가고 있다.

합당한 결과를 이끌어내기 위한 과정을 무시한 채 빨리 꼬시고 싶어하고 빨리 섹스를 나누고 싶어한다. 하지만 오히려 그러한 마음이 연애를 실패하는 원인이 되어 우리를 솔로 부대에 강제

입영시키고 만다.

　기다림과 여유... 이것은 그 어떤 연애의 기술보다 더욱 필요한 기술이며, 중요한 마음가짐이다. 빨리 결과를 이루려는 조급한 마음이 집착을 부르고, 열정을 냉정으로 변질 시킨다.

　기다릴 줄 알고 여유롭게 지켜볼 줄 아는 우리가 되도록 하자. 그 기다림과 여유가 상대방의 마음 속으로 들어가는 한 걸음이 되고 두 걸음이 되어 상대방의 마음을 사랑으로 충만하게 만들어 줄 것이니깐 말이다.

> 인공위성으로 찍은 지구의 모습을 보고
> 저것이 과연 지구의 모든 것이라 말할 수 있는가?
> 한 걸음 한 걸음 여행을 하는 기분과 정보가 모여
> 우리는 비로소 지구라는 것을 느낄 수가 있는 것이다.

돈과 외모

　돈이 없어서 연애를 못 한다고 한다. 외모가 잘나지 못해 연애를 실패한다고 한다.

　그러나 두 눈 크게(안경이 필요한 사람이라면 안경을 껴도 좋다) 뜨고 주위를 한 번 더 살펴보길 바란다. 우리 주위에 정말 돈이 많고 잘생긴(예쁜) 사람이 과연 몇 명이나 되는가? 특별할 리 없는 평범한 사람들이 오히려 연애를 더 잘 하고 있고, 또한 연애를 성공적으로 이끌어가고 있는 것이 현실이다.

　성공적인 방법을 알지 못해서 연애에 탈락되는 그들이 의존하는 것은 단지 돈과 외모뿐이다.

돈과 외모는 연애를 유리한 방향으로 이끌어 주지만 연애 성공의 전부가 되진 못한다.

제발 당신의 가치를 함부로 평가하려 하지 마라. 당신은 당신이라는 이유로 누구보다 사랑받을 자격을 갖추고 있는 사람이다. 그리고 돈과 외모가 충족되어도 연애를 실패하는 사람들이 많다. 그들은 단지 그것에만 의존할 뿐 사람을 대하는 방법을 알지 못하기 때문이다. 지금부터라도 부족한 자신을 일깨우기 위한 노력을 기울여 주길 바란다.

그 노력이 당신을 더욱 빛나게 만들어 줄 때 당신은 돈과 외모에 굴복당하는 비굴한 연애 탈락자에서 벗어나게 될 테니깐...

돈과 외모가 전부라 믿는 사람들의 마음 속엔 반드시 아닐 것이라는 희망이 잠재되어 있다. 그 희망을 믿어라! 그 희망을 일깨워 현실로 만들어라!

물질만능주의 · 외모지상주의인 세상은 인정하나 당신이 사랑받지 못하는 세상은 아님을 잊지 마라. 돈이 많고 외모가 뛰어난 사람보다 덜 기회를 얻게 될지는 모르나, 어쩜 더 좋은 한 번의 기회를 얻게 될지도 모른다.

사람은 조건의 뒤를 쫓는다.
그러나 사람이 사람을 버릴 때는 사람의 마음 때문이며...
버림받음과 함께 조건은 사람의 뒤를 쫓는다.
결국 남는 것은 당신 혼자뿐이다.

연애 경쟁력

남보다 더 잘생긴 얼굴을 가지고 있는 당신.

남보다 더 많은 돈을 가지고 있는 당신.

남보다 더 좋은 스타일을 가지고 있는 당신.

그렇다! 당신은 그런 장점을 소유하고 있고, 그런만큼 유리한 입장에 서 있다.

타인들은 당신을 만날 때면 막연한 부러움을 느낄 것이고, 그들이 가지지 못한 것들을 가지고 있는 선망의 대상이 될지도 모른다.

당신은 그것을 즐기는가...?

미리 말하지만 그것은 때론 치명적인 즐거움이 된다는 사실을 알아야 한다.

당신 안에서 삐죽 비집고 나온 그 오만이라는 녀석 때문에 당신을 선망하던 타인들은 깐깐한 검증 요원으로 돌변하기 시작한다.

얼굴 잘생겨도 소용이 없구나... 돈이 많아도 소용이 없구나... 스타일이 좋아도 소용이 없구나... 그렇게 당신의 매력은 그들에게 샅샅이 검증당하고, 그들 스스로를 정당화시킬 수 있는 친절까지 베풀겠지... 유리한 입장에 서 있다고 해서 연애가 유리해지는 것만은 아니며, 항상 경쟁에서 이기는 것 또한 아니다.

가진 것을 감추고, 가지지 못한 사람을 무시하지 않고,
가진 것 이외의 것을 얻기 위해 노력할 줄 아는 사람이
바로 제대로 된 경쟁력을 갖춘 사람이다.

세일러 문과 슈퍼맨

새롬이 : 이야, 너 정말 멋지게 변했다.

밍키 : 너 혹시... 정말 너니? 너 정말 못 알아 보겠다... 대단한데!

깐돌이 : 최고다! 이젠 과거의 네가 아니구나...

사람이 변한다는 것이 좋은 의미일 수도 있고 나쁜 의미일 수도 있겠지만, 때때로는 드러나게 변할 필요도 있는 것이다. 눈에 띄게 확... 못 알아볼 정도로... 누구나 그런 통쾌한 반전을 꿈꾼다.

인정받을수록 아름다움에는 가속도가 붙게 되는 법. 당신이 멋지게 변한 모습을 보고 다른 사람들은 부러워하게 될 것이다. 당연히 부러워해 줄 만하지 않은가? 왜냐고? 당신은 세일러 문이나 슈퍼맨이 아니었으니깐, 봉 하나 휘두른다고, 망토 하나 걸친다고 '하나.. 둘.. 셋.. 뿅!' 하고 변신한 것이 아니었으니깐, 그렇게 되기까지의 수많은 노력과 자신과의 다짐을 지켜 나간 것이다.

당신의 아름다움을 항상 가두어 두고만 있는 것은 아닌가?

Yesterday

너의 어제.

그 때는 아프지 않았던 상처 하나가 마치 마취가 풀린 듯 점점 더 강렬하게 고통을 전해 준다. 당신이 가진 모든 나쁜 상황과 절묘하게 맞물려 다시 한 번 증폭된다.

심장을 죄어오는 잊지 못한 너의 아련함... 보고 싶다... 다시 돌아간다면 얼마나 좋을까...

지나간 사랑에 대한 후회와 아픔... 기간에 차이가 있고 느끼는 감정의 차이는 있겠지만, 어떤 식으로든 아프다는 것은 분명한 사실이다.

일상적인 사소한 계기로 떠오르는 기억의 편린이 아플 것이요, 특별한 계기 없이도 당신의 머릿속을 지배하고 있는 추억이 아플 것이다. 오늘도 당신은 지나간 사랑을 되새김질하고, 또 되새김질한다.

그것은 더 이상 오늘이 아닐뿐더러 내일도 모레도 어제의 반복이 되는 것이다.

당신과 상관 없이 마냥 흘러가는 시간 속에서 당신만이 남아 점점 병들어갈지도 모른다.

내일이 오고, 또 내일이 오고, 다시 괜찮아지는 날이 오더라도 너무나도 집착했던 어제를 떠올릴 때면 당신의 자존심이 과연 얼마만큼 호의적으로 인정할 것 같은가?

어제에 사는 당신이여... 나는 당신에게 "시간이 약이다..."라고 말하지 않겠다.

대신 "시간이 없다..."라고 말할 것이다.

너의 어제에 너를 가둘 때
너의 미래는 영원한 잠을 자고 있을 것이다.

연애의 한계

　연애를 하게 되면 항상 우리는 우리 스스로 우리의 한계를 정해 놓아 버리고 만다.
　"나랑 결혼은 힘들 거야!" "날 더 이상 사랑하지 않겠지!" "난 안 돼! 난 부족해!"
　그러나 명심하라. 연애의 한계점은 존재하지 않는다는 사실을...
　다만 우리가 정해 놓는 한계점만이 존재할 뿐이다.

　　감옥에 있지 않아도... 우리는 늘 감옥에 갇힌 사람과 같다...

100원

　당신은 당신의 가치가 어떤 식으로든 동일하다고 생각하나 상대방은 다를지도 모른다.
　10원짜리가 10개 있는 것이랑 100원짜리가 1개 있는 것이란 다른 법...
　당신은 상대방의 호주머니 속 귀찮은 10원짜리 10개인지 100원짜리 한 개인지...?

　　100원의 가치를 지녔음에도
　　스스로 10원짜리 10개의 귀찮은 당신이 되는 것은 아닌가?

다이빙 이론

물에 뛰어드는 용기부터 가져라.

가라앉을 수도 뜰 수도 있으나, 상대방이 뜨도록 도와줄 확률도 덤으로 주어지니 빠져 죽을 확률이 더 낮다. 결국 연애의 기회는 용기라는 이름으로 자신이 만들어가는 것이다.

다이빙하고 보면 아무것도 아닌데... 망설이다 그냥 포기해 버리고 만다. 우리는 그랬다.

뜰지 안 뜰지는 물에 뛰어들어봐야 아는 것이다.
그대를 믿고 뛰어들자!

심장을 감추고

부들부들 떨리는 심장을 감추며 행동으로 옮기는 그 사람. 터질 듯한 심장 소리를 고요히 숨긴 채 움직였던 그 사람, 바로 그 사람이 기회를 잡는다. 대부분은 그랬다. 처음엔 할 수 없다고 말했던 그들이 한 번 해 보고 나서는 별것 아니라고 미소를 지었었다. 정말 그랬다...

다가갈 용기 없음에 다가가다 말고, 다시 돌아와 말을 하지.

다시 보니 별로라고... 다시 당신의 그런 모습을 보니 당신 스스로가 별로였다는 생각을 해 본 적은 없는가...?

누구나 좋아하는 사람 앞에서는 떨리게 마련이다.

하지만 당연히 떨리는 그 떨림에 자신감을 잃어버리고

가던 발걸음을 돌리고 만다...

Love Question

남·여의 관계 속에는 항상 많은 문제들이 숨어 있다.

그 문제는 당신이 만드는 것이기도 하며, 상대방이 만드는 것이기도 하다.

남·여 관계가 항상 평탄할 것이라고 생각하지 말아주기를...

그 문제들을 노력과 이해로써 풀어나갈 때 비로소 얻어지는 것이 바로 사랑임을...

문제의 난이도가 어렵다고 해서 쉽게 포기하거나 단념하지 말기를...

그리고 문제를 푸는 과정을 통해서 얻어지는 교훈들이 연애의 길을 평탄하게 만들어 줄 것이란 사실을 잊지 말기를... 문제가 쉽다고 자만하지 말며, 문제가 어렵다고 포기하지 말며, 문제가 없다고 나태해지지 말며, 문제가 많다고 비관하지 마라.

문제 없는 사랑은 없다.

Love Q...

사랑 문제가 생길 때란 바로 당신의 사랑을 보여 줄 Q 사인임을...

사랑은 기억한다. 사랑을...

 사랑의 감정이 돈·외모·스타일, 기타 조건 충족으로 일시적으로 상승되나, 그 상승곡선의 한계는 드러나게 되고 다시 마음이 추구하는 사랑을 따라가니, 그 호감은 다시 원점으로 돌아가고 마음의 사랑을 찾아가니 사랑은 죽지 않았다.

 조건에 의해 상승된 감정이 다시 원점으로 돌아갔을 경우 그래도 그 조건이 너무 좋아.

 참기도 하고 그냥 그렇게 만나며 살지만, 다시 마음에게 몇 번을 되묻는 사랑의 진실.

 사랑은 사랑으로...

 하지만 세상의 무게와 힘듦... 내 환경의 저주가 사랑을 잠재우고, 다시 그냥 그렇게 살게 만들기도 하지만 사랑은 사랑의 원점으로 다시 돌아간다.

 살아 있는 한 사랑은 사랑을 기억하고 다시 사랑에게 돌아간다.

마음보다 더 중요하게 생각하는 것이 몸이 되는 어느 날

마음은 항상 외롭고 고독하리...

하나 어떠랴, 몸 배부르고 기름지며 눈 즐거운데...

하지만 언젠가는 깨닫게 되리라...

마음이 몸보다 더 빛나고 가치 있었음을...

당신의 외모가 아름답다고 해서 아름다운 사랑을 하게 되는 것은 아니다.

연애가 힘든 이유는 수 백 가지다. 그러나 당신을 사랑하지 않을 이유는 단지 몇 가지 뿐이다.

정말 그 사람과 잘되기를 바란다면 먼저 그렇게 된다고 믿고 있어야만 하는 것이다.

당신이 사랑을 미룰 수는 있어도 사랑이 당신을 기다려주지는 않는다.

자신의 선입관을 벗어 던질 때만이 상대방의 선입관을 잠들게 만들 수 있다.

II 연애
실패

fail to goal

연애 경험자에게 배울 수
있는 가장 큰 교훈은 바로
그들의 실패담에 있다.
그 실패담을 통하여 당신은 당
신의 실패를 사전에 예방할 수
있고, 똑같은 실수를 저지르지 않음
으로 인하여 보다 더 성공적인 연애를
꿈꾸게 될 수가 있는 것이다.
현실적으로 가장 빈번하게 저지르게 되는
연애 실패의 원인을 분석해 보았다.
실패의 교훈을 통하여 다시금 허탈한 발걸
음 돌리는 당신의 초라한 뒷모습을 만들지
않기를 바란다.

사랑에 빠졌을 때, 그 때는 모른다. 실패의
원인조차 사랑의 이유가 되어 버리고 만다.
그리고 연애를 실패하고 나서야 비로소 깨
닫게 된다. 왜 자신이 연애를 실패할 수밖
에 없었는지를…

이상한 공식

만약 지금 당신의 머릿속에 '사귐＝사랑'이란 공식이 새겨져 있다면 당장 지워 주길 바란다.

'사귐＝사랑'이 아니라, '사귐＝사랑할 시간＋자신을 알려 줄 기회 확보'이다.

'사귐＝사랑'은 강한 집착을 불러일으켜 상대방을 힘들고 부담스럽게 만들어 버린다.

나는 그것을 너무나 늦게 깨닫게 되었고, 그 잘못된 공식이 나의 연애를 실패하게 만든 가장 큰 이유 중의 하나가 되어 버렸다.

사귄다는 것은 다른 이성의 개입 없는 만남의 약속일 뿐이다. 그리고 최소 3개월만큼이라도 자신의 감정을 상대방에게 강요하는 일은 없어야 하며, 집착에 빠져 서로가 서로를 힘들게 만들어서도 안 된다. 이상한 공식으로 더 이상 당신의 연애를 실패의 구렁텅이로 내몰아 가지 말기를 바란다.

사귄다고 해서 바로 섹스를 강요하거나
자신이 생각하는 것만큼 상대방이 사랑해 주기를 바라는 것은

순전히 욕구 불만의 표출과 자신의 감정만을 앞세운
이기주의일 뿐이다.

고장 난 통역기

문자가 씹혔다.

단순히 문자가 씹혔을 뿐이었는데 우리는 우리만의 방식으로 의미를 재해석해 버리고 만다.

'문자가 씹혔다 → 나를 싫어하는 증거다 → 왜 나를 사랑하지 않는 걸까? → 문자를 씹는 상대방은 나쁜 사람이다 → 미치겠다.'

상대방의 의도와 상황을 무시한 채 단순한 한 가지 이유(나를 사랑하지 않는 증거)로 모든 상황을 부정적으로 내몰아가며 스스로 무덤 파는 행동을 끊임없이 반복하게 된다.

사람이 사람을 좋아하게 되면 자그만 반응에도 민감해지기 마련이다. 그러나 그러한 모습을 드러내지 말고 숨길 필요가 있으며, 여유를 가지고 상대방을 지켜볼 필요성이 있다.

연애를 실패하는 사람들의 전형적인 모습 중 하나가 바로 상대방의 의도와는 상관없는 해석을 하고, 그에 따라 반응한다는 것이다. 그렇다면 이제부터라도 한번 생각을 바꾸어 보도록 하자.

'문자가 씹혔다 → 바쁘겠지 → 조금 더 기다려 보자! → 난 그 사람을 믿어!'

사랑의 전제 조건은 믿음이다.

믿음을 잃어버리는 순간 당신의 사랑도 찰나에 잃어버리게 될 것이다.

> 믿음의 결여는 사랑의 증거를 찾게 만들며,
> 그러한 행동은 집착으로 표출되어 상대방의 마음을
> 더욱 멀어지게 만든다.

양치기 소년

 잘 보이고 싶은 마음에 많은 거짓말을 했고 지키지 못할 약속을 했다.

 그러나 그러한 작은 거짓말이 모여 상대방의 믿음을 잠재웠고, 정말 큰 믿음을 보여줘야 했을 때는 정작 아무것도 보여줄 수가 없게 되어 버렸다.

 연애는 미래를 동반한다는 사실을 잊지 마라.

 현재에 모든 것을 걸다가 결국 실패를 하고 마는 것이 바로 연애다. 미래가 현재가 되는 날 상대방은 당신의 과거를 평가하게 될 것이다. 그 평가의 결과는 믿음과 절묘하게 연결되며, 그것은 다시 사랑과 연결된다.

 "늑대가 나타났어요!"

 그러나 마을 사람들은 양치기 소년을 지켜주지 않는다.

 상대방도 마찬가지다. 양치기 소년이 된 당신을 지켜주지 않는다.

 참고 : 남자는 쉽게 기억을 잊어버리지만, 여자는 단편적으

로 기억을 수집하고 있다.

순간을 모면하기 위해 했던 거짓말들이
'영원히' 라는 말을 잠재운다.

축구공은 없다

차여본 사람(이성에게 버림받은 사람)은 차여본 적이 없는 사람보다 용기 있는 사람이며, 앞으로 더 발전할 수 있는 계기를 가지고 있는 사람이다. 자신의 실수를 비추어 볼 수 있는 거울을 손에 쥔 사람이며, 마음 가는 대로 사람을 대하는 것이 전부가 아님을 알고 있는 지혜를 가진 사람이다.

차이는 것을 두려워하지 마라.

차였다고 해서 슬퍼하지 마라.

당신은 차였기 때문에 더 큰 연애의 그릇을 갖춘, 비로소 지금보다 더 나아질 수 있는 발판 하나를 가진 사람이 된 것이다. 성공의 과정 속엔 항상 시행 착오라는 것이 존재한다.

100번을 차여도 쓰러지지 마라(실수와 실패를 경험으로 생각하고 반성하라. 후회하지 말고 반성할 줄 아는 사람이 되어라). 차이고 차여서 더 이상 참을 수 없을 때... 그 때가 바로 당신이 새롭게 거듭날 수 있는 기회다.

나도 그랬다. 나도 차이는 것부터 시작해서 그렇게 연애를 배워갔다. 시간이 지난 어느 날 차였던 그 경험으로 당신은 가장 놓치고 싶지 않은 한 사람을 잡을 수 있게 될 것이다.

차이는 것이 창피한 것이 아니라,
차여보기도 전에 포기하는 것이 더 창피한 것이다.

연애 상대

때로는 연애 상대가 연애 실패의 가장 큰 이유가 되기도 한다(자신이 운전을 잘 한다고 해서 교통 사고가 나지 않는 것은 아니다).

자신의 마음을 고백하기 이전에 먼저 상대방을 조금 더 지켜보도록 하자.

서로가 서로를 판단할 수 있는 시간과 여유를 가지도록 하자.

행여나 조건에 눈이 멀어 자신의 몸과 마음을 팔고 있는 스스로가 아닌지 질책해 보자.

우리는 결혼에서마저도 신중하지 못한 편이다. 대한민국은 이미 이혼율 상위권에 랭크되어 있고(이혼 천국이 되어간다), 잘못된 연애 상대를 선택하여 상처를 받는 사람 역시 엄청난 숫자다. 장점만을 보려 하지 말고 좀더 객관적인 시각으로 상대방을 평가해 주기를 바란다(장점과 장점과의 비교로 인하여 단점을 간과해 버릴 위험에 노출될 수도 있다).

첫눈에 반해 상대방의 단점을 모두 무시해 버리는 행위, 조건이 부족한 사랑을 충족시켜 주리라 믿는 행위, 짝사랑에 빠져 진실과는 상관없이 상대방을 자신의 상상으로 미화시키는 행위… 결코 이러한 행동들이 당신의 연애 성공과는 무관하단 사실을 잊지 마라.

혼테크란 말이 있지...
돈 많은 사람과 결혼하면 15년 이상의 경제적 발전을
이룰 수가 있다고 하지... 그러나 하나만 알지...
돈을 보고 잘못된 사람과 결혼하게 되면
15년 이상의 인생을 망칠 수도 있다는 사실을...

잘 해 줘도 차인다

주체할 수 없을 만큼 사랑하는 마음에 두려우리만큼 자주 문자를 보내고, 너무나 많은 시간 동안 전화기를 붙잡고 있으며, 아직 준비되지 않은 마음 속에 받아들이기 힘든 사랑의 맹세를 하고, 받기 힘든 부담스러운 선물을 하고, 무작정 상대방이 일하는 곳으로 찾아가 기다리고, 매일 만나고 싶은 마음에 약속을 잡으려 했던 나의 모습은 상대방에게 있어서 피하고 싶은 부담스러움이었다.

"부담스러워..."

그 말과 함께 나는 이별했고, 그 때야 비로소 깨닫게 되었다.

나의 지나친 잘 해 줌이 부담이 되어 상대방과 이별하게 만들 수도 있다는 사실을...

무조건 잘 해 준다고 해서 연애를 성공하게 되는 것은 아니다.

과대망상증 환자의 연애 실패

영수 : 정말 큰일났다! 이 일을 어떻게 하면 좋을까?
철수 : 무슨 일인데?
영수 : 문자를 보냈는데 씹혔어. 아마도 날 싫어하는 것 같아...
철수 : ……

대부분 연애 초기 연애 초보자들이 말하는 이 큰일났다 중 정말 큰일이라 생각되어진 것은 별로 없었다. 단지 그들의 과대망상과, 확대 해석과 그에 따르는 집착이 더 큰일이었을 뿐이었다.
믿음이 없으면 당신의 연애는 항상 힘들어질 것이다. 확신이 없으면 당신의 연애는 항상 괴로워질 것이다. 여유가 없으면 당신의 연애는 항상 초조해질 것이다. 기다림이 없으면 당신의 연애는 항상 불안해질 것이다.
조금만 참고 기다려라. 1라운드만 참으면 2라운드가 오게 되어 있고, 그렇게 버티다 보면 어느덧 인생까지 뒤바뀌게 된다.

과대망상의 가장 큰 위험은 망상을 현실로 착각한다는 것에 있다.

연애 부정사

남자가 어떻게! 여자가 어떻게! 내 나이가 몇인데!
연애를 실패하는 사람들의 특징을 살펴보면 대부분 어떠한 방법 앞에 '나는 뭐 해서 안 돼!' 라는 부정사를 붙인다는 것이다.

 성별을 탓하고, 나이를 탓하는 사람들의 미래란 바로 '노총각, 노처녀'다. 스스로 연애의 범위를 축소시키고 나아갈 길을 막는 어리석은 짓을 하지 마라.

연애를 한 번도 해 보지 못한 40대라도
연애를 많이 해 본 20대에게 배워야 한다.
인생의 경륜과 연애는 비례하지 않는다.

언니들아... 쉿!

1.여자는 무조건 튕겨야 해!

　　요즘은 무조건 튕기다 영원히 튕겨져 나간다.

2.여자가 먼저 돈을 쓰면 안 돼!

　　남자는 물주가 아니다. 남자는 호구가 아니다.

3.여자는 항상 조신해야 해! 절대 스킨십 허용하지 마!

　　그러다 남자 바람난다.

4.여자는 밤 12시를 넘기면 안 돼!

　　함께 진지한 대화를 나눌 수 있는 시간은 주로 밤이다.

5.절대로 여자가 먼저 말을 걸어선 안 돼!

지독한 짝사랑의 열병에 시달리게 된다. 얼굴의 주름살만 늘어난다. 어느덧 노처녀란 수식어와 가족들의 눈치가 자신을 괴롭히게 된다.

언니들은 여동생에게 해 준 이 충고들 가운데
과연 몇 가지나 지킬 수 있었을까?

집착

집착도 일종의 애정 표현이다. 관심의 내색이다. 사랑하고 있는 증거다.

그러나 조건이 있다. 그것은 상대방도 당신을 당신의 기준만큼 사랑하고 있어야 한다는 것이다. 이러한 조건이 충족되지 못한다면 당신이 하고 있는 과도한 애정 행각은 집착이란 탈을 쓰고 만다.

당신은 당신의 집착을 이해해 줄 만큼 상대방에게 당신을 사랑할 수 있는 마음을 심어주었는가? 아니라면 상대방은 반드시 당신의 사랑을 구속과 집착이라 생각하고 언젠가는 당신을 떠나게 될지도 모른다. 집착은 사랑이란 이름으로 나를 썩게 만들고 너를 썩게 만든다.

사랑하기 때문에 어쩔 수 없이 집착한다고 말하지 마라. 어쩔 수 없게 만드는 그 행동의 이면엔 소유욕과 욕심이 당신을 조정하고 있고, 당신은 당신도 모르게 집착의 꼭두각시가 되어 간다. 그렇게 사랑의 탈을 쓴 집착의 꼭두각시가 되어 연애를 실패하게 되는 것이다.

스토커는 너무 사랑하기 때문에 스토킹한다고 이야기한다.
그러나 스토킹을 당하는 사람은 미친다.

실패 사이클

'괜찮은 상대방 발견 → 고민 → 포기 → 후회 → 자기 위안'
연애를 시작하지 않아도 거시적인 의미에서 본다면 이러한 사이클 역시 연애의 실패다.

충분히 할 수 있었음에도 불구하고 자신만의 핑계(애인 있을 거야! 눈이 높을 거야!)를 만들어 포기한다면, 그래서 후회한다면 그것 또한 연애의 치명적인 실패다.

아무것도 하지 못하고 후회하는 것보단 차라리 말이라도 걸어보고 차이는 편이 훨씬 낫다.

생각만으로 끝나는 연애, 자기 합리화·변명, 그러한 것들이 당신을 위해 해 줄 수 있는 일이란 아무것도 없다.

핑계라는 벽돌로 집을 짓지 마라.
그 집은 후회의 집이 되어 당신을 가두게 될 것이다.

사랑의 이유

상대방 : 너도 다이어트 좀 해 봐!
당신 : 됐어! 이게 바로 나야! 이런 내가 싫으면 떠나!
상대방 : 그게 아니라...
당신 : 진정한 사랑은 조건 없는 거야! 나의 있는 모습 그대로가
싫으면 끝내! 그건 사랑이 아니야!

당신이 하고 싶은 일만 하라!
상대방의 말에 귀를 기울이지 말고 무시하라!
당신의 판단 기준에 부합되지 않으면 사랑을 의심하라!
그리고 사랑엔 조건이 없다는 말로 상대방의 사랑을 꾸짖어라!
그럼 반드시 이별한다. 반드시 연애를 실패하게 된다.

이유 없는 사랑은 존재한다.
그러나 사랑하기까지의 이유는 존재한다.

조화 이론

상대방이 자신에게 관심을 보일 때만 자신의 감정을 표현하려
해선 안 된다.
상대방이 자신에게 관심을 보이지 않기 때문에 관심을 가질 수
있도록 만들어야 하며, 적극적인 자세로 먼저 손을 내밀 줄 알아

야 한다. 보통 상대방의 반응을 살피다 제3자에게 기회를 빼앗겨
버리거나(연애의 외부 효과 : 마음에 들어했던 사람에게 고백하기 전에
다른 누군가가 먼저 고백해 본의 아니게 피해를 입게 된다) 시작조차 하
지 못하고 끝을 보는 경우가 많다.

한 명이 비적극적이라면 다른 한 명은 적극적이 되어야 한다.
쉬운 연애를 기대하는 그 기대감이 오히려 연애의 실패를 부추긴
다. 대부분 적극적인 사람과 비적극적인 사람이 만나 시작하는
것이, 성공하는 것이 바로 연애다.

나라면 눈치 살필 시간에
차라리 감동적인 편지 한 장 적어 보내겠네...

은근한 무시

당신 : 어느것이 더 낫니?
상대방 : 이게 더 마음에 드는 것 같아.
당신 : 됐어! 이게 더 나아! 그냥 이거 할래!

당신 : 우리 뭐 볼까?
상대방 : 액션 영화 보자!
당신 : 싫어... 그것만 빼고! 다른 거 골라...

우리는 우리도 모르게 은근히 상대방의 의견을 무시하면서 살
아간다.

해답을 찾기 위해 먼저 물음을 던졌음에도 불구하고 상대방의 대답과는 상관없이 자신의 생각만을 강요한다.

그러나 잊지 마라. 상대방의 의견을 무시할수록 우리의 사랑도 무시당한다는 사실을...

사랑을 무시하지 않는다면 상대방을 무시하지 마라.
사랑도 상대방도 결코 무시될 수 있는 존재가 아니다.

평민 이론

자신의 가치를 너무 높게 평가한 나머지 자신과 어울리지 않는 이성의 범위를 크게 확장해서 연애는커녕 시작도 못 해 보는 경우가 허다하다. 물론 자신이 생각하고 있는 이상형은 존재한다. 그러나 상대방을 알지도 못하면서 미리 판단을 내리는 속전속결형이 되어선 안 될 것이다.

"내가 누군지 알아!"

그러나 상대방은 당신이 누군지, 어떤 가치를 지닌 사람인지 알지 못한다. 아니 당신은 상대방에게 당신을 보여 줄 기회조차 제대로 준 적 있었던가? 상대방을 저울질하기 이전에 먼저 지나친 오만으로 기회를 잃어가고 있는 자신의 모습부터 성찰해 보기를 바란다.

너는 예쁘다!
그렇게 알아주길 원하고 너보다 못 한 자를 무시하는

너의 마음이 싫을 뿐이다. 그래서 네가 싫을 뿐이다...

자기 비하＝연애 실패

누군가의 특별한 연애 대상이 되었다고 해서 지나치게 감사해 할 필요는 없다.

"저랑 사귀어 주셔서 너무나 감사합니다. 저 같은 사람이랑 만나주는 것만으로도 고마워요!"

와 같은 말을 할 필요는 없다는 것이다.

누구나 자신과는 또 다른 특별한 사람과의 만남을 꿈꾼다.

당신이 특별했기 때문에 당신과 사귀었을 뿐, 당신을 구제해 주기 위해서 혹은 동정하는 마음으로 사랑에 빠지게 되는 것은 아니다(동정만으로 사랑을 오랫동안 유지시킬 순 없다). 자신을 너무 낮추려 하지 마라. 지나친 자기 비하가 오히려 상대방이 가졌던 특별한 감정까지 빼앗아 가 버릴 수도 있다.

당신이 당신을 특별하게 생각하지 않는다면, 상대방도 마찬가지다.

억지 반감

미소를 짓고 있는 사람에게 군이 반감을 살 필요는 없다.

잘 하고 있는 사람에게 억지로 튕기거나, 마음에도 없는 말을 해서 상대방의 마음을 곤란하게 만들 필요는 없다는 말이다. 간혹 상황을 잘 알지 못하는 친구들의 말을 듣고 괜히 밀고당기기를 사용하는 사람들이 많은데, 오히려 그러한 행동들이 상대방에게 더욱 심한 상처를 안겨 주게 되고, 당신을 사랑했던 그 마음까지 흔들어 버릴 수도 있다는 사실을 잊어서는 안 될 것이다.

반감은 반항을 낳게 만들고 반항은 바람과 이별을 부른다.

그녀는 소문의 희생자

"남자 친구 사귀면 스킨십을 해야 한다는데 너무 무서워서 못 사귀겠어..."
"남자들은 무조건 바람을 피게 된다는데... 걱정되어서 못 사귀겠어..."
"남자들은 전부다 거짓말쟁이들이야... 도저히 못 믿겠어..."
 사실 여자의 입장에서 남자를 받아들이는 일이 결코 쉬운 일만은 아니다. 여자는 여자 나름대로 방어 본능을 가지고 있고, 쉽게 마음을 열지 못하기 때문이다.
 남자가 쫓아다니는 것이 기분 좋은 일이기도 하지만, 한편으론 무섭고 불안한 일이기도 하다. 그러나 그렇다고 해서 남자를 너무 경계하거나 소문에 연연하여 마음의 문을 닫을 필요는 없다. 스스로 생각하고 있는 부정적인 것들이 막상 겪어 보면 긍정적인 것이 될 수도 있다.
 교통 사고가 무서워 운전하지 않는 사람은 운전하는 사람의 편리함을 알지 못하는 것처럼 말이다.

사랑에 실패한 사람들이 상대방을 헐뜯기 위해 만든 "남자는 다 똑같다!"는 말에 더 이상 현혹되지 말고, 남자를 만나보면서 그냥 남자가 아닌 당신과 만나는 그 누구를 현명하게 평가할 줄 아는 여자가 되어야 할 것이다.

결혼한 사람은 결혼하지 않은 사람에게 결혼을 권하지 않는다.
그렇다고 해서 결혼하지 않는 사람은 드물다.

결혼 방패

"결혼할 것도 아닌데, 실컷 즐기다 헤어져야지!"
"결혼할 것도 아닌데, 잘 해 줄 필요가 없어!"
"결혼할 것도 아닌데, 아무나 사귀면 뭐 어때!"
"결혼할 것도 아닌데, 데이트를 해서 뭣 해! 시간 낭비야!"
'결혼할 것도 아닌데'라는 생각이 면죄부나 자기 합리화의 대안이 될 수는 없다.

자기 것이 될 수 없다고 해서 자기 맘대로 해도 된다는 생각은 버리도록 하자.

오히려 그러한 생각이 연애의 실패를 부추긴다.

결혼할 것도 아닌데라는 생각은
방패가 아닌 자신을 찌르는 후회의 창이었음을...

중심 이론

　자신의 중심에 자신이 자리잡고 있어야 상대방을 지켜줄 수 있게 되는 것이다.

　자신을 잃어버리고 상대방 위주로 자신을 맞추려 하다간 제풀에 지쳐 쓰러져 버리고 만다. 먼저 자기 자신을 찾아가길 바란다. 자신이 강한 주체가 되어 상대방에게 다가갈 때 그 때 비로소 당신은 당신다운 매력을 지니게 되고, 당신의 힘으로 상대방을 지켜 낼 수가 있는 것이다.

　모든 것을 상대방의 기준에 맞추려 하고, 눈치나 살피는 행동은 연애의 성공과도 거리가 멀며, 상대방에 대한 지나친 의존으로 인해 당신을 질리게 만든다.

자신이 중심에 있다고 해서 이기적인 것은 아니다.
이기적인 것과 자기 중심적인 것은 다르다.

망치 이론

　"친하니깐... 약속 시간에 좀 늦어도 이해해 주겠지..."
　"친하니깐... 기념일쯤 그냥 넘어가도 되겠지..."
　친하다고 해서 무시했던 행동들이 모여 더 이상 사랑하지 않는 증거가 되어 버린다.

　친하기 때문에 이 정도는 이해해 주리라 믿었던 믿음들이 지나칠 때 오히려 믿음을 깨어 버리는 망치가 되고 만다.

친할수록 존중해 주는 사람은
자신을 아름답게 가꿀 줄 아는 사람이다.

사람 위에 사람 없고 사람 밑에 사람 없다

고백을 한 사람은 하(下)의 입장? 고백을 받은 사람은 상(上)의 입장?

고백을 받았다고 해서 상대방이 자신을 좋아할 것이라 생각한다거나, 자신의 모든 것을 다 받아줄 것이라고 생각해선 안 된다. 단지 관심과 호기심에서 당신과의 만남을 제안했을 수도 있는 법이다. 지금 당장 사랑에 빠져 당신과 만나고 싶다는 의미가 아님을 잊지 말자.

먼저 고백했으니 명품 선물해 달라고 해야지...
먼저 고백했으니 어디 한번 편하게 따먹어 볼까… 착각은 자유다.

신(新) 복수혈전

누군가를 미치도록 사랑했던 당신... 그리고 그 누군가와의 이별...

60

당신은 당신 나름대로의 이유를 들먹이며 상대방을 증오하고 복수를 결심하게 된다.

"그래... 두고봐라! 남자들아!(여자들아!)"

차갑게 변한 당신은 꼭 그 사람에게라도 복수하듯 다른 이의 사랑을 짓밟아 버린다.

그렇게 철저히 당신을 파괴해 나가며 또 다른 누군가의 마음을 이용해 욕망을 충족시키는 불쌍한 영혼이 되어간다. 그리고 당신도 당신을 버린 그 누군가가 되어간다.

그래서 통쾌한가? 후련한가? 이제 그만두어라! 당신이 지금하고 있는 행동은 어리석은 일탈일 뿐이다.

사랑을 버리겠다고? 그런데 지금 왜 그렇게 외로워하는가?

너를 용서 않으니 내가 괴로워 안 되겠다

나의 용서는 너를 잊는 것...

-조용필의 큐 中-

연애 평가

커플이 되면 당신의 빈자리 때문에 심심해질 친구들이 생기기 마련이다. 심심한 친구들은 당신에게 솔로의 장점을 내세우며 당신이 커플되기를 방해한다.

"네가 아깝다!" "애인 사귀면 귀찮다!" "돈 날리지 마!" "구속 당하지 마라!" "솔로가 편하다!" 물론 솔로일 때의 장점도 많다. 그러나 장점보다는 단점이 더 많다. 연애에도 시기라는 것이 있다.

그 시기를 친구들의 평가나 방해로 인해 놓쳐 버리지 않기를 바란다. 당신의 아름다움은 영원하지 못하고, 그보다 더 좋은 사람을 만나기 위해선 어쩌면 지금보다 더 많은 시간을 기다려야 할지도 모른다.

우정보다 사랑이 우선이다.
아니라고 부정하지만 결국 사랑을 선택하게 되는 것이 바로 인간이다.

솔로 추억

막상 커플이 되고 보니 솔로일 때가 그립기 시작한다.

선택의 자유로움... 여유... 자신을 위해 투자할 수 있는 시간과 돈...

그러나 하나보단 둘이 낫다! 누군가의 구속이 갑갑하게 느껴질 수도 있겠지만.

어차피 그 구속은 아름다운 구속이 아니었던가? 지금 힘든 것은 잠시일 뿐이고, 당신을 힘들게 했던 그 사람이 사랑으로 이제 껏 얼어 있던 당신의 마음을 따뜻하게 녹여 줄 것이다.

지금 커플이라면 솔로일 때를 추억하려 하지 마라. 사랑의 감정이 무뎌졌다 믿으려 하지 마라. 단지 조금 후에 보이게 될 아름다운 사랑을 지금 보지 못하고 있을 뿐이다.

힘들게 사귄 사람을 옆에 두고
솔로일 때를 그리워하는 것도 일종의 병이다.

망설이다 포기하고 후회하는 일이야 말로 가장 큰 연애의 실패다.

이별이 연애의 실패라 믿지 마라. 이별은 연애의 실패가 아니라 사랑이란 결과의 한 단면일 뿐이다.

실패의 이유는 반드시 반복된다. 반드시... 반복된다.

자신이 아무리 완벽해도 자만 하지 마라. 완벽하다고 해서 사랑을 완벽하게 지켜낼 수 있는 것은 아니다.

당신을 버린 그 사람은 더 나은 다음 사람을 지킬 수 있는 힘을 주기 위해 나타난 사람이다.

III 연애 테크닉

Technic of affections

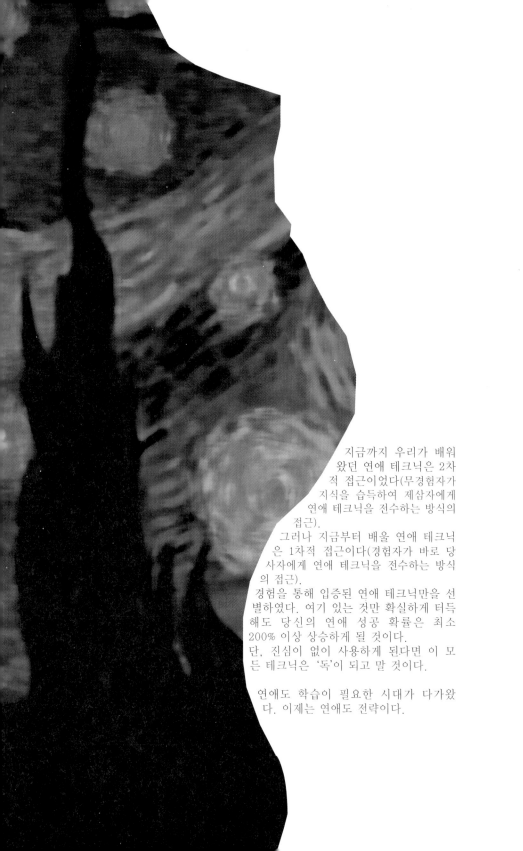

지금까지 우리가 배워
왔던 연애 테크닉은 2차
적 접근이었다(무경험자가
지식을 습득하여 제삼자에게
연애 테크닉을 전수하는 방식의
접근).

그러나 지금부터 배울 연애 테크닉
은 1차적 접근이다(경험자가 바로 당
사자에게 연애 테크닉을 전수하는 방식
의 접근).

경험을 통해 입증된 연애 테크닉만을 선
별하였다. 여기 있는 것만 확실하게 터득
해도 당신의 연애 성공 확률은 최소
200% 이상 상승하게 될 것이다.

단, 진심이 없이 사용하게 된다면 이 모
든 테크닉은 '독'이 되고 말 것이다.

연애도 학습이 필요한 시대가 다가왔
다. 이제는 연애도 전략이다.

호랑이를 잡으려면 호랑이 굴로 들어가라

A

집 → 학교(직장) → 집 → TV 시청 → 취침

가치관 및 인식 : 먹고 찌자, 옷은 몸을 가리는 도구, 남자가 어떻게, 여자가 어떻게, 유치하게, 지금 내 나이가 몇 살인데, 연애는 수동적으로, 누군가 먼저 다가와 주겠지, 연애는 인생의 방해물이야, 내게 있어서 연애는 사치야. 나를 제외한 모든 사람은 다 귀찮아.

B

집 → 학교(직장) → 취미 활동(운동 · 학원 · 동호회 및 기타 외부적인 활동 영역의 확장) → 집→ 여가 활동(독서 · 인터넷 정보 수집 · 음악 감상 · 영화 감상 · 기타) → 취침

가치관 및 인식 : 다이어트하자, 좀더 스타일을 멋지게, 남자라도, 여자라도, 유치가 아닌 로맨틱이야, 난 아직 젊어, 연애는 능동적으로, 기필코 인연을 만들고야 말겠어, 연애는 인생에 있어서 소중한 과정이야, 내게 있어서 연애는 삶의 에너지야.

당신은 A유형의 사람인가 아님 B유형의 사람인가?

A유형의 사람일수록 애인이 생길 확률이 낮아지며, B유형의 사람일수록 애인이 생길 확률이 높아진다.

가만히 집에 누워서 운명이 나타나기만을 기다리지? 먼저 다가와 주기만을 기다리지? 백마 탄 왕자나 공주가 아니면 상대조차 하기 싫지? 그만 됐다! 이제는 호랑이를 잡으러 갈 시간이다.

능동적일 때 더 많은 우연이 발생하고,
적극적일 때 더 많은 우연을 운명으로 전환시킬 수 있다.

Love equation(사랑의 방정식)

호감

공간의 힘＋외모＋스타일＋타이밍＋상대적 기호＋과거의 경험＋의외성＋우연＋자기 계발

고백

고백 전 행동＋분위기＋상대방의 기호＋진심＋고백 태도＋호감＋타인의 평가＋고백 후 기다림

사귐

시각적 충족＋좋아하는 감정＋내면적 기대＋낙관적 미래＋믿음＋호기심＋X

↓

반복적 만남

시간＋정성＋진심＋표현＋주기적 연락＋변화＋기대＋새로운 감정의 상승＋X

사랑

화학작용＋반복적인 만남의 결과＋믿음＋신뢰＋스킨십＋열정＋과정의 충실도＋X

권태기

애정의 의혹＋지루함＋신비로움 상실＋반복이 주는 식상＋성격 차이＋단점 습득＋X

정

추억＋기억＋깨달음＋함께 한 시간＋편안함＋상대방 정보＋승화된 사랑＋X

이별

결점＋지루함＋식상＋비관적 미래＋바람＋정과 사랑의 혼동＋믿음 상실＋X

X＝기타 변수(돈·능력·조건·섹스·제삼자의 개입 등) : 단 변수는 변수일 뿐이다.

이 방정식은 앞으로 당신이 연애 테크닉을 사용할 때
필요한 연애의 기본 공식이 되어 줄 것이다.

연애의 기본

1. 한 방에 보낼 방법은 없다

처음부터 100점을 받으려 하지 마라. 10점을 받아도 좋고, 20점을 받아도 좋다. 그렇게 조금씩 시간과 함께 좋은 모습을 보여주면서 감정의 크기가 커지게 되는 것이다. 연애에서는 명궁이 될 필요가 없다(예 : 비싼 선물을 사주는 것보다 안부의 문자를 보내고 상대방을 위해 웃어주는 일부터 시작한다).

2. 최고의 모습보단 최선의 모습을 보여 주어라

최고의 모습을 보여주기 위해 노력하다 실수만 연발하게 되고 오히려 역효과가 나게 된다(예 : 상대방의 마음을 보다 빨리 얻고 싶어 자신이 가진 전부를 보여주기 위해 노력한다. 그러나 그 모습 속에 함정이 숨어 있다. 왜냐 하면 아직 준비가 되지 않은 상황에서 당신의 모습이 강요로 느껴지기 때문이다).

3. 세상에 널린 것이 여자고 남자다!

이러한 생각으론 한 사람과 오랜 연애를 할 수 없다. 아쉬움의 결여는 감정의 진행을 가로막고 중도 포기하게 만든다. 포기는 최후의 선택이어야 한다. 그러나 아쉬움이 없는 자에겐 포기조차 쉬운 선택이 되고 만다.

아무리 좋은 방법도 위의 기본을 준수하지 않는다면 무용지물이 되고 말 것이다. 먼저 기본부터 준수할 줄 아는 사람이 되자.

연애의 기본…

그것은 바로 욕심을 버리는 것…

그것으로부터 시작된다.

사랑은 욕심으로 채워지지 않는다… 절대로…

역(易) 접근 테크닉

먼저 접근하는 것보다 때로는 상대방이 자신에게 먼저 접근하도록 만들 필요가 있다. 그렇다면 상대방이 자신에게 먼저 접근하도록 만들 수 있는 5가지의 전략을 배워보도록 하자.

1. 긍정적이고 낙천적인 자세로 상대방에게 밝은 모습을 보여주자. 그 매력은 당신을 참 기분 좋은 사람으로 만들어주고, 당신에게 다가가는 발걸음의 속도를 빠르고 가볍게 만들어 준다(너무 도도한, 인상을 찌푸린, 은연중에 상대방을 무시하는, 자주 화를 내는 사람에겐 마음이 있어도 다가가기가 힘들다. 오히려 멀리하려 한다).

2. 다양한 이미지를 연출하라. 다양한 이미지를 가지고 있는 사람은 매력적이다. 단벌 신사·숙녀가 되지 마라. 이런 모습도 저런 모습도 보여 줄 수 있는 사람이 되자. 고정된 이미지가 줄 수 있는 매력에는 반드시 그 한계점이 존재한다(스스로 한계를 만들지 말자).

3. 어떠한 행동에 있어서 평등하라. 잘생기고 예쁜 사람에겐 누

구나 더 큰 호감을 가지고 잘 해 주기 마련이다. 그러나 그러한 사람에겐 보이지 않는 적들이 많다. 못생긴 사람이라도, 예쁘지 않은 사람이라도 똑같이 잘 해 주도록 노력하라(못생긴 사람을 적으로 만들 경우 그들이 예쁜 상대방과의 연애를 방해하는 방해물이 될 수도 있다는 사실을 기억해 두자).

4. 잘난 척, 있는 척, 아는 척, 이 3척을 배제하라. 당신이 3척하지 않아도 아는 사람들은 당신이 정말 괜찮은 사람인지 그렇지 못한 사람인지를 안다. 스스로 드러낼 때 오히려 당신의 가치는 떨어지게 될 것이다(지나친 자기 자랑은 시기심과 질투심을 유발시킨다).

5. 외로운 당신이란 뉘앙스를 풍겨라. 가끔 고독한 모습을 연출하라. 누군가 당신의 외로움 속으로 들어올 수 있도록 그렇게 혼자 있는 시간 잔잔한 눈빛으로 생각에 잠겨라. 혼자 창 밖을 보며 커피를 마시고 있는 모습을 보여 주어라. "무슨 일 있니?"라며 접근하게 만들어라(애인이 있는 뉘앙스를 풍겨서는 안 된다).

참고 : 기본 접근 라인
관심 → 호의 → 반복 → 정지 → 궁금증 → 불안 → 고백

이성이 많은 공간에서 만약 당신에게 접근하는 이성이
단 한 명도 없다면 당신은 다시 한 번 당신에 대해서
깊이 생각해 볼 시간을 가져야 할 것이다.

한 건 올리는 테크닉

 유치한 듯 보이지만 일부러 볼펜을 떨어트리기도 해 보고, 실수를 남발하여 관심을 끌어보기도 해 보고, 맞지만 맞지 않다고 투정을 부리면서 대화를 연장해 보기도 하고, 대뜸 말을 걸어 무언가를 물어보기도 해 보고... 그래! 그렇게 하면서 이야기가 시작되는 것이며, 인연이 만들어지게 되는 것이다. 먼저 말을 걸어라! 먼저 다가가라! 상대방과 자신과 연결될 만한 핑계거리가 있다면 망설임 없이 그 핑계를 이용하라.

예제 상황1 미용실에서 머리를 감겨 줄 때
 손님 : 저... 물이 너무 차가워요... 조금만 더 따뜻하게 해 주겠어요...

 스텝 : 예... 죄송해요 손님...

 손님 : 제 마음은 더욱 차가운데... 저... 그 쪽이 맘에 들었어요...

예제 상황2 학교 매점에서 혼자 밥을 먹고 있는 상대방
 당신 : 저... 이거 같이 먹어도 될까요...?(준비한 음료수를 내밀며 말을 건다)

 상대방 : ……

 당신 : 마음에 들어서 여기 온 건 사실이에요... 그렇지만 저도 예전에 혼자 밥 먹는 서러움 알기에... 웬지 모르게 함께 있어주고 싶었어요...

운명이 기회를 만들어주기도 하나... 그 기회는 지극히 한정적이다. 이제 당신이 운명을 만들어 나갈 차례다!

한 건 올리는 것은 어디까지나 당신 몫이다.
운명은 당신이 만들어 나가는 연출이니깐...

연애 초반

남

대부분의 남자들이 연애 초반에 집착에 빠지게 되며, 여자를 쫓아다니는 입장이 된다.

사귐과 동시에 여자가 남자를 사랑하게 될 것이라는 착각에 빠지기도 하며, 여자에게 잘 보이기 위해 연애 과정 중 70%의 감정을 소모하게 된다. 연애 초반은 어디까지나 서로가 서로를 탐색하는 탐색기란 사실을 잊어서는 안 된다. 마음의 여유를 가지고 서서히 좋아져 가는 여자의 마음을 붙잡기 위한 노력을 기울여야 한다(여자의 마음은 계단이다). 처음부터 '확~'하고 남자와 사랑에 빠지는 여자는 드물다. 호감과 관심을 가지고 지켜보는 단계니 너무 성급하게 서두르지 말기를 바란다.

자신의 감정을 강요하기보다는 자신의 감정을 조금씩 표현해 나가도록 하자. 이미지와 스타일에 많은 신경을 써야 하며, 실수가 쉽게 용서되지 못하고 이별을 고려해 보게 만드는 계기가 된다는 사실을 잊어서는 안 된다.

여

대부분의 여자들이 연애 초반에 남자들의 사랑을 의심하게 되며, 남자들에게 쫓김을 당하는 입장이 된다.

사귐과 동시에 지나치게 남자를 의심할 필요는 없다. 단지 당신의 외모에 반해 쫓아다니는 단계니 확고한 믿음이 부족한 것은 사실이나, 경계를 한다거나 더 큰 믿음을 보여 줄 것을 강요할 필요는 없다. 한 번 튕겼다 허락해 주는 것이 좋으며, 마음을 보여 주되 몸을(지나친 스킨십·섹스 등) 보여줘선 안 된다.

남자가 당신을 쉽게 정복할 수 있게 내버려 두지 말고 적당한 거리를 두면서 남자의 진심을 주의 깊게 관찰해 나가도록 하자. 쉽게 언제 어디서든 만날 수 있는 여자가 되기보단 조금은 만나기가 힘든 여자가 되는 것이 좋으며, 자신과 사귀기 위한 조건을 제시하거나, 처음부터 과거를 다 용서받을 필요는 없다. 숨길 것이 있다면 적당히 숨기는 것이 좋으며, 보다 많은 시간을 자신의 외모를 꾸미는 데 투자해야 할 것이다(남자는 연애 초반일수록 외모에 더 많은 비중을 두게 된다).

연애 초반... 상대방은 당신에게 모든 것을 요구하지 않았다.
그러나 당신은 모든 것을 보여 주려 한다.

연애 중반

남

처음에 가졌던 열정은 사라져가기 시작하고 서서히 보이지 않앗던 일과 친구가 생각나게 된다.

스킨십에 대한 관심이 높아지며, 데이트 자금에 대한 압박감이 느껴지기 시작한다(유혹 후엔 투자 비용이 아깝게 생각들 때가 있다).

밀고당기기를 병행하고, 감동을 줄 수 있는 이벤트와 애정 표현을 적절하게 유지할 줄 안다면 별 어려움 없이 관계가 발전하게 된다. 그러나 방심은 금물이다. 남자와 여자의 감정 선이 서서히 일치하게 되나, 상대방의 애정을 너무 당연하게 여긴다면 잦은 싸움(불만족에 의한 스트레스)으로 인해 서로가 지쳐갈 수도 있으며, 서로에 대한 믿음이 흔들리게 될 수도 있다.

보통 이 시기에 섹스가 이루어지고 섹스를 목적으로 상대방을 만나게 되는 경우가 많은데, 너무 섹스에 연연하다 섹스보다 더 의미 있는 것들을 잃어버릴 수도 있다. 끝까지 흔들리지 않는 모습을 보여주는 것이 중요하며 믿음을 심어주는 것이 'KEY POINT'다.

여

서서히 남자가 좋아지기 시작하며 "이런 것이 사랑이 아닐까?"라는 생각을 하게 되는 시기다. 그러나 처음과 달리 조금씩 바빠지기 시작하고, 냉정해져 가는 남자의 모습을 보면서 불안해 하고, 사랑의 증거를 찾기 위해 끊임없이 남자를 괴롭히게 된다. 그러나 이러한 행동이 자칫 잘못하면 집착으로 오인받아 남자를 멀리 달아나게 만들 수도 있다.

다양한 이미지 연출을 통해 남자에게 새로운 느낌을 심어주는 것이 좋고, 안심하고 있는 남자에게 적절한 밀고당기기를 사용하여 관계의 긴장감을 제공해 주는 것도 관계를 유지하는 유용한 전략이 된다. 이 시기에 섹스가 이루어지기 때문에 많은 변수가 발생하게 된다.

언제나 섹스할 수 있는 여자가 되기보단 정말 사랑하기 때문에 섹스를 나눌 수 있는 여자가 되어야 한다(섹스는 함께 나누는 것이지 일방적으로 요구하고 들어주는 것이 아니다).

그리고 지나친 애정 표현과 섹스 횟수는 남자를 안심하게 만들고, 한눈을 팔게 만들 수도 있다는 사실을 기억해 두고 있어야 할 것이다.

연애 중반... 서서히 사랑하게 되는 것...
그러나 이제 사랑하게 된 사람에게 더 큰 사랑을 요구하지...

연애 후반

남

점점 의무적인 사이가 되어간다.

만나고 싶어서 만나는 것이 아니라, 만나야 하는 것 같기 때문에 만나게 된다.

정이냐 사랑이냐를 저울질하게 되고, 다른 여자가 눈에 들어오기 시작한다.

쉽게 화를 내고, 자주 짜증을 내게 된다.

미안해서 헤어지지 못하기도 하며, 헤어지고 나면 특별한 대안이 없어서 헤어짐을 참기도 한다.

그녀의 벗은 몸을 봐도 흥분되지 않으며, 바람을 피게 되거나 끝내 이별을 이야기 하고 만다.

그러나 남자들은 모른다. 연애 후반에 누릴 수 있는 편안함과 따뜻함이 정녕 사랑이었음을... 그렇게 또 다른 설레임을 찾아 사랑했던 한 여자를 버리고 만다.

이러한 결과를 예방하고 싶다면 새로운 재미와 흥미를 노력이 란 단어로 만들어 내야 한다. 익숙함을 이용한 새로운 데이트(여행·야외·시외 등), 약간의 거리감을 통한 긴장감 제공, 서로에 대한 소중함을 제공할 수 있는 계기를 마련해 보는 것도 좋다(별 여자 없더라... 호기심을 줄 수 있는 사람은 많아도 사귈 사람은 드물다).

여

이제야 사랑을 알 것 같은데 남자의 무관심한 태도는 여자를 공허하게 만들고, 이제 여자가 남자를 쫓아다니는 입장이 된다(이 시기에 여자들은 사랑을 하면서도 가슴이 뻥 뚫린 듯한 느낌을 받게 된다).

상대방의 사소한 행동 하나도 전과 같지 않다는 이유로 의심하게 되고, 더 사랑받고 싶어하는 마음에 많은 노력을 기울인다. 이전보다 더 많은 애정 표현을 하게 되고, 상대방을 이해하고 배려해 주지만 웬지 늘 혼자인 것 같고 외롭다. 정말 사랑하게 되었는데 허전함은 더욱 커지는 것 같다.

사실 남자들은 모른다. 그런 여자의 마음을... 어리석게도 헤어지고 나서, 시간이 지난 후에야 비로소 깨닫게 된다.

그러나 너무 슬퍼하지 마라. 지금까지 잘 해 왔다. 조금만 더 참으면 된다. 알아주지 못했던 마음, 언젠가 더 큰 사랑으로 보답받게 되는 날이 오게 될 것이다.

화장품을 손에서 놓지 말고, 항상 새로운 모습을 보여주기 위해 노력하라. 집착을 하지 말고 모든 것을 다 보여 주지는 마라. 궁금해서 다가오게 하고 그것에 큰 흥미를 느낄 수 있는 히든 카드 (섹스·변신·직장·능력 등) 하나를 만들어 두는 것도 좋다(남자를 무조건 믿으려 하지 말고, 자기 발전을 도모하라. 그 발전이 남자의 변심을 막는다).

연애 후반... 사랑이 식어 정이 생기는 것이 아니라
사랑하기 때문에 정이 생기는 것이다.
정과 사랑? 당신의 선택 속에 어쩌면 영원한 사랑이 숨어 있다.

연애 유지

1~3개월

이 시기는 관찰기다. 실수에 대한 관용도가 지극히 낮으니 단점은 최대한 숨기고 장점을 보여주기 위해 노력하자.

당신과 사귀면 벌어질 일들에 대한 기대감을 심어주고 하루하루 최선을 다 해야 할 것이다. 관심과 호기심이 최고로 높은 시기이니 특별히 밀고당기기를 할 필요는 없다. 그러나 상대방의 애정과 당신의 애정을 가늠하려 한다거나 집착하게 된다면 3개월을 넘기지 못하고 헤어지게 될 것이다("이젠 분명히 넘어왔겠지!" 이 시기를 망치는 가장 큰 원인 중 하나다. 3개월 이전의 확신은 금물이다).

3~6개월

이 시기는 애정 상승기다. 스킨십이 진행되고, 서서히 애정이 상승되어 가는 시기다. 설레임과 호기심은 줄어들고 서로에 대한 믿음과 애정이 높아져 가는 시기다.

적절한 밀고당기기가 병행되면 관계에 긴장감이 제공되고, 서로에 대한 애틋함이 더욱 커지게 된다.

선물 · 감동 · 표현 · 노력 · 이벤트 등을 통하여 서로의 사랑을 튼실히 다질 수 있는 시기다. 그리고 만약 헤어질 마음이 있다면 이 시기에 헤어지는 것이 유리하다.

6개월에서 1년 이상

이 시기는 혼동기다. 사랑을 의심하게 되거나 권태기를 맞이하게 된다. 물론 더 깊어진 사랑으로 애정 전선을 잘 유지해 나가는 사람들도 있겠지만, 대부분은 서로에 대한 설레임을 잃어버리고 의무적인 만남을 유지하다 급하게 끓어올랐던 물이 식어 없어지듯 그렇게 헤어져 버리고 만다.

정이라는 감정이 생겨나기 시작하나 진정한 사랑의 의미를 깨닫지 못한 채 또 다른 설레임을 찾아 사랑했던 사람을 버리고 만다. 사랑이 의심된다면 그 동안의 기억들에게 물어 보도록 하자. 추억은 거짓말을 하지 않는다. 서로가 식상해진 만큼 새로운 모습을 보여주도록 하고, 가까울수록 돌아가란 말을 잊지 말자.

100명과의 3개월짜리 연애를 한 사람은
1명과의 3년짜리 연애를 한 사람보다
연애를 잘 할 줄 모르는 사람이다.
최소 누군가와 1년 이상은 사랑하라.

연애 행동 강령

1. 일부러 바빠져라. 상대방에게 바쁘다는 인식을 심어준 다음 약속을 잡아내서 얼굴만 보고 헤어져라. 그리고 문자를 보내어라. "바쁘지만 정말 보고 싶었다고..."

2. 주머니 사정이 넉넉지 못한 날이라고 해서 데이트를 완강히 거절할 필요는 없다. 적당한 핑계를 대고 만나서 일찍 헤어지면 되는 것이다(오히려 아쉬움을 줌으로 인하여 +효과).

3. 약속 장소에 먼저 도착했을 경우 멍하니 혼자 서 있는 것보다 주위를 물색해 보며 만나서 이동할 장소를 선별해 두는 것이 좋다(준비된 즐거움, 자신감을 선사하자).

4. 첫 데이트의 점심때 양식을 먹었다면 저녁때에는 한식을 먹고, 점심때 한식을 먹었다면 저녁때에는 양식을 먹는 것이 좋다. 그렇게 하면서 상대방의 기호를 재빨리 눈치챌 수 있게 되는 것이다(보통 "뭐 먹으러 갈래요?"라고 물어 보면 "아무거나"라고 대답해 곤란해진다).

5. 핑계를 댈 때에는 중요한 일을 핑계삼아야 한다. 상대방보다 가치가 떨어지는 일을 핑계삼지 말자. 예를 들어 "늦잠 잔다고 못 나가겠다!" "게임 때문에 못 만나겠다!"와 같은 핑계는 피하는 것이 상책이다.

6. 때에 따라서는 알면서도 모른 척 넘어가고 속아주도록 하자. 추궁할수록 상대방은 더욱 교묘하게 비밀을 숨기게 될 것이다. 차라리 속아 주면서 상대방을 관찰하는 것이 한 수 위의 전략이다.

7. 연애를 잘 하기 위해서는 부지런해야 한다. 귀찮은 것이 많을수록 상대방 마음이 비례하여 멀어지게 되고, 애정을 상승시킬 수 있는 계기가 줄어들게 된다.

8. 친한 사람을 활용하자. 자신의 스타일을 평가해 주는 평가자로, 자신에게 소개팅이나 미팅을 주선해 주는 주선자로, 조언을 해 주는 조언자로...

9. 상대방과 당신이 맞다고 해서 "원래부터 맞구나!"라며 당연하게 받아들여서는 안 된다. 상대방이 당신과 맞추어 가기 위해 엄청난 노력을 하고 있을 수도 있다.

10. 주위의 모든 상황을 상대방에게 집중시켜라. 그렇게 운명적인 것처럼 연출하라. 자신이 습득하고 있는 모든 정보를 상대방과 연관 지어 설득하라. "너도 정말 그렇게 생각했니? 나도 정말 그렇게 생각했는데... 이야 신기하다!"

11. 상대방에게 '찝쩍' 된다는 느낌을 심어주어선 안 된다. 누군가에게 다가갈 때는 허풍, 주접, 깔끔하지 못한 스타일, 건들거리는 태도로 접근하지 마라.

12. 아무리 좋은 테크닉을 구사해도 진심이 없다면 마음이 그것을 알아차리지 못하며, 와닿지 않아 당신의 마음을 의심하게 된다.

13. 연애가 항상 아름다울 필요는 없다. 진흙탕에서도 한 송이 꽃은 피어나기 마련이다.

다만 꽃이 자라날 수 있는 최소한의 태양과 거름... 물은 존재해야 한다. 차가운 바람과 진흙탕만으로 꽃은 살아낼 수 없기 때문이다. 도도하게 굴어도, 조금 날카롭게 굴어도 큰 상관은 없다. 다만 그것이 전부가 되어선 안 된다는 것이다.

규칙은 단지 규칙일 뿐이다.
다만... 그 규칙 속에 당신이 자유로울 수 있고
얻을 수 있는 것이 있다면 이미 그 규칙은 규칙이 아니며
당신의 일부분이 되는 것이다.

연애 참 잘 했어요(연애 성공 지도)

철수

철수는 여자 친구에게 늘 사랑받는 남자였습니다. 얼굴은 못생겼지만 스타일을 꾸밀 줄 압니다. 열심히 운동을 하고 자신이 맡은 일에 최선을 다 합니다. 그 모습이 여자 친구의 눈엔 믿음직스러워 보인답니다.

무뚝뚝하지만 가끔씩 내민 그의 편지는 여자 친구를 기쁘게 만

듭니다. 표현이 부족한 대신 행동으로 자신의 마음을 대신할 줄 안답니다. 유머는 없지만 항상 여자 친구의 말에 귀를 기울여 줍니다. 잘 들어주고 정성스럽게 답변해 주는 모습이 개그맨보다 더 좋습니다.

데이트 장소를 많이 알고 있어 철수를 만나는 여자 친구는 즐겁습니다. 철수가 이끌기 때문에 길거리에서 방황할 필요도 없습니다. 머리가 나쁘지만 메모를 잘 하는 철수는 사소한 기념일조차 그냥 넘기는 일이 없습니다.

그리고 한 번쯤 친구들과 일 때문에 바쁜 모습을 보여 줍니다 (명분을 제공한 바쁜 모습은 자연스러운 밀고당기기가 된다).

영희

영희는 남자 친구에게 늘 사랑받는 여자였습니다. 명품을 걸치진 않았지만 싸고 좋은 옷들이 많아 다양한 이미지를 연출할 수 있습니다. 분위기에 따라 화장도 할 줄 알고, 때론 과감하게 짧은 치마도 입을 줄 아는 여자였습니다.

영희는 무조건 튕기지 않습니다. 최소 3번은 잘 해 준 다음 튕긴답니다(연애 리듬-강 약약약). 애교는 없지만 가끔씩 털털하게 남자 친구를 편하게 대해 주곤 합니다.

센스가 있는 영희는 돈을 쓰는 방법을 알고 있습니다. 남자 친구가 3번 돈을 낸다면 그 중 가장 돈이 많이 들어가는 1가지는 자신이 사고 나머지만 남자 친구가 쓰도록 만듭니다.

쓸데없는 투정이나 남과 비교는 하지 않습니다. 남자 친구의 있는 그대로를 받아들이려 노력하고, 믿음으로 애정을 의심하지 않습니다. 그 결과 집착하지 않기 때문에 연애가 여유롭고 편합니다.

철수와 영희처럼만
연애를 해도 적어도 어디 가서 차이지는 않는다.

바보 온달 이론

외모의 효력은 시간과 함께 사라져 버린다. 우리는 연애를 유지하기 위해 외모를 대신할 수 있는 대안을 만들어야 하며, 상대방에게 긍정적인 미래를 선물해야 한다.

바보 온달이 평강공주를 만나 장군이 되었듯이 당신도 그렇게 변해 가는 모습을 보여 줘야 하며, 또한 그렇게 되도록 노력해야 한다.

겉멋만으로 연애를 오래 유지시킬 수는 없다. 내실을 다지도록 하자. 열심히 준비하고 있는 일도 좋으며, 자기 계발을 위해 노력하는 모습을 보여주는 것도 좋다. 그리고 당신이 그 일을 해낼 수 있게 힘이 되어주는 사람이 바로 상대방이라는 사실을 인지시켜 주도록 하자.

"네가 있기에 힘들지만 난 지금 이 힘든 일도 견뎌 낼 수 있으며, 앞으로 꼭 성공하게 될 거야!"

이 말은 마법과도 같은 힘을 발휘한다. 비록 당신이 정말 그럴 수 없는 사람이지만, 그 사람의 존재감으로 인하여 또한 그렇게 될 수도 있는 법이니깐 말이다.

'1+1=3'이 되도록 하자. 함께 함에 발전을 도모할 수 있는 사람이 되도록 노력하자.

그러한 모습들이 상대방의 마음 속에 굳건한 믿음을 심어주게 되며, 오랜 시간 함께 할 수 있는 용기와 희망을 안겨주게 되는 것이다.

유형별 공략 전략

못생긴 사람 : 외모를 미화시키려 하지 말고, 상대방이 인정할 수 있는 부분에 대한 칭찬으로 마음을 열어가라. "사실 처음 봤을 땐 별로 였지만 보면 볼수록 매력 있는 사람 같아요!"

바람둥이 : 첫눈에 반하게 만들지 못한다면 사실 힘들다. 외모로 마음을 흔든 다음 그들의 페이스에 놀아나지 않는 것이 중요하다. 넘어갈 듯 넘어가지 않는 태도를 유지하자.

무뚝뚝한 사람 : 과묵하고 정이 많다. 먼저 애교를 부려보고 시켜보면서 칭찬해 주어라. 그렇게 조금씩 무드를 알아가는 사람이 될 것이다.

미련곰탱이 : 이런 사람은 연애 초반에 잡아야 한다. 당신을 좋아하는 마음이 강할 때 당신이 설득하고 제안하면서 교육시켜야 한다. 여우가 될 수 있도록...

날나리 : 좀 놀아본 사람의 경우 쉽게 사랑의 감정에 동요되지 못한다. 왜냐 하면 그러한 경험이 많음으로 인해 감정이 무뎌졌기 때문이다. 이런 사람일수록 외로움을 많이 타니, 힘들더라도 묵묵히 지켜봐 주며 그들의 힘이 되어주도록 하자.

유령 : 사귀지만 사귀는 것 같지 않은 느낌이 드는 사람일 경우. 그냥 그런 상대방을 인정해 주고 조금씩 자신의 마음을 표현해 나가면서 상대방 스스로가 깨닫도록 만들어야 한다. 이런 사람에게 강요를 한다거나, 변하길 요구하다간 오히려 만날 수 있는 기회조차 상실해 버릴 수도 있다.

어떤 유형이든 사람의 마음은 사람의 마음으로 열리게 되어 있다.
다만 접근 방법에서 차이가 날 뿐인데...
그 방법 역시
상대방을 인정해 주는 아주 단순한 것에서부터 시작한다.

Love is timing

사랑은 타이밍이다. 그리고 타이밍은 우연과 운명이 아닌 연출이다. 연애를 성공하기 위해선 타이밍이 필요하며, 타이밍을 어떻게 맞추느냐에 따라 연애의 결과가 달라지기도 한다.

고백 타이밍
만나자 말자 바로 '좋아한다, 사랑한다, 사귀자'고 고백해선 안 된다. 상대방의 기분을 들뜨게 만들 수는 있으나 큰 믿음을 심어주진 못한다.

빠르면 4번째 만남에, 늦어도 3개월 안에 고백하는 것이 좋다(3개월 이상이 경과되었을 경우 서로에 대한 신비감·호기심·설레임의 감정이 반감되어 친구 이상 생각되지 않을 가망성이 커진다).

같은 공간(직장·학교)에 있는 상대방이라면 먼저 자신의 좋은 이미지를 심어주고 나서 고백하는 것이 더 유리하다. 그리고 특정일(크리스마스·발렌·화이트 데이)에 고백하면 상대방이 고백을 승낙할 확률이 높아진다("크리스마스 때 뭐하세요? 그 때 약속 없으시면 저랑 만나요?" 고백을 하지 않아도 이런 질문만으로 상대방의 마음을 떠 볼 수도 있다).

스킨십 타이밍

만나자 말자 혹은 사귀자 말자 스킨십이 목적인 사람처럼 행동해선 안 된다. 믿음을 보여 준 다음 자연스러운 이끌림에 따르는 것이 유연한 스킨십 타이밍이 된다.

그리고 스킨십은 사랑의 목적이 아닌 결과임을 잊지 말아야 한다. 살포시 닿을 듯 말 듯한 접촉 또한 상대방을 설레게 만들 수 있다(극장 안에서 무릎과 무릎이 닿는 그 아슬아슬함이 가슴을 주무르고 떡 치듯 만질 때보다 더 묘한 쾌감을 선사한다).

여자는 남자의 강요에 의해 자신의 마음과는 상관없이 스킨십을 허락해선 안 된다.

자신이 허락할 수 있는 시간을 가지고 그것을 기다릴 수 있는 상대방의 인내를 테스트하라. 그 때 여자는 남자의 진심을 보게 될 것이다.

헤어짐의 타이밍

사귀게 된 지 6개월을 기점으로 계속 만날 것인지 그만 만날 것인지에 대해 신중하게 생각해 볼 필요성이 있다. 왜냐 하면 그 때부턴 정이라는 감정이 생김으로 인해 이별을 받아들이기가 더 힘들어지기 때문이다.

그리고 헤어지기 미안해서 계속 만나고 있다면 차라리 빨리 헤어지자고 말하는 편이 상대방을 위한 더 깊은 배려가 된다는 사실을 잊어서는 안 된다(사귐을 10번 생각했다면 헤어짐은 100번 생각하라. 그래도 모자람 없는 것이 바로 헤어짐의 신중함이다).

소개팅, 미팅 타이밍

가을·겨울에 소개팅에 성공할 확률이 높아진다. 외로움이 깊어지기 때문에 소개팅에 관심이 없었던 킹카·퀸카들도 소개팅에 많이 나오게 되며, 상대방을 보는 눈이 덜 까다로워진다.

미팅은 주로 대학생들이 많이 하는데, 3~4월에 킹카·퀸카를 만날 확률이 높다(대학 축제, 신입생들의 영향).

부킹 타이밍

무도회장(나이트클럽)에서의 시간은 금이다.

밤 12시부터 새벽 2시까지가 핑크 타이밍이며, 마음에 들지 않는 사람과 부킹을 했을 경우 여자라면 친언니와 함께 와서 가봐야 한다고 하면 되고, 남자라면 친구들과 지금 할 말이 있다고 이야기 하면 된다(미안해서 마음에 들지도 않는 사람과 대화를 나눈다고 시간을 허비하다간 본인만 바보가 되고 만다. "재미있게 놀다 가세요" 한마디면 된다).

아무리 좋은 쌀을 가지고 밥을 짓는다 하여도
뜸을 제대로 들이지 못하면 그 밥은 맛없는 밥이 되고 만다.

모래시계(연애의 장기전)

일정한 시간, 일정한 요일, 일정한 날씨에 반복적으로 자신의 마음을 표현하라.

매일 저녁 8시에 문자를 보내고, 매주 수요일 상대방을 위해 편지를 보내고, 비가 오는 날이면 음악 메일 선물하고... 이 전략은 장기전이 될수록 그 효력이 강해진다.

그렇게 일정하고 반복적인 전략을 수행하다 갑자기 멈추게 되었을 때... 당신은 상대방의 초조한 마음과 더불어 당신에게 손을 내미는 사랑에 빠진 한 사람의 모습을 보게 될 것이다.

8시 30분마다 전화를 걸었단다.
처음에 받지조차 않았었지...
그러나 어느 순간...
내 전화를 기다리고 있다는 사실을 알게 되었단다.
그렇게 마음이 열리게 되었고, 우린 결혼할 수가 있었단다.
-고등학교 선생님의 결혼 일화에서-

90

캠퍼스 연애

낭만적인 캠퍼스 잔디 위에 누워 책을 보고 있으면 애인이 생긴다는 말은 이제 옛말이다.

점점 이기적인 풍토가 팽배한 캠퍼스에서 능동적으로 이성에게 다가갈 수 없다면 캠퍼스의 아웃사이더가 될 수밖에 없다. 먼저 각종 동아리 · 과 모임 · MT · OT 등을 통하여 인간 관계를 확장시켜 나가도록 하자.

당신이 적극적으로 이러한 활동에 참여할수록 더 많은 연애의 기회를 얻을 수 있게 된다.

같은 과나 동아리 사람이 마음에 들었을 경우엔 바로 접근하지 말고 상대방을 좀더 지켜본 다음 명목(리포트 · 모임 · 식사)을 만들어 좀더 자연스럽게 접근하는 것이 안정감 있는 접근 전략이 된다.

캠퍼스 헌팅을 하고 싶다면 중간고사 · 기말고사 시즌 도서관에서(의외로 킹카 · 퀸카들이 많이 밀집해 있다) 시도해 보기를 바란다. 방법은 공부하고 있는 상대방에게 조심스럽게 다가가 캔 커피와 쪽지를 전해 주면 된다(캠퍼스 헌팅의 정석(正石) : 쪽지를 전해 주기 전에 먼저 상대방 근처에서 공부를 하거나 기웃거릴 필요가 있으며, 전해 줄 찰나 눈이 마주치는 것이 좋다).

연애 대상을 선정할 땐 항상 신중해야 한다. 행여나 잘못되었을 경우 자주 마주치는 곤욕을 면치 못하고 소문이 와전되어 자신의 이미지에 큰 타격을 입을 수도 있기 때문이다(같은 과일 경우 마주치기 번거로워 편입이나 휴학을 고려해 보기도 한다).

혹시 당신의 별명은 무엇이라 생각하는가? 이성들은 자주 마주치는 학우들의 이름을 모르기 때문에 그에 합당한 별명으로 상대방을 지칭하는 편이다(공대 삼겹살, 수세미 머리, 뒷모습만 모델, 경제학과의 이병헌 등).

좋은 별명을 가질수록 유리하니 학교에 공부를 하러 가더라도 이미지 관리에 신경쓸 필요가 있다. '연애 왕따'와 같은 복학생이 아니라면 큰 배낭을 매고, 물통을 손에 쥐고 다닌다거나 슬리퍼 및 추리닝 차림으로 등교하지 않는 것이 좋다. 캠퍼스란 공간에선 소속이 분명해지기 때문에 경계심이 줄어들고 이성에게 다가가기가 훨씬 자연스럽고 편하다. 타 대학 이성들이 더 괜찮다고 판단하기 전에("K대 여자들이 몸매가 죽인다고 하든데..." "S대 남자들 스타일 정말 좋다더라...") 먼저 자신의 캠퍼스부터 관찰해 보는 것이 빠르며, 능동적이며 적극적인 자세로 이성에게 다가갈 때만이 C.C가 될 수 있다는 사실을 명심해 두도록 하자.

참고 : 수업 시간 옆자리에 앉아 쪽지를 보낼 줄 아는 용기, 일부러 부딪쳐 책 떨어트린 후 말 거는 용기, 사람들 보는 앞에 꽃을 전해 줄 줄 아는 용기, 학교 올라가다 내려오는 상대방에게 말을 걸 줄 아는 용기... 그 용기가 캠퍼스 러브 스토리를 만든다.

캠퍼스의 낭만은 없다.
다만 당신이 만들어가는 낭만만이 캠퍼스에 존재할 뿐이다.

직장 연애

같은 월급, 가망성 없어 보이는 미래, 다른 직원들의 눈치, 헤어지고 나서의 불편함.

이것이 바로 직장 연애를 가로막는 장벽들이다. 그래도 이성을 만날 기회가 없는 사람에겐 직장만큼 연애를 시작할 수 있는 최적의 장소는 드물다. 더군다나 운명은 가장 가까운 곳에서부터 시작된다. 먼저 상대방을 유혹하기 이전에 자신의 이미지를 구축해 나가는 것부터 시작하자.

인사, 칭찬, 자기 계발, 업무에 대한 열의, 정수기 물통을 바꿔 주는 일, 부탁을 흔쾌히 승낙해 주는 일, 무거운 것을 대신 들어 주는 일, 이미지의 다양성 등을 통하여 마음에 드는 이성에게 좋은 평가를 받게 되고, 긍정적인 이미지를 심어줄 수가 있게 되는 것이다.

호감이 가는 상대방 이성의 측근들과 친해지는 것도 시너지 효과가 큰 우회적 접근 전략이 된다(상대방 측근들이 당신의 고백에 힘을 실어주게 된다. "그래, 그 사람 정말 괜찮은 것 같더라!").

고백은 최소 3개월 정도를 지켜보고 난 이후에 하는 것이 좋다. 왜냐 하면 언제 어떻게 '숙자'보다 '말자'가 더 괜찮아 보일지 모르기 때문이다(같은 직장에서 바람을 피거나 누군가에게 차였다고 해서 또 다른 누군가에게 접근하다간 그 직장 이성들에게 매장당할 위험이 있다. "너도 만났니? 나도 만났는데... 완전 바람둥이구먼!").

여러 명의 이성과 다 친해지는 것보단 좋아하는 상대방 이성 주위의 사람들과 친해지는 것이 좋으며, 회식이나 술자리 등에서 술을 먹고 추근대거나 자신의 마음을 고백해선 안 된다. 동료들에게 자신의 고민을 털어놓는 일은 하지 말자. 언제 어떻게 비밀이 세어나가 이상한 소문이 돌지 모른다(특히 여자들의 귀에 들어갔을 경우 비밀이 지켜지기가 더 힘들다).

상대방과 단둘이 만날 때에는 직장과 거리가 떨어진 곳에서 만나는 것이 좋다. 특히 여자들의 경우에는 타인의 시선과 소문에 민감한 편이니 남자들은 이러한 점을 이해하고 배려해 줄 필요가 있다. 마음을 고백할 때엔 자신이 가진 미래에 대한 긍정적인 비전을 제시해 주는 것이 좋다("이 회사는 제 꿈을 펼칠 연습장일 뿐입니다. 저는 더 큰 사람이 되어 당신을 지킬 것입니다").

사귀더라도 서로가 완전히 좋아하기 전까진 둘 사이를 비밀로 해두는 것이 좋으며, 직장 내에서 너무 사귀는 티를 내지 않는 것이 좋다(간혹 보면 직장에선 서로가 정말 무뚝뚝한 사이임에도 불구하고 결혼하는 사내 커플들이 많다).

함께 퇴근한다고 해서 상대방의 퇴근 후 시간을 구속하려 하지 말고 서로 자주 보는만큼 상대방의 시간을 존중해 줄 줄 알아야 한다. 직장 연애 · 사내 커플, 그러나 서로간의 의견 마찰로 인해 항상 그 결과는 어두운 편이다.

참고 : 고객과의 연애는 망설여지는 것 중에 하나다(예 : 강
　　　사와 수강생).

사내 커플들은 007 첩보 작전을 방불케 하는
많은 비밀을 간직해야 한다.

구세대에게 배우는 연애

때로는 가장 고전적인 방법이 가장 확실한 방법이 될 수도 있다. 연애도 문화이며, 시대를 반영한다. 그러나 시대가 변한다고 해서 사랑이 변하는 것이 아니듯 구세대의 연애 방법에도 귀를 기울여 볼 필요성이 있을 것이다.

1. 억척스러운 기다림

종이 학 1000마리 접어가며 상대방의 마음이 열릴 때까지 기다릴 줄 아는 인내를 가지고 있었다. 그 정성에 반해 닫혀 있던 마음을 연 사람들도 많았다고 한다.

2. 10번 찍어 안 넘어가는 나무 없다

미인 · 미남이라고 해서 쉽게 포기하지 않고 죽어라 쫓아다니며 최소 10번 이상을 찍어보는 용기와 자신감을 가지고 있었다. 그들은 도끼 탓을 하지 않았다.

3. 시집을 옆에 끼고

과거에 연애 좀 한다는 사람들은 항상 옆에 시집을 끼고 다녔다고 한다. 시를 읽으며 로맨틱한 속삭임을 터득했고, 무슨 공식이라도 되는 것처럼 편지의 서두는 항상 감미로운 서정시로부터 시작했다.

4. 먹을 것으로 유혹한다

그 땐 배고픈 시절이었다. 그래서 먹을 것이 귀한 선물이 되고,

자신의 마음을 표현해 줄 도구가 되는 것이다. 사람은 누구나 맛있는 음식 앞에서 약해지기 마련이다.

5. 통금 시간을 기회로

과거엔 통금 시간을 기회의 날(?)로 활용하는 사람들이 많았다. 이는 시련을 성공의 기회로 전환하는 그들의 테크닉을 엿볼 수 있는 단면이다.

6. 손수건

손수건을 빌려주고 빌려 받으며 만남을 연장시키는 테크닉을 가지고 있었다. 무언가를 빌려주고 빌려 받으며, 자연스럽게 만남을 연장시켜 나가보도록 하자. 그러한 만남의 과정 속에 비로소 'something'이 일어나게 되는 것이다.

우리 세대들은 그들의 기다림, 자신감과 용기, 낭만적인 언어와 자신보다 상대방을 더 생각할 줄 아는 그들의 순수한 마음을 배워야 한다.

통닭 반 마리로 배를 채우며 그들은 행복했다.
자전거 뒤에 그녀를 태우고 공장에서 퇴근하는 낭만에
행복했으며, 부모님 반대 무릅쓰고 단칸방에서
살림을 시작해도 마냥 행복할 수 있었다.
그러나 지금은...

연애 코치

남 : 그녀는 절대 치마를 입지 않아요. 항상 바지만 입고 다니는 그녀의 모습이 싫어요!

허벅지가 저주받았거나 다리에 대한 자신감이 없어서 그렇다. 자극요법과 칭찬요법을 병행해 보자. 그녀의 다리보다 더 뚱뚱한 여자가 치마를 입고 간다면 이렇게 한번 말해 보자.

"난 저렇게 뚱뚱해도 치마 입은 여자가 웬지 더 예뻐보여. 당당함과 자신감이 느껴지거든. 너도 치마를 입으면 지금보다 훨씬 더 예뻐보일 텐데... 물론 지금도 예쁘지만 말야."

어색해서 꺼리는, 자신감을 상실한 그녀에게 잃었던 자신감과 숨겨진 아름다움을 일깨워 줄 줄 아는 남자는 여자를 길들일 줄 아는 남자다.

연애 응용 : 여자에게 무언가를 요구하고 싶다면, 강압적인 어투를 사용하며 명령을 해선 안 된다.

상대방이 느낄 수 있는 자극적인 사례를 예를 들어 설명해 주고, 상대방이 당신의 요구에 응할 수 있도록 자신감을 심어 주도록 하자.

그리고 조금이라도 상대방의 노력이 엿보였을 땐 반응을 해야하며, 당연한 것처럼 받아들여선 안 된다.

여 : 애인이 만나기만 하면 섹스를 요구해요! 너무 섹스에만 집착하는 것 같은데, 무조건 거절하기도 그렇고 이럴 때 뭐

뾰족한 방법이 없을까요?

섹스를 요구할 수 있는 상황을 만들어 놓고 거절하는 것보다 그런 상황 자체를 피해 보도록 하자(모텔 안에서 거절하지 말고, 모텔 밖에서 거절하라).

섹스를 대신할 수 있는 즐거움을 찾아라. 섹스가 아니라도 함께 즐거움을 나눌 수 있는 것들은 많다.

먼저 상대방의 기호를 분석하라(영화 · 공연 · 게임 · 음식 기행 등). 그리고 섹스에 집중된 그의 마음을 분산시켜 보도록 하자. 반복적인 섹스는 남자에게 큰 식상감을 안겨주게 된다.

지루한 데이트는 섹스의 즐거움을 대신할 수 없으며, 단순히 "싫어!"란 한 마디로 남자의 성욕을 잠재우지는 못한다.

연애 응용 : "싫어!" "안 돼!" 식의 대응만으로는 남자의 요구를 거절하기는 힘들다. 철저히 무시하든지, 그런 상황을 만들지 않는다든지, 남자의 거절을 대신할 대안을 마련해 두고 있어야 한다.

"혹시나 거절해서 그가 날 떠나면 어떻게 하지?" 더 이상 이런 소심한 질문의 희생자가 되지 마라.

정말 당신을 사랑하는 사람은 강요하지 않는다. 다만 제안할 뿐이다. 그리고 사랑을 전제로 자신의 목적을 요구하진 않는다.

어떤 요구와 거절이든 상대방에 대한 존중 · 배려 · 이해가
전제되어 있어야 하며, 단지 사랑하기 때문에 모든 요구를
들어주어야 하며, 거절하지 못한다면
결국 그 사람은 맹목적인 사랑의 희생자가 되어 버리고 만다.

테크닉 아닌 테크닉

1. 갑자기 바쁜 일이 생길 것 같은 예감이 든다면 상대방에게 바쁘게 될 이유에 대해 자세하게 설명해 주는 것이 좋다. "내일 월말 정산한다고 바쁘거든, 전화를 못 받아도 이해해 줘!"

2. 술을 먹어서 어떻게 해 보려 하지 마라. 술기운은 말 그대로 술기운일 뿐이며, 상당히 일시적인 감정이다.

3. 피임을 상대방에게 미루려 하지 마라. 준비 없는 섹스는 후회를 동반하게 된다.
"임신하면 어떡하지?" 당연히 걱정해야 할 일을 해놓고 걱정하는 멍청이가 되지 마라!
콘돔을 착용할 때 이 3가지는 지키도록 하자.
　① 끝부분의 공기를 뺀다.
　② 콘돔을 펴서 양말 신 듯이 신지 말고 개봉 상태에서 천천히 씌어 주어야 한다.
　③ 사정 전에 콘돔을 착용하는 것이 아니라 삽입 전에 콘돔을 착용해야 한다는 사실을 잊지 말자.
여자들도 마찬가지... 정확한 배란일과 피임법을 숙지해 두고 있어야 할 것이다.

4. 책 하나 옆에 끼고 다닌다고 해서 지적인 사람처럼 보이는 것은 아니다. 평상시 상대방의 관심 분야에 대하여 연구해 두도록 하자. 그리고 상대방이 알지 못하는 것을 혼자만 아는 것처럼

자랑해선 안 된다.

예를 들어 상대방이 "나 오늘부터 일본어 배우기로 했어"라고 했다면, "정말? 나도 일본어 좀 알고 있는데! 그럼 내가 열심히 도와주도록 할게." 이런 식으로 자신의 지식을 자랑해야 한다.

"저거 일본어로 뭔지 아니?" "뭔데?" "저건 다깡이야!" 즉, 이런 식이 되어선 안 된다는 것이다.

5. 이성에게 잘 보이고 싶은 남자라면 너무 우락부락한 근육을 만들지 마라.

헐크 같은 근육이 좋다고? 헬스장에 가서 여자들의 말에 한번 귀를 기울여 보아라. "저 남자... 봐봐... 완전 머슴 같다... 그리고 별 그려진 바지와 런닝구... 깬다 깨! 웃기지도 않아..."

이성에게 잘 보이고 싶은 여자라면 너무 무리하게 다이어트를 하지 마라. 깡마르고 볼륨감이 없으며, 타이트한 옷을 입어도 맵시가 나지 않고, 젓가락과 같은 다리를 지닌 여자에게 남자들은 별 매력을 느끼지 못한다. "저 여자 봐봐! 얼굴은 예쁜데 완전 말라깽이에다 절벽이다!"

6. 상대방과의 술자리에서 과거 애인을 술안주로 만들지 마라. 잊었다 강조해도 앞에 있는 상대방은 불편하며, 행여나 비교당하고 있지는 않은지 불안해한다.

기본을 지킬 줄 아는 사람이 되는 것만으로
특별한 사람이 되는 것이다. 왜냐 하면 너무나 많은 사람들이
기본조차 제대로 지키지 못하고 있기 때문이다.

자주 만나고 싶어요

친구 애인은 1주일에 3번 이상도 만나는데, 자신의 애인은 1주일에 1번도 만나기가 힘들다.

그렇다면 좀더 자주 만날 수 있는 테크닉 같은 것은 없을까? 물론 있다!

1. 만남을 유도하는 테크닉

"내일 할 일 없으면 영화나 보러 갈까?"

당신은 항상 상대방에게 이런 식으로만 만남을 요구하지 않았는가? 이제부터라도 만날 기대감과 재미를 심어준 다음 만남을 요구하도록 하자.

"배고프다! 안 그래? 통닭도 먹고 싶고, 삼겹살도 먹고 싶다(상대방이 평소 좋아하는 기호를 이용)."

"그래… 나도 배고파!"

"안 되겠다. 우리 내일 맛있는 거 먹으러 가자. 내가 덤으로 재미있는 영화까지 보여줄게."

흥미 유발 → 기대 → 제안

2. 상대방의 컨디션을 고려하자

전날 야근을 한 상대방에게 쉴 틈을 주지 않고 무작정 대낮부터 놀이동산에 놀러가자고 한다면 슈퍼맨이 아닌 이상 잘 수긍하기가 힘들다.

상대방의 컨디션에 따라 장소와 시간을 고려하는 이해와 배려심을 가지도록 하자.

상대방의 집과 가까운 장소도 좋으며, 휴식을 취할 수 있는 찜질방 같은 곳도 좋은 데이트 장소가 된다. 꼭 시내에 나가서 차 마시고, 밥 먹고, 영화를 봐야지만 만족스러운 데이트가 되는 것은 아니다.

3. 부담을 덜어주자

만약 상대방에게 당신이 만나자는 말을 꺼냈을 때 상대방의 머릿속에 '만남=한 달 용돈의 5분의 1 이상 지출+1시간 이상 걸리는 집까지 바래다 줘야 함+자기 하고 싶은 것만 함+늦게까지 술을 먹어야 함+사람이 많은 시내에 나가야 함+자주 친구를 대동함+선물을 사달라고 조름+사지도 않는 옷을 산다고 하루 종일 돌아다녀야 함+기분과 상관 없이 섹스를 해야 함'과 같은 공식이 떠오르게 된다면 사실 당신을 만나기가 꺼려진다. 아무리 사랑하는 사람이라도 자주 만나기가 벅차고, 데이트가 부담스러운 사람이 존재하는 법이니, 자신의 데이트 습관과 패턴을 잘 파악하여 상대방의 부담을 덜어주도록 해 보자.

무조건 자주 만난다고 해서 좋은 것은 아니다.
적당히 서로가 부담스럽지 않는 범위 내에서 만나는 것이 좋다.

제비에게 배우자

그들의 유혹은 생명 전선이다. 그들의 작업이 생계와 직결되는 만큼 유혹에 있어선 달인이다. 그들의 퇴폐적인 부분은 생략하고 연애 선배의 입장에서 그들의 테크닉을 한번 배워 보도록 하자.

1. 잊고 있던 아름다움에 대한 찬사

외모에 대한 찬사는 모든 유혹의 기본 기술이다. 상대방의 외모를 격찬해 주고, 만날 때마다 인정해 주는 사람이 되도록 하자. 상대방이 겉으론 아닌 척 부정하겠지만 자신도 모르게 기분 좋게 당신에게 빠져들게 만드는 무서운 방법이다(다시금 상대방이 거울을 들게 만들 줄 아는 사람이 되자).

2. 수려한 외모와 스타일

복장은 직업 · 신분 · 성격을 가늠할 수 있는 척도가 되는 것이다. 외모와 스타일 발전에 많은 시간을 투자하라. 잘 가꾸어진 외모는 상대방에게 당신의 접근을 허락할 확률을 높여 주게 된다(제비들이 화려한 외모를 추구하는 것은 단순히 잘 보이기 위해서가 아니라 자신의 목적을 숨기기 위해서다. 가진 것이 많은 사람처럼 보인다면 "돈을 목적으로 접근하는 것은 아닐까?"라는 의심을 잠재워 주기 때문이다 ― 여자는 의심이 많다).

3. 약점과 비밀

제비는 빨리 상대방의 약점을 간파하고 그 사실을 비밀로 붙이면서 더 큰 믿음을 심어준다. 그로 인해 믿음을 보여 줄 수 있는 시간을 단축하게 되는 것이다(제비에게 걸린 유부녀들은 섹스 · 불륜 등이 약점이 된다. 그러나 제비는 일단 그 사실을 절대 비밀로 할 것을 맹세한다. 그렇게 안심하고 있던 찰나에 그러한 약점을 이용하여 상대방에게 처음 목적했던 것들을 하나씩 이루어 나가게 되는 것이다).

제비들은 일단 되든 안 되든 목숨을 걸고 덤벼든다.
그래서 성공 확률이 높아지는 것이다.

물음표 이야기

한 남자가 한 여자에게 편지를 보냈다.

"???"

며칠 후에 그 여자는 그 남자에게 답장을 보냈다.

"!!!"

그리고 그 둘은 서로 사귀게 되었다.

아무런 말 없이 "???"만을 보냈지만, 여자는 "!!!"라고 대답했다.

다만 이 편지를 보내기 전까지 그 남자의 수많은 노력이 있었지만 말이다.

그 남자는 더 이상의 말이 필요 없었다. 왜냐 하면 그럴 만큼 최선을 다 했기 때문이었다.

눈으로 보여준 행동은 말을 줄이고, 때에 따라서는 더 큰 믿음을 상대방의 마음 속에 심어 주게 된다. "알지?"라는 말에 모든 것이 다 포함되어 있듯이 말이다.

자신이 정녕 자신 있는 모습을 보여 주었고, 최선을 다 했으며, 진심으로 마음을 전했다면…

"???"란 의미를 상대방은 마음으로 읽을 수가 있는 것이다.

행동으로 보여주었다면 말하지 않아도 알게 된다.

보여주었다면 기다려라...
당신이 말하지 않아도 상대방은 이미 알고 있다.

위기 모면 테크닉

1. 거짓말을 할 땐 증거를 남기지 마라. "어제 아는 언니랑 같이 있었어. 언니가 내일 유학 가거든..." 확인 불가, 증거 소멸.

2. 애인의 친구가 자신에게 관심을 보이며 접근할 땐 애인 친구라서 미안해하거나 배려해 주기보다는 철저하게 무시하라. 무시만큼 확실한 거절은 없다. 우유부단한 태도를 보일수록 더욱 집요하게 매달린다.

3. 바람을 피다 걸렸을 때는 절대 바람을 폈다고 털어 놓아선 안 된다. 끝까지 숨기는 것이 상책이며, 무덤까지 짊어지고 가야 할 비밀로 간직하라. 인정하는 순간 예상치 못한 결과(추궁, 지금까지 쌓아왔던 믿음의 상실, 또 다른 의심 등)로 인해 낭패를 보게 될 것이다.

4. 섹스를 거절할 상황을 만들지 않는 것이 섹스를 거절하는 최고의 테크닉이 된다. 모텔에 들어가기 전에 거절하는 것이 들어가고 나서 거절하는 것보다 상대방이 거절을 승낙할 확률을 높여주게 된다.

5. 콘돔을 찾거나 씌우는 일 때문에 분위기가 망쳐질 것이라 생각 든다면 상대방에게 자연스럽게 씌어달라고 하는 것도 하나의 좋은 섹스 분위기 연출 전략이 된다.

6. 키스를 하다가, 손을 잡다가 어색한 상황이 발생한다면 자연스럽게 유머로 그 어색한 상황에서 벗어나라. "어... 미안... 왜 입이 거기로 갔냐..." "손이 왜 거기 있지..."

7. 자신의 말이 앞뒤가 맞지 않을 때에는 앞이든 뒤든 하나를 포기하고, 앞이든 뒤든 어느 한 부분을 인정해야 한다. 교묘하게 빠져나가기 위해 거짓말하는 모습이 오히려 역효과를 부추기게 된다.

8. 상대방에게 어떤 상황을 제시한 후 자신에게 유리한 입장을 만들기 위해서 실험을 했다는 말을 해선 안 된다. "키스해도 되나 안 되나 실험해 본 것일 뿐이야!" 만약 이럴 경우 그 사실을 인정하는 편이 차라리 더 낫다.

9. 기념일을 잊어버렸을 경우, 그 다음날이라도 기념일을 챙겨주는 편이 그냥 미안하다고 무마시키려 하는 것보다 더 효과적인 전략이 된다.

10. 거짓말을 하려다 걸렸을 때에는 빨리 인정하는 것이 상책이다. 거짓말을 숨기기 위해 또 다른 거짓말을 하다간 나중에 감당하지 못할 상황까지 연출하게 된다.

위기를 예방하는 것이 최선책이지만, 위기가 발생했을 때
현명하게 대처해 나갈 수 있는 차선책도 강구해 두고 있어야 한다.

쫓아다니다 쫓아오게 만드는 비법

적당히 잘 해 주었던 당신... 그리고 당신의 마음을 받아 준 상
대방...

그럼 이제 그 잘 해 주었던 행동을 조금씩 줄여나가자. 그러면
서 평상시에 하지 못했던 농담도 하고, 편함을 가장한 장난도 쳐
보고, 놀려도 보고, 진지한 상황을 줄여나가고... 그 때 상대방은
당신의 감정에 대한 의문을 품게 되고 불안에 빠지게 된다. 이제
는 자신이 쫓아다녀야 할 것 같은 기분이 들기 시작하고, 달라진
당신의 모습을 보며 이상한 기분에 휩싸이게 될 것이다. 다시 되
돌려 놓고 싶은 마음... 그 이전의 모습으로 되돌려 놓고 싶은 마
음이 상황을 역전시켜 주고 비로소 당신이 아닌 상대방이 당신을
쫓아다니게 되는 것이다.

당신은 적절한 때에 따뜻하게 대해 주고, 자신의 감정을 표현하
면서 상대방을 안심시키기만 하면 보다 편한 위치에서 연애를 하
게 될 수가 있는 것이다.

그러나... 분명히 알아 두어야 할 것은...
쫓아다닐 때가 더 행복하다는 것이다...

연애 올리브 별첨(자연스런 테크닉)

'강요' '갈팡질팡' '불안함' '집착' '실수' '지나친 소심함' '내숭' 등이 상대방과 당신 사이의 자연스러움을 가로막는 장애물들이다.

사실 연애 초반부터 오랜 연인과 같은 자연스러움과 편안함을 느끼긴 힘든 법이다. 상황에 충실하고, 편하게 이야기하고, 미리 준비해 온 것들이 많을수록 그 만남은 자연스럽게 자연스러워지게 되는 것이다.

리드할 때 역시 상대방이 편하게 생각하고 있는 장소로 이끌거나, 한 번쯤 가본 곳이 있는 곳으로 이끄는 것이 좋다. 편하게 이야기하고 싶다고 해서 다짜고짜 반말을 하기 보단 예의를 갖추고 말을 자연스럽게 이어나가는 것이 좋다.

"우리 편하게 말 놓고 시작할까?"가 아닌, "저... 편하게 이야기하셔도 되요... 저 그렇게 딱딱한 사람 아니거든요! 참... 오늘 날씨가 흐린데 제 맘은 맑은 것 같아요..." 이렇듯 편한 것과 건방진 것과의 차이를 구분할 줄 알아야 한다.

참고 : 빨리 섹스를 나누었다고 해서 금방 자연스럽고 편한
　　　관계가 되는 것은 아니다.

자연스러움 역시 연출이다.
그러나 그 자연스러움이 자신의 강요로 인한 자연스러움이라면
그 자연스러움은 상대방에게 있어서 불편함이 되고 만다.

공기 이론

　우리가 언제 공기의 소중함을 알았던가! 가장 필요한 것이라 해도 쉽게 구할 수 있으며, 항상 얻을 수 있는 것이라면 그것은 가장 필요한 것이 아닌 당연한 것이 되어 버리고 만다.

　사람 역시 마찬가지다. 아무리 괜찮은 사람이라도 항상 곁에 있으면 그 사람에 대한 소중함을 잊어버리고, 배부른 투정과 함께 이미 시선은 다른 곳을 향하고 만다.

　그래서 당신의 가치와 소중함을 상대방에게 다시 일깨워 줄 필요성이 있는 것이다.

　공기가 갑자기 사라져 버리면 공기를 찾기 전에 죽어 버린다. 당신의 소중함을 깨닫게 하기 위해서 갑작스러운 기술을 사용하지 말고 서서히, 조금씩 그렇게 당신의 소중함을 일깨워 주도록 하자.

　먼저 전화를 걸었다면 전화를 기다리는 입장이 되고, 전화를 받으면 먼저 끊을 줄 아는 사람이 되는 것부터 시작하자.

　만남을 거절하기보다는 만나서 일찍 헤어지도록 하고, 마음을 표현하기보단 상대방이 당신의 마음을 궁금해하도록 하자.

　당연하다고 믿고 있었던 것들이 당연하게 여겨지지 않았을 때 상대방은 다시 긴장을 하게 되고, 지금껏 잊어 왔던 당신의 소중함을 깨닫게 되는 것이다.

　당연한 사랑은 힘들다. 당신의 가치를 인정해 주지 않는 사람을 사랑하는 것은 힘들다. 이제는 힘들지 말자.

　　　　　공기가 없다면 우리는 죽는다.

팜므파탈

연애를 하면서 너무 착한 여자가 될 필요는 없다. 무조건 착한 여자는 식상한 연애의 대상이 될 수도 있기 때문이다.

고서에 등장하는 유혹자들의 특징을 살펴보면 적당히 악한 구석을 가지고 있고, 거절의 카리스마를 통하여 남자들을 유혹한다. 관능적이고 신비한 매력을 통해 남자들을 종속시키고 불행에 빠지게 만들지만, 오히려 남자들은 그 불행을 불행이라 생각하지 않는다. 그리고 착한 여자는 두 가지의 위험에 빠지게 된다.

그 위험이란 바로 착해서(착함=순진) 남자들에게 성적 판타지 (남자들에게 있어서 성적 판타지는 중요한 사귐의 이끌림이다)를 제공해 줄 수 없는 위험과 순종적이기 때문에 그 순종을 이용당할 위험이다.

도도하고 차가워 보이는 여자의 매력은 치명적이다. 그 매력을 이용하여 당신을 유혹하려는 남자의 행동에 조심성을 부여하고, 약간의 착한 모습을 보여줌으로 인해 즐거운 비명을 지르며 당신을 쫓아다니는 남자로 만들어 보자.

악녀에서 서서히 천사로 변해 가는 모습만으로도 남자를 치명적인 유혹의 덫에 가두어 둘 수가 있는 것이다.

악녀의 기술

1. 도발적이고 섹시한 매력을 가지고 있지만 쉽게 섹스를 허락

하지 않는다.

2. 3가지를 거절하고 1가지를 들어줌으로 인하여 보다 더 가치 있는 여자로 대우받는다.

3. 차가운 이미지를 눈물을 이용하여 희석시킨다. 차가워 보이는 여자의 눈물은 남자를 들뜨게 만든다.

4. 완벽할 것처럼 보이지만 빈틈을 보여준다. 그 빈틈이 남자를 적극적으로 만든다.

5. 무조건 "YES"라고 하지 않는다. 남자를 기다리게 만들 줄 안다.

> 여자를 방어하는 방어막은 NO이며, 남자를 공격하는 공격망은
> YES다. 그리고 여자의 YES는 NO보다 위험한 경우가 많다.

착한 사람의 연애

착한 사람의 연애가 희생과 비극으로 끝나 버리는 이유가 과연 단지 착하다는 그 이유 하나 때문일까?

그러나 그것은 편견일 뿐이다. 그들의 끝없는 인내와 희생, 지나친 잘 해 줌이 단지 착하다고 해서 할 수 있는 일이 아니며, 그것은 그들의 연애 스타일일 뿐이기 때문이다. 그 스타일만 바꾼다면 착한 사람도 연애를 잘 할 수 있다. 착하다는 말은 곧 연애에 있어 순수하고 순진하다는 말로 대변되기도 하는데, 그것은 그 사람의 역량에 따라 달라지는 문제지 진리가 될 수는 없다.

만약 당신이 남에게 싫은 소리조차 할 수 없는 착한 사람이라면

때에 따라선 상대방을 질책할 줄 아는 사람이 되어야 하며(무조건 참는다고 해서 더 사랑받는 사람이 되는 것은 아니다), 성을 죄악이라 느낀다면 성도 신성하며 사랑의 한 표현 방법이란 사실을 깨달아야 한다(연애 선입관 : 착함=순진).

집착과 착해서 돌보아주는 경계선을 알고 있어야 하며, 밀고당기기를 병행하여 자신의 잘 해 줌이 당연시 여겨지지 않도록 만들 줄 알아야 한다.

착한 그 마음은 그대로 두고 연애 스타일만 바꾸어라. 그럼 당신은 당신이 동경했던 못된 사람보다 더 멋진 연애를 할 수 있는 사람이 될 것이다.

> 못된 사람의 도도함 · 카리스마 · 날카로움,
> 그것은 상대방의 마음을 깨부술 순 있어도
> 착한 사람의 따뜻한 마음 · 자상함 · 배려심 · 이해처럼
> 상대방의 마음을 녹일 순 없다. 강한 바람이 벗기지 못했던
> 그 옷을 해님이 따뜻한 열을 이용해 벗겼던 것처럼 말이다.

나이트클럽 부킹 수칙

1. 작업이냐? 술이냐?

작업을 위해서라면 술에 취한 상태를 유지해서는 안 된다. 부킹은 첫 이미지가 승패를 좌우하는 만남이니만큼 첫인상에 많은 신경을 써야 한다(너무 날라리 같은 스타일은 피하는 것이 좋다. 분위기도 노는 분위기이며, 스타일도 노는 스타일이라면 경계의 대상이 될 수도

112

있다 — 경계 심리 : 여자는 남자의 접근에 먼저 경계부터 하게 된다).

2. 기본 테이블(기본 테이블도 양주냐 맥주냐에 따라 서비스의 질이 달라진다) → 부스 → 룸(부킹 횟수는 많아지나 여자들이 룸에 들어가는 것을 더 경계할 수도 있다)' 순으로 부킹 횟수가 달라지게 된다.

만약 아는 웨이터가 있다면 그렇게 큰 상관은 없다. 웨이터의 도움이 없어도 부킹은 가능하다. 마음에 드는 사람이 있다면 먼저 다가가라. 다가가서 "잠시 드릴 말씀이 있어서요…"라며 양해를 구한 다음 자신의 마음을 표현하면 되는 것이다(혹시 모를 상황을 대비하여 휴대폰을 들고 가도록 하자).

3. 2차에만 목숨을 걸지 마라.

정말 마음에 드는 사람이 있다면 연락처를 받는 것만으로 만족할 필요가 있다. 너무 욕심(2차 욕심) 내다가 일을 그르칠 수가 있다. 특히나 일행 중 폭탄이 끼여 있다면 마음에 드는 상대방의 연락처만 받는 것이 효과적일 때가 많다(함께 나갈 상대방을 선정해 놓고 다음 부킹을 받는 것이 보다 더 안정적인 전략이 된다).

4. 다음 부킹을 기대하지 마라

더 괜찮은 이성을 찾다가 파장하고 혼자 쓸쓸히 우동으로 배를 채우게 될 수도 있다(우동 이론 : 나이트에서 작업하느라 소비한 에너지 때문에 금방 배가 고파지며, 그로 인해 우동을 먹게 된다. 그리고 새벽 4시 이후에 파는 우동은 탱탱 불어 있는 경우가 많다). 나이트클럽에서 이상형을 찾으려는 욕심부터 버리도록 하자(양주 시킨다고 돈은 다 쓰고 배는 고프고… 그 심정… 눈물 난다).

5. 그 날 어떻게 해 보기 위해 남자가 강하게 대시하는 경우가 있으니 여자들은 특별히 경계할 필요가 있다.

"술이 취했으니 모텔에 가서 술 마시자!" "모텔에서 재미있는 이야기하고 놀자!" 등과 같은 말에 넘어가지 말기를 바란다.

남자의 속셈이란 실로 뻔하고 단순한 경우가 많다. 그러나 여자들은 의외로 그런 말들에 잘 속아 넘어가는 편이다.

6. 기타 수칙

나이트 조명에 속지 말자. 처음 왔다는 말에 속지 말자. 춤만 추러 왔다는 남자들의 말에 속지 말자.

작업은 새벽 2시까진 종결되어야 한다. 무리 중 폭탄은 꼭 한 명씩 끼여 있기 마련이다. 한 명에게 잘못 보이면 그 한 명 때문에 부킹을 실패할 수도 있다.

부킹에 목숨을 걸면 잘 안 되고... 마음을 비우면 잘 되는 것...
참으로 아이러니한 부킹의 법칙이다.

암시 효과

"언젠가는 너도 날 좋아하게 될 거야..."

"오늘은 그냥 집에 가는데... 내일은... 내일은... 내일도 그냥 집에 갈게... 그래도 언젠간 뽀뽀하고 말 거야..."

"너 담에 내게 꼭 시집 와야 한다."

"우리 10월 달에 결혼해야지?"

"이 험난한 세상에서 널 지켜 줄 사람은 나밖에 없어..."

처음엔 농담처럼 들릴지도 모른다. 그러나 계속 시시때때로 그런 암시를 주게 되면 상대방은 자신도 모르게 그 암시를 의식하게 되며, 정말 말 그대로 그렇게 되어가기도 한다. 어쩌면 자신도 모르게 그렇게 되길 준비하고 있었는지도 모른다.

농담처럼 던진 암시가 결혼으로 이끈 사례가 많다. 암시 효과는 유혹자의 기본 기술임과 동시에 상대방이 자연스럽게 거부할 수 없게 만드는 연애의 고급 테크닉이다(개그맨들의 부인들 중엔 미인들이 많다고 한다. 이 기술은 개그맨들 사이에 널리 퍼져 있는, 선배로부터 전수되어 온 최고의 연애 테크닉 중 하나이다).

"넌... 내게 꼭 시집 와야 해!" 넌 그렇게 암시를 던져주었고,
난 그렇게 되어갔는데, 왜 넌 이제 내 곁에 없는 거니...

연애 의외성

흉악하게 생긴 덩치 큰 남자가 귀여운 인형을 선물이라고 내밀 때...

영화는 무슨 영화라며 시간 없다고 소리치던 여자가 미리 예약을 해놓고 다시 연락할 때...

잘난 척할 것 같고 도도해 보이던 여자가 애교 많고 털털해 보일 때...

아프면 집에서 푹 쉬어라 얄밉게 대답했던 남자가 약 사들고 찾아왔을 때...

너무 섹시해서 날려 보이는 여자가 조신하고 순수해 보일 때...
약해 보이기만 했던 남자가 강한 카리스마를 지니고 있었을 때...
그 사람은 그런 의외성으로 의외의 효과를 얻게 되어 유혹할 수 없었던 상대방을 유혹할 수 있게 된다.

참고 : 항상 당신다울 필요는 없다. 의외성을 이용하여 당신이 가진 매력의 범위를 보다 더 광범위하게 만들어 나갈 필요가 있는 것이다.

예감이 빗나갔을 때 없던 관심도 생기기 마련이며
새로운 호기심까지 더해진다.

부담 테크닉

당신의 가치를 너무 낮게 평가한 나머지 상대방에게 자신을 과도하게 낮추려 한다거나, 부담을 주고 싶지 않은 마음에 모든 기준을 상대방의 입장에서 생각할 필요는 없다.

1. "부담 없이 언제든지 시간 나면 연락하세요. 저 시간 남아도는 사람이거든요..." 이렇게 하지 마라. 당신은 언제든지 뽑아 마실 수 있는 자판기의 일회용 커피가 아니다 → "시간 나면 전화주세요. 제가 바쁘더라도 시간 낼게요..." 아주 근소한 차이일지라도 상대방이 당신을 대하는 느낌은 사뭇 다르다.

116

2. "부탁하고 싶은 것이 있으면 다 이야기해 보세요. 제가 다 들어 드릴게요..." 쉽게 주는 듯한 뉘앙스를 풍기진 마라 → "부탁 있으시면 이야기해 보세요. 제가 도와드릴 수 있다면 도와드릴게요. 대신 나중에 차 한잔 사셔야 되요..."

'부탁 → 호의 → 부담스럽지 않은 대가', 즉 호의를 베풀었다면 그 베푼 정도의 대가를 요구하라. 그래야 당신의 호의가 더 가치 있고 빛날 수 있으며, 만남의 기회를 자연스럽게 만들어 나갈 수가 있다.

3. "제가 다 낼게요. 제가 다 살게요..." 스스로 호구가 되려 하지는 마라. → "이것은 제가 샀으니 다음은 당신이 사는 것이 어떨까요?" 이것은 정당한 권리다. 당신은 물주가 아니다(대신 상대방이 당신에 대한 최소한의 호감을 가지고 있어야 한다).

부담 없는 사람은 특별한 사람에서 제외되는 경우가 많다.
긴장이 없는 연애는 결코 오래 가지 못한다.

백 년 묵은 여우 전략

1. 스킨십을 거절할 때

남자를 무안하게 만들지 말자. 거절의 시점은 현재가 되어야 한다. 절대 당신과 스킨십을 할 수 없는 것처럼 못을 박아선 안 된다. 예를 들어 "너 왜 그래? 나랑 영원히 끝나고 싶니?" 식의 거절이 아닌, "조금만 더 기다려... 나 아직 마음의 준비가 안 됐단 말야…" 이런 식으로 스킨십을 거절해야 한다는 것이다(희망은 꿈이다. 희망을 잠재우진 마라).

2. 마음에 드는 선물을 받고 싶을 때

남자들이 여자 선물 못 고르는 것은 삼척동자도 다 아는 사실이다. 마음에 드는 선물을 받고 싶다면 암시를 주어라. 함께 길을 걷다가 우연히 마음에 드는 것을 본 것처럼 말하라. "이야… 저거 예쁘다… 정말 가지고 싶어…" 이 때 남자 친구가 "사줄까?"라고 물어본다면 "아니… 그냥…"이라 말하라. 웬만큼 눈치 있는 남자라면 다음 선물로 그 것을 사주게 될 것이다.

3. 꼬리 100개 감춘 여우처럼

적당히 거절한 다음 인심을 쓰는 것처럼 승낙하라. 그리고 그 인심이 어려우면서 특별한 것처럼 느껴지도록 만들어라. 예를 들어 "지금 들어가봐야 하는데… 그렇다면 특별히 당신을 위해 1시간만 더 있도록 할게요…(원래라면 2시간 더 있어도 상관 없음)."

4. 역전 전화 기술

"전화해!" 하고 전화를 기다리는 것보다 "전화 할게…" 해놓고 늦게 전화하는 것이 상대방을 더욱 애타게 만들 수 있는 전화 기술이 된다. 이 기술은 아주 교묘한 기술로써 당신과의 통화만으로 상대방을 행복하게 만들 수 있는 기술이다.

5. 12시까지 함께 있고 싶지만 10시까지 집에 들어가야 해!

그냥 "10시까지 집에 들어가야 해!"라고 말하는 것보다 12시까지 함께 있고 싶지만 10시까지 들어가야 한다고 말하는 것이 좋다. 이것은 남자에게 기대감(다음에는 12시까지 함께 있을 수 있겠지)을 심어주고 일종의 빈틈(?)을 보여주는 전략이다('기대감＋빈틈'은 남자의 적극성을 유도한다).

예전부터 미련곰탱이들은 남자들을 집 밖으로 맴돌게 만들었다.

두 번째 만남

어쩌면 첫번째 만남보다 더 중요한 것이 바로 두 번째 만남이다. 왜냐 하면 첫번째 만남에 대한 확인 사살("다시 보니 아니군...")이 이루어지게 되며, 당신을 앞으로 계속 만나게 될지 아닐지를 판단하게 되는 만남이기 때문이다.

두 번째 만남을 이루어 냈다고 해서 자신 만만해 한다거나 방심하면 안 된다. 상대방은 첫번째 만남보다 더 예리한 눈으로 당신을 관찰하게 될 테니 말이다.

두 번째 만날 때는 처음과 다른 스타일로 상대방에게 좀더 새로운 느낌을 심어 주도록 하자("이 사람한테 이런 매력도 있구나!"라고 느낄 수 있도록...).

그리고 데이트 코스 역시 처음과 다른 코스로 정하는 것이 상대방에게 더 큰 즐거움을 선사하게 된다. 즉, 이러한 전략을 수행함으로 인하여 다음 만남에 대한 기대감을 심어줄 수가 있는 것이다. 첫번째 만남에서 실수가 있었다면 두 번째 만남에선 똑같은 실수를 반복해선 안 된다(실수에 대한 관용은 실수가 되풀이될수록 사라지게 된다). 또한 첫번째 만남에서 늦은 시간 함께 했었다면 두 번째 만남에선 조금 더 일찍 헤어짐으로 인해 상대방보다 한 수 위의 입장에 설 수 있게 되는 것이며, "혹시 날 싫어해서 일찍 헤어지게 된 걸까?"라는 의심을 심어줌으로 인하여 상대방을 초조하게 만들 수가 있는 것이다. 물론 초조하게 만든 다음 다시 안심할 수 있도록 먼저 전화를 걸고 문자를 보내야겠지만 말이다('초조 → 불안 → 안심'은 밀고당기기의 기본 코드다).

이야기 주제는 자신의 과거를 이야기하는 것보다 앞으로 함께할 미래를 제시하는 것이 좋으며, 적극적인 질문을 통하여 상대방에게 자신의 관심을 우회적으로 표현하는 것이 좋다.

만남에 있어서 두 번째 만남이야말로
가장 기대하게 되고 기다려지는 만남이다.

●●● Diamond

다듬지 않아 아름다워 보이지 않았을 뿐... 시간이 지나면서 그어느 누구보다도 괜찮아지는 사람들이 많지... 운동을 하고, 화장을 하고, 안경을 벗고, 새로운 옷을 입었을 땐... 그 땐 이미 당신이 다가가기조차 벅찬 사람이 될지 몰라.

상대방이 석탄일 때 다가가도록 해! 다이아몬드가 되었을 때 그사람의 눈엔 당신이 없을지도 몰라.

여자는 변한다... 석탄에서 다이아몬드로...

화해 테크닉

싸움의 불을 끄는 것은 화해의 물이다. 그러나 당신의 화해 태도는 오히려 물이 아니라 기름이었던 것은 아닌가? 그렇다면 물과 같은 화해의 테크닉을 한번 배워보도록 하자.

 1. 자신의 잘못은 시인하라. 싸움이 번지게 되는 이유는 바로 자신의 잘못을 인정하지 않는 것에서 비롯되며, 그 이유가 싸움이 발생된 이유보다 더 크게 작용하여 화해의 벽을 높게 만들어 버린다(자신이 불리하다고 해서 "어디 여자가!" "난 원래 이런 여자야!"와 같은 말을 해서는 안 된다).

 2. 마음의 불은 글로써 꺼라. 사람이 화가 나 있으면 귀가 막히기 마련이다. 이 때 말로써 화해하려 하지 말고 편지나 메일을 이용해 보는 것도 효과적인 화해 테크닉이 된다(글을 읽는 과정을 통해 화가 조금씩 사라지게 된다).

 3. 자신은 유리한 입장, 상대방은 불리한 입장으로 문제를 이분화시키지 마라. "나는 이럴 수밖에 없었지만 넌 그게 뭐니?" 이러한 태도는 상대방에게 더 큰 반감을 안겨주게 되고, 마음의 문을 잠그게 만들어 버린다.

 4. 화를 식힐 수 있는 선물과 웃음으로 애교를 부려보자. 이 테크닉은 대부분의 연인 사이에서 사용하는 고전적인 화해 테크닉이다(3번 이상 웃어주고 참아 주어야 한다. 그러나 웃다가 도로 화를 낸

다면 상황이 더욱 심각하게 번져 나갈 수가 있다).

5. 똑같은 실수를 저지르지 않는 것이 최고의 화해 테크닉이다. 위험을 사전에 예방하는 것이 최선의 테크닉이다. 감정에 치우쳐서 상대방이 화를 낼 것이란 사실을 알면서도 반복되는 잘못을 저지르는 경우가 많다. 참을 인(忍)이 100개면 연애 기한을 최소 1년 이상 더 연장 시켜준다.

상대방이 먼저 화해해 주기를 기다리고 입을 닫아라.
그럼 닫힌 그 입처럼 상대방의 마음도 닫히게 될 것이다.

Give up

마음으로 되지 않을 때... 자신의 존재가 사랑할 대상이 되지 못할 가장 큰 이유가 될 때... 그 땐 포기하는 것이 최선이자 마지막 전략이 된다.

기다림이 고통이며 눈물을 마르게 하는 것이라면 상대방과의 연애를 다시 한 번 더 생각해 볼 필요성이 있다.

안타까운 포기... 슬프지만 그 사람을 놓아주도록 하자. 자신의 잘 해 줌조차 부담스러움이 되고, 자신을 피해야 할 크나큰 이유가 된다면 그 땐 포기하자.

이미 충분히 아름다울 만큼 기다렸고 당신의 사랑은 위대했다!

퇴각할 줄 모르는 장수는 명장이 아니다.

늦음의 미학

15분 정도는 지루하지 않게 설레임을 가지고 기다릴 수 있다.

그러나 15분이 초과하게 되면 지루해지기 시작하며, 30분이 초과하게 되면 상대방에 대한 인격을 의심하게 된다.

약속 장소에 일부러 늦게 도착하려는 의도라면 15분을 넘지 않는 시간에 도착하는 것이 좋다. 때론 누군가를 기다리는 시간이 즐거울 수도 있겠지만, 그 즐거움은 계속되는 것이 아니며, 반복되면 괴로움이 된다.

30분 이상 늦을 경우가 발생한다면 상대방에게 미리 연락을 해두는 것이 바람직하다.

　참고 : 간혹 기다리다 다른 이성과 눈이 맞아 바람나기도 한다.

15분 정도의 기다림은 애태움을 줄 수 있는
어쩌면 아름다운 기다림의 시간이 될 수도 있다.
그러나 그 이상의 시간은 지루함과 짜증스러운 감정을 동반하게 된다.

연애의 전설

헤헤... 부인 될 사람이 저를 거들떠보지도 않았었는데 저는 편지를 보내고 또 보냈죠... 답장 같은 것은 기대도 하지 않았어요... 그렇지만 언젠가는 알아줄 것이라 믿었죠... 그 믿음이 전설을 만들어 준 거 같아요.

그녀의 생일날 돈이 없었지만 꽃 한 송이와 편지... 제가 직접 찍은 사진을 모아 사진첩을 만들어 주었죠.

세상에서 하나밖에 없는 사진첩을 내밀며 말을 했습니다. 제 마음도 이렇듯 세상에 하나밖에 없다고... 헤헤... 그렇게 하니 어느 순간 넘어 오더라고요... 헤헤... 좋고 비싼 선물보다 그녀가 기억하는 것은 대부분 정성이 들어갔던 사소한 것이었습니다.

헤헤... 지금도 아내를 사랑하죠... 저는 연애의 기본은 사소한 것으로 감동을 전해 줄 줄 아는 것이라 생각합니다. 헤헤... 아직도 그 때 보낸 편지를 간직하고 있죠. 결혼하고 나서는 자주 보내진 않지만 그래도 잊지 않고 편지를 보낸답니다.

그는 사소한 것으로 사람 마음을 움직였던 연애의 전설 같은 평범한 사람이었다. 헤헤... 그의 그 순박한 웃음소리가 아직도 귓가에서 맴돈다.

헤헤... 그는 순박한 그의 웃음처럼 물질이 아닌
마음으로 사람의 마음을 열어갔던 것이다.

연애 실수 총망라

착각은 실수를 부른다. 반복적인 실수가 당신의 인격을 형성하며, 연애를 실패하게 만드는 원인이 된다. 그렇다면 우리들이 가장 빈번하게 저지르게 되는 실수에 대하여 알아보도록 하자.

아마 이 실수를 줄여나가는 것만으로도 당신의 연애는 지금보다 더 성공적인 도약을 하게 될 것이다.

1. 결혼이 급하다고 해서 사귀자 말자 바로 결혼 이야기를 꺼내는 실수를 범하지 마라. 결혼이란 부담감이 감정의 진행을 가로막을 수도 있다(상대방이 나이가 어린 사람일수록 결혼에 대해 더 큰 부담을 가지게 된다).

2. 잘 알지 못하는 사이에서 술을 먹으며 '진실 게임' 같은 것을 하지 마라. 솔직한 것은 좋으나 그 솔직함이 항상 당신을 유리하게 만들어주진 않는다.

3. 당신이 회를 좋아한다고 해서 모든 사람들이 다 회를 좋아하는 것은 아니다. 상대방의 기호를 물어본 다음 행동으로 옮길 필요가 있다(억지로 끌고 간 곳이 상대방이 가장 싫어하는 음식을 파는 음식점이라면?).

4. 자신의 마음을 고백할 때 술을 먹고 고백하지 마라. 취중 진담이 용기를 줄 수는 있으나 진실한 믿음을 심어주진 못한다.

5. 좋은 차는 당신과의 데이트를 즐겁게 만들어 줄 수는 있으나, 상대방의 마음을 확실하게 움직이는 도구가 될 수 없다는 사실을 잊지 마라("제 차가 BMW인데 저랑 사귈래요?" 너 자신은 BMW이 아니다).

6. 힘든 사랑의 경험으로 인하여 이 세상의 모든 사랑이 다 그

럴 것이라 믿으려 해선 안 된다. 단지 그 사람을 만났기 때문에 그런 경험을 했을 뿐이다.

7. 돈이 없어서 데이트를 할 수 없다는 핑계를 대지 마라. 돈이 없다는 사실보다 그런 소심함이 상대방의 마음을 더욱 멀어지게 만든다.

8. 상대방이 눈치채지 못했던 자신의 콤플렉스를 스스로 드러낼 필요는 없다(“제가 키가 좀 작죠? 제 다리가 좀 저주받았어요!”).

9. 연인이 아닌 아는 사이에서 상대방의 허락 없이 직장 앞에서 상대방을 기다리지 마라. 주위에 시선이 많음으로 인해 괜한 헛소문이 돌게 되며, 상대방을 곤경에 빠트릴 수도 있다.

10. 만나면 즐거움을 함께 나눌 수 있는 장소로 가는 것이 좋다. 예를 들어 피시방에 가서 당신은 게임을 즐기지만 상대방은 아무것도 하지 못할 때, 상대방은 당신과 함께 있지만 상대방에겐 그 시간이 괴로운 시간이 될 것이다(“난 게임할 테니 넌 그냥 알아서 놀아!”).

11. 친구를 좋아한다고 해서, 또한 친구와 만나는 것이 재미있다고 해서 항상 상대방과의 만남에 친구를 대동해선 안 된다. 남자의 경우에는 지출에 대한 부담이 발생하게 되고, 여자의 경우에는 친구의 눈치를 봐야 하기 때문에 만남 자체가 껄끄러워지게 된다.

12. 친해지지 않은 상황에서 상대방과 가까운 사람을 비난해선 안 된다. 아직 상대방과 연인 사이가 아니라면 상대방은 당신보다 친한 친구의 편이다.

13. 만나자말자 관계의 선부터 그으려 하지 마라. 앞으로 어떻게 될지도 모르는데 대뜸 "우린 친구죠?"란 말을 할 필요는 없다는 것이다. 친구 만들기는 이제 그만!!!

14. 자신도 애인이 없고, 상대방도 애인이 없다는 사실만으로 연애를 긍정적으로 예상해선 안 된다. 애인이 없어도 당신이 이상형이 아니라면 절대 당신과 사귈 수 없다.

15. 항상 돈을 아끼는 사람보다, 간간히 한턱 쏘며 아끼는 사람이 더 유리하다.

16. 상대방이 사주는 음식을 습관적으로 남기지 마라. 처음에야 "배가 부르구나!"라고 이해할지 모르지만, 반복되면 "배 불렀군, 배 불렀어!"라고 하게 된다.

17. 상대방 앞에서 너무 거울을 의식하지 마라. 모든 사물을 거울 대용으로 사용하다간 자칫 심각한 공주병으로 오인받을 수도 있다.

18. 과거 애인과 헤어진 이유를 함부로 이야기하지 마라. 왜 헤어졌는지 그 이유는 당신만의 비밀로 간직하고 있어라. 헤어짐의 이유는 반복된다.

19. 실수했던 말에 너무 큰 미련을 두지 마라. 자신이 했던 말과 받아들이는 입장이 항상 일치하는 것만은 아니다. 지나치게 걱정할수록 당신의 연애만 더욱 힘들어지게 된다.

20. 절대... 사람의 겉모습만을 보고 사람을 판단하려 하지 마라. 수많은 사람을 만나보며 깨달은 진리다. 사람은 만나봐야 알며, 겪어봐야 알 수 있는 존재다.

실수는 예방하는 것이 최선이며,
실수를 저지르고 나서 수습하는 것은 어디까지나 차선책일 뿐이다.

성적 판타지

"결혼할 때까진 순결을 지킬 거예요... 섹스는 절대 있을 수 없는 일이죠..."

"스킨십이 무서워요... 저는 남자와의 접촉이 징그러워요..."

묻지도 않았는데 미리부터 겁을 먹어 남자의 성적인 환상과 기대(남자들이 창녀촌에 가는 이유는 단지 성욕을 해결하기 위해서뿐 아니라 창녀촌에 대한 판타지를 가지고 있기 때문이다)를 짓밟을 필요는 없다. 사랑하게 된다면 누구나 상대방을 만지고 싶어한다. 몸으로 느끼고 싶어한다(이것은 음탕한 행위가 아니라 지극히 자연스러운 행위이다).

당신이 남성혐오증을 가지고 있거나, 혼전 섹스에 대한 반감을 가지고 있다고 해서 그것을 사귀기도 전에 드러낼 필요는 없다.

만약 당신이 그러한 생각을 강조하고 드러내게 되었을 때 남자의 적극성이 반으로 줄어들게 될 수도 있다.

"이 여자는 분명히 어려울 꺼야..." "애인이 있으면서도 섹스를 위해 다른 여자랑 만나야 할지도 몰라..." 결과는 모른다. 어떻게 될지는 아무도 모른다. 그러나 미리 결과를 이야기하는 것과 이야기하지 않는 것과의 차이는 엄연히 존재하는 것이다.

성적으로 무지하고 부정한다고 해서 깨끗하고 순수한 여자가 되는 것은 아니다. 어느 정도 수긍해 줄 줄 알고, 관심을 가지고 있는 사람처럼 보일 때 남자들의 눈엔 오히려 더 매력적인 여자로 비추어 진다.

'너무 순진한 여자＝다루기 힘든 여자'
남자들의 머릿속에 저장되어 있는 공식이다.

연애 시청각 자료(연애 숙제)

헤어진 연인에게 다시 돌아가고 싶을 때
→ 영화 '냉정과 열정 사이'

연애의 도구를 활용하는 기술을 배우고 싶을 때
→ 영화 '인생은 아름다워'

운명론으로 상대방을 설득하고 싶을 때
→ 영화 '번지 점프를 하다'

사랑과 현실의 냉정함을 배워보고 싶을 때
→ 영화 '라빠르망'

이성과 대화하는 화술을 배우고 싶을 때
→ 영화 '비포 선라이즈'

돈이냐 사랑이냐가 헷갈릴 때
→ 영화 '패밀리맨'

상대방에 따른 공략법과 작업의 여유로움을 감상하고 싶을 때
→ 영화 '누구나 비밀은 있다'

'진심＋노력＝연애 기회 확보'의 공식에 대한 해석을 보고 싶을
때   → 영화 '히치'

영화는 인생의 축소판이다.
그 속에 또 다른 연애의 기법들을 훔쳐 볼 수가 있을 것이다.

불도저 테크닉

확실한 대답을 듣고 싶으나 상대방의 의도적인 튕김에 진심을
확인하지 못할 땐 3번을 되물어 보도록 하자.

당신 : 나랑 사귀자!

상대방 : 그냥... 아직 널 좋아하는지 잘 모르겠는데...

당신 : 진심이야?

상대방 : 으... 응...

당신 : 정말 진심이야?

상대방 : ……

당신 : 마지막으로 다시 한 번 더 물을게. 그 말 진심이지?

상대방 : 아... 아냐... 널 좋아...해!

위의 상황은 진심을 숨기고 일부러 튕길 때 사용하는 전략이다. 만약 상대방이 정말로 좋아하지 않고 있다면 저렇게 3번 이상을 물어도 좋아한다는 말을 하지 않는다.

때론 애걸보다 심각한 분위기를 연출하여 불도저식으로
되묻는 경우가 더 효과적이라는 사실을 알아둘 필요성이 있다.

여(女)에게 빠져들다(여자의 고급 연애 테크닉)

1. 콜걸 : 부르면 언제든지 만날 수 있는 여자가 되기보다는 드디어 만날 수 있는 여자가 되는 것이 유리한 입장에서 연애를 할 수 있는 전략이 된다. 오늘 되고 내일도 되나, 오늘 되는 것과 내일 되는 것은 실로 엄청난 차이를 가지고 있는 허락이다.

2. 환상 특급 : 일종의 환상 같은 것을 심어주는 것이 좋다. 심한 노출보단 부분적인 노출을, 아는 것이 많아도 조금씩 보여주고, 가진 것이 많아도 조금씩 드러내고, 몸가짐을 조신하게 할수

록 보다 많은 환상을 심어줄 수 있게 되는 것이다.

3. **토끼 같은 여우** : 너무 당당하고 뻣뻣한 여자보다는 약간의 부족함을 가지고 있는 여자가 더욱 매력적인 법이다. 일부러 보여준 틈은 스스로 막을 수 있다는 사실을 잊지 말고, 그 틈을 이용해 남자의 마음을 그 틈 속으로 빠져들게 만들어라(때로는 아는 것도 모르는 척할 필요가 있다).

4. **접촉** : 완전히 스킨십을 거절하는 것보다 조금씩 허락하면서 더 큰 스킨십에 대한 기대감을 심어주는 것이 더 효과적인 유혹 방법이 된다. 기대감은 상대방을 적극적으로 만든다. 그 기대감을 이용하여 남자의 마음을 사로잡아라(팔짱을 먼저 껴도 그 이상은 거절하라!).

5. **경쟁 심리** : 남자들의 경쟁 심리를 자극시켜라. A를 좋아하지만 B를 좋아하는 것처럼 행동한 다음, 다시 A에게 가도록 하여라. 당신과 사귄 A에게 B와의 경쟁에서 이긴 기쁨을 덤으로 만끽하게 해 줄 것이며, 당신을 더 소중하게 생각하게 될 것이다.

6. **100% 법칙** : 절대 남자에게 100%를 줘서 연애를 100% 유지시켜선 안 된다. 당신이 50%를 주고 남자가 50%를 줘서 100%를 채워 가는, 그렇게 함께 만들어 가는 연애를 해야 한다. 모든 것을 다 줄 듯한 여자는 매력 없다. 희생하는 여자는 남자에게 희생당한다.

7. **되로 받고 말로 주자** : 남자에게 무언가를 받았다면 물질적

132

인 것이 아니라도 보답할 줄 아는 여자가 되자. 그런 여자가 후에 더 많은 것을 받을 줄 아는 여자가 된다. 기뻐하는 표정과 애교만으로 남자의 수고스러움은 반으로 줄어들게 되고, 남자는 더 큰 것을 해 주고 싶어한다.

8. **썰매 전략** : 때론 여자라도 남자를 이끌 필요가 있고, 밀어줄 필요가 있다. 남자가 속상해하는 일이 있을 때 털털하게 술 한잔하러 가자고 말할 줄 아는 여자는 사랑스럽다. 남자가 자신감을 잃었을 때 탓하기보단 위로해 주며 다독거려주는 여자에게선 어머니와 같은 따뜻함을 느낄 수 있다. 한없이 여린 것이 또한 남자다(아무리 남자다운 남자라도 여자에게 기대고 싶어하는 심리를 가지고 있다).

9. **NO라고 대답할 줄 알아라** : 여자의 연애에서 YES가 NO보다 많다면 남자는 기고만장해져 여자를 자기 맘대로 대하게 되며, 이내 안심하고 딴 마음("어디 다른 여자 없나...")을 품게 된다. 여자에게 있어서 적절한 NO만큼 강렬한 웅변은 없다.

10. **확신을 심어주지 마라** : 사랑하고 있다는 확신을 심어줄수록 딴 마음을 품게 되는 것이 바로 남자다. 처음 구애할 때의 정성을 유지시키고 싶다면 "좋아한다!"는 말부터 시작하라. 바로 "사랑한다!" "너 없으면 못 살겠다!"와 같은 말을 해선 안 된다. 남자에게 지나친 연애 자신감을 심어주게 되면 그 자신감을 이용하여 다른 여자에게 시선을 돌리게 될 수도 있다.

11. **문자 타이밍** : 문자의 답장을 보낼 때에는 바로 보내지 말고

약 20분 후에 보내도록 하자. 당신의 가치는 당신 스스로가 만들어 가는 것... 문자 하나에도 고마움을 느낄 수 있도록 만들어 보자. 단 문자를 씹어선 안 된다.

12. 가족 핑계 : 어떤 상황에서 벗어나고 싶을 때에는 일이나 상황을 핑계삼지 말고 가족을 핑계삼아 그 상황에서 벗어나는 것이 유리하다. "오늘 밤 정말 함께 있고 싶었는데... 아버지가 아프셔서... 일찍 들어가봐야겠어..." "다른 사람이면 모르겠는데 언니 때문에 안 되겠어..."

여자는 모든 것을 다 주고 싶어한다.
그러나 그 모든 것으로 인하여 모든 것을 잃어버리기도 한다.

그대를 불러보리라

내 그대를 생각함은 항상 그대가 앉아 있는 배경에서 해가 지고 바람이 부는 일처럼 사소한 일일 것이나, 언젠가 그대가 한없이 괴로움 속을 헤맬 때에 오랫동안 전해 오던 그 사소함으로 그대를 불러보리라.

-황동규 시인의 즐거운 편지 中-

자신의 감정을 앞세우고, 사귐을 강요하고, 고백을 하는 일이 우선일지도 모르나, 먼저 자신의 존재감을 심어주는 일이 우선일 때가 있다. 안부를 묻고, 고민을 들어주고, 맛있는 음식을 사주고, 비 오는 날 우산을 씌어주고, 추운 날 따뜻한 음료로 몸을 녹여주고, 재미있는 이야기를 해 주고… 당신으로 인하여 느낄 수 있는 이러한 사소한 존재감이 지금 당신이 고백하는 좋아한다는 말 한 마디보다 더 큰 위력을 발휘하게 될 수 있다는 사실을 잊지 말자.

당신이 누구인지도, 당신의 의미도 모르는 사람 앞에 가서
좋아한다는 말 한 마디로 모든 것을 얻어 보려 하는 당신은 아닌지…

메시지(쪽지멘트)

쪽지에다 유혹의 메시지를 담아라(메시지의 내용에 연락처와 메일 주소를 포함하는 것은 기본 사항이다).

도서관에서 : 잠시 할 말이 있습니다. 밖에서 기다리겠습니다(공부를 하고 있는 상대방에게 말을 걸기란 힘든 법이다. 궁금증을 자아내게 해서 일단 밖으로 불러내자).

길거리에서 : 우연과 운명은 바로 이 종이 한 장 차이랍니다(쪽지를 전해 주고 쑥스러운 듯 물러나는 뒷모습을 보여 주어라. 종이는 의도를 의심하지 않게 구겨진 영수증이나 기타 쭉 찢은 종이가 더 효과적일 수도 있다).

매점에서 : 담에 혹시라도 혼자 밥 드실 일이 있을 때 저를 불러

주세요... 저는 그 외로움을 알고 있거든요(상황의 약점을 간파하여 교묘하게 여운을 주며 접근하는 전략).

매장에서 : 사람들이 이렇게 많은 가운데 그 쪽만이 보이는 경험을 했습니다. 꼭 하고 싶은 말이 있습니다(의미 전달과 함께 하고 싶은 말에 대한 궁금증 유발).

Post-it+상황 : 상황에 맞게 Post-it을 활용하여 자신의 마음을 표현하라. 추운 날 떨고 있는 상대방에겐 따뜻한 캔 커피를, 피곤에 지친 상대방에겐 피로회복제를, 말할 용기가 없다면 방법을 바꾸어라. 그렇게 당신의 마음을 메시지로 전달하라.

누군가에게 마음이 담긴 쪽지나 메시지를 받는다는 일은
지루한 일상의 유쾌한 이벤트다.

●●●●●●●
Flying

선물을 받았을 때 : 활짝 웃고 기뻐하는 모습을 마음껏 보여주어라. 그리고 선물을 받은 고마움을 편지로 적어 보내라(작은 선물이라도 세상에서 가장 큰 보물을 받은 것처럼 행동하라).

아주 오랜만에 만났을 때 : 기뻐서 어쩔 줄 몰라하고, 함께 있음에 행복해하는 모습을 보여주어라.

함께 사진을 찍었을 때 : 찍은 그 사진을 자꾸 꺼내고 또 꺼내보며 즐거워 하는 모습을 보여주어라.

애정 표현을 들었을 때 : 시큰둥한 표정은 금물이다. 기다렸다는 듯이 기뻐해라. 손을 꽉 잡아 주어라.

상대방이 고백을 받아들였을 때 : 하늘을 날아갈 것처럼 행동하라. 세상을 다 가진 것처럼 행동하라.

이 때만큼이라도 하늘을 날 것처럼 기뻐하는 모습을 보여 주어라. 기뻐하는 당신의 모습을 본 상대방의 마음은 분명히 사랑으로 충만하게 될 것이다. 그리고 그 기쁨을 유지하기 위해 앞으로도 노력하게 될 것이다.

우리의 감정은 점점 메말라 간다.
감정이 메마른 사람의 마음 속엔 사랑이 숨쉴 수 없다.
이제는 숨쉬게 만들어라.
당신은 따뜻한 감정을 소유하고 있는 인간이란 사실을 잊지 마라.

여자의 적

"흥... 저 불여우 같은 계집애... 어디 꼬리치고 있어!"
"저... 내숭... 올릴 것 같다... 평상시 하는 모습을 남자들이 봤다면..."

"피... 나보다 못생긴 주제에... 화장 지우면 자기도 못 알아보면서..."

여자들은 알아야 한다. 여자의 적이 여자라는 사실을...

특히 같은 공간에(직장·학교·학원) 있는 여자들에게 약점 잡힐 일이나 화자를 믿고 비밀을 흘리거나, 함부로 상대방을 헐뜯어선 안 된다.

남자에게만 잘 보이려 하지 말고 같은 여자에게도 잘 보일 필요가 있다. 당신의 평가는 어떤 식으로든 남자의 귀에 들어가게 되어 있다. 사실 엄청 재미있다. 다른 여자 헐뜯는 행동이... 그러나 그 헐뜯음의 대상이 당신이 될 수도 있다는 사실을 잊지 말아야 하며, 당신의 애인을 빼앗아 가는 사람도 같은 여자란 사실을 잊어서는 안 된다.

가장 무서운 여자의 적... 그것은 바로 다름아닌 여자다.

미인 미남 공략 전략

미인 공략 전략 : 미인 주위엔 많은 남자들이 접근하기 마련, 그러나 의외로 실속 있는 남자들의 접근은 드물다. 차별화를 두고 접근하는 것이 좋으며, 상대방이 싫어하더라도 끝까지 쫓아다닐 수 있는 인내가 필요하다(미인의 비적극성 때문). 칭찬을 할 때에는 상대방이 쉽게 알아차릴 수 없는 자주 듣지 못했던 부분을 칭찬(예외적인 부분, 즉 얼굴이 아닌 손·다리·성격·능력 등)하는 것이 좋으며, 편지·정성·노력·배려·기다림 등을 통한 한결같은 마

음을 통한 접근이 미인을 유혹할 수 있는 전략이 된다. 그리고 의외로 미인에게 접근하는 남자들이 드물기 때문에 용기를 가지고 먼저 접근을 시도해 보는 것이 좋다(미인이라고 해서 항상 눈이 높은 것은 아니다. 또한 '눈높음=잘생긴 눈높이'가 되는 것은 아니다. '눈높음=성격 · 스타일 · 매너의 눈높이'가 될 수도 있는 것이다).

　　참고 : 미인은 일찍 남자들에게 많은 실망의 경험을 하게 됨
　　　　　으로 인하여, 외모보단 다른 것에 비중을 많이 두기
　　　　　도 한다(남자가 많이 모여들수록 여자의 상처는 비례한
　　　　　다).

미남 공략 전략 : 우월감에 빠져 있기 쉬우므로 처음에는 자존심을 구기고 들어가는 것이 좋다. 괜히 튕기다 만남의 기회를 잃어버릴 수 있으니, 일단 만날 수 있는 상황을 만들어 자신이 가진 제2의 제3의 매력을 보여 주도록 하자. 이미지를 다양화시켜 접근하는 것이 좋으며, 쉽게 스킨십을 허용해선 안 된다. 그렇게 넘어 왔다 싶었을 때, 상대방이 안심하고 있을 때 제2의 전략인 튕기기 전략을 시작하는 것이 좋다. 그리고 미남들은 갖가지 여자들을 많이 만나 본 경우가 많은데, 그러면 그럴수록 외모보단 여자의 매력에 더 큰 관심을 가지게 된다는 사실을 잊지 말고 자신의 매력을 만드는 일에 많은 시간을 투자해야 하며, 그것이 미남을 얻는 전제가 된다(미남은 아쉬움이 결여되어 있는 경우가 많다. 그렇기 때문에 여자가 조금 더 적극적으로 나갈 필요가 있다. 단 연애 초반에만 그렇다).

　　참고 : 미남은 많은 여자들의 표적이 되지만, 정말 자신이

좋아하는 이성의 표적이 되진 못하는 아이러니한 상
황을 경험하게 된다.

그러나 소문난 잔칫집에 먹을 것 없다.

데이트 테크닉

데이트 테크닉은 데이트와 동시에 시작되는 것이 아니라, 데이
트를 하기 전부터 시작되는 것이다. 먼저 데이트 약속을 잡기 전
에 그 날의 일기 예보부터 살펴보도록 하자. 그리고 데이트를 약
속한 장소를 선정하고 나서 어디로 이끌 것인지 혼자만의 데이트
지도를 만들어 보는 것도 하나의 좋은 전략이 된다.

데이트 장소에 대한 정보가 부족하다면 친구들과 인터넷의 도
움을 받도록 하자. 데이트 당일 너무 일찍 와서 상대방을 기다릴
필요도 없고 늦을 필요도 없다. 번화가에서 만난다면 장소를 지
목해서 밖이 아닌 안에서 보는 것이 좋다(비가 오는 날, 너무 추운
날, 너무 더운 날도 마찬가지다). 장소를 선정할 땐 이 5가지 사항을
숙지하고 선정하는 것이 좋다.

1. 어떤 분위기인가?

만약 당신이 고백을 하려 했는데, 시끄럽고 어수선한 장소라면
그 고백이 힘들어질 수가 있다. 행여나 분위기가 엉망인 곳으로
갔다면, 그 땐 당신이 분위기를 만들어야 한다. "좀 누추해도...
이런 곳도 참 괜찮다! 너랑 함께 이런 재미도 솔솔한데!"

140

2. 상대방의 기호와 일치하는 곳인가?

돼지 껍데기를 싫어하는 사람을 돼지 껍데기 전문점에 대려가선 안 된다. 더군다나 억지로 먹이기를 강요한다면 데이트 점수 −30점이 부과된다.

3. 음식점이라면 맛, 연령층 분포, 깔끔함, 소음 정도, 식사만

할 수 있는 곳인가 아님 후식과 함께 대화를 즐길 수 있는 곳인가? 등을 꼼꼼히 체크해 둘 필요성이 있다. 술을 마시면 얼굴이 빨개지는 사람이라면 어두운 조명의 술집을 선정하는 것이 좋다.

4. 물어보기 전에 타이밍을 맞추어 상대방을 이끌 수 있는가?

식사 시간에 맛있는 음식점으로 이끌 줄 아는 사람이 상대방에게 물어보고 찾아헤매는 사람보다 더 유리하다. 1시간 동안 밥집 찾아헤매다 우유부단한 사람으로 오해를 받아 차이는 사람들도 있다(단지 데이트 정보가 부족했을 뿐인데, 성격적인 문제로까지 확장된다).

5. 데이트는 랜덤식(임의의, 무작위의)인가?

항상 같은 곳만 가는 것보다 랜덤식으로 데이트를 즐기는 것이 만남에 대한 식상감을 줄여주고 다음의 데이트를 기대할 수 있게 만드는 좋은 전략이 된다.

'시내 → 야외 → 시내'

'영화 → 공연, 운동 경기 → 영화'

데이트의 마음 자세는 '언제나 둘이 함께'이다. 혼자만 즐길 수 있는 게임을 한다거나 상대방이 싫어하는 노래방에 가는 것보다 함께 동참할 수 있는, 어느 한 쪽이 심심하지 않는 범위 내에서 데이트를 하는 것이 좋다.

첫 만남의 기본 데이트 코스는 커피숍(첫 만남에 식사부터 하면 식사하는 모습에 신경이 쓰여 대화가 단절될 수도 있다) → 식사, 술집(영화관에 가는 것보다 서로를 관찰하고 대화를 연장시킬 수 있는 장소를 선정하는 것이 좋다) → 너무 늦지 않은 시간의 귀가(조금 아쉬운 듯한 시간에 헤어지는 것이 좋다. 첫 데이트의 아쉬움은 그 다음의 데이트를 기대하게 만든다) 만남의 시간이 길어질수록 설레임의 감정은 하락하고 익숙함의 감정은 상승된다. 그 때가 되면 데이트를 보다 더 랜덤 형식으로 할 필요가 있으며(단골 가게와 같은 둘만의 아지트를 만들어 두는 것도 좋다) 평소에 가지 못했던 허름한 곳(그냥 허름해선 안 된다. 허름하지만 맛이 좋은 곳이거나, 특징이 있는 그런 곳이어야 한다), 등산 · 유원지 · 찜질방 · 여행 등을 통하여 새로운 재미와 공감대를 형성해 나가는 것도 좋다.

가끔씩 갔던 값비싼 레스토랑. 가끔씩 갔기 때문에
특별한 데이트가 될 수 있었다.
아무리 좋은 곳이라 해도 생활이 되어 버리면
그 특별함은 사라져 버리고 만다.

데이트 코치

1. 약속된 데이트 장소에 도착할 때에는 빨라도, 늦어도 15분 전후가 좋다(출발하기 전에 교통 편을 확인하자. 버스라면 차가 밀릴 시간

을 감안해서 출발하는 것이 좋다).

2. 만약 상대방이 당신에게 "데이트 많이 해 보셨어요?"라고 묻는다면 "남들 하는 만큼 해 본 것 같아요"라고 대답하는 것이 좋다. 이런 종류의 질문에는 중립을 지키도록 하자(추궁당할 수 있는 질문에 대한 답변은 사전에 예방하도록 하자).

3. 데이트를 준비하라. 준비할수록 자신감이 생겨나게 되고, 여유가 생겨나게 된다.

4. 갑자기 서로가 침묵할 때가 있다. 그 땐 주위의 환경, 사람들에 관련된 이야기를 꺼내거나, 질문을 던져 무안하고 어색한 공기를 정화시키도록 하자. "참! 우리 저거 먹으러 갈래?" "혹시 저기 가보셨어요?" "저 사람 옷차림이 좀 어설프죠?"

5. 자신이 가장 자신 있는 모습을 보여주도록 하자. 함부로 다음 데이트를 기약해선 안 된다.

6. 다른 이성에게 돌리는 시선이 아니더라도, 말없이 엉뚱한 곳을 향해 시선을 돌리지 마라.

7. 더운 날엔 시원한 곳으로, 추운 날엔 따뜻한 곳으로 이동하도록 하자(기본적인 데이트 노선조차 제대로 파악하지 못하는 사람들이 많다).

8. 길거리에서 음식을 먹으며 걷거나, 담배를 물고 걷지 마라.

너무 자주 시계를 보지 마라.

9. 낮 12시~2시 사이, 저녁 5시~8시 사이엔 식사 여부를 확인하고, 함께 식사를 할 것을 제안하는 것이 좋다.

10. 사전 답사나 기타 정보들을 이용하여 본인 스스로 좋은 데이트 장소를 선별해 두고 있는 것이 좋으며, 처음이자 마지막 데이트라고 생각하고 데이트에 임하도록 하자.

진심으로 상대방을 사랑하는 마음으로 데이트를 한다면
당신이 실수투성이라도 상대방은 알아차리게 된다.
당신이 얼마나 자신을 위해 노력했었는가를…

연애 리더십

연애에도 리더십이 필요하다. 그 동안 우유부단했던 당신의 모습을 지워보도록 하자.

1. 사전에 미리 준비하는 자세를 가지도록 하자
좋은 장소, 좋은 것을 많이 알아두도록 하자(사전 답사, 경험, 인터넷 정보 검색, 잡지, 친구의 조언 등을 활용).

2. 상대방의 물음에 되묻지 말고 판단이 설 수 있는 대답을 하자
"상대방 : 뭐 할래? 당신 : 뭐 할까?"가 아닌, "상대방 : 뭐 할

144

래? 당신 : 우리 함께 영화 보러 가자!" 질문을 받았을 땐 우유부
단하게 망설이지 말고 확실하게 자신의 의견을 제시해 보도록 하
자.

3. 어떤 선택에 있어서 너무 오랫동안 망설이지 말자

신중함도 좋지만 너무 신중한 것도 마이너스 효과를 줄 수 있
다. 지나친 신중함이 오히려 일을 그르치게 만든다.

4. 자신 있고 당당하게 행동하자

기어들어가는 목소리, 갈팡질팡하는 모습은 NG다(처음에야 긴장
해서 저렇구나 하고 이해해 줄 수도 있겠지만 반복되면 헤어질 이유가 된
다).

5. 정확하게 Yes 혹은 No라고 대답할 줄 아는 사람이 되자

된다면 된다고 하든지, 안 된다면 안 된다고 하든지...이것도 저
것도 아닌 꾸물거림은 사람을 답답하고 짜증나게 만든다.

사람을 이끌 줄 아는 사람은 사랑을 이끌어 갈 줄 아는 사람이다.

2% 부족해

상대방이 혼자 자취를 하고 있는 사람이라면 생필품(반찬 · 비
누 · 쌀, 기타 생활 용품)을 선물로 사주는 것이 좋다. 당신이 사준
선물을 사용할 때마다 당신을 기억하게 될 것이다. 여자의 경우

혼자 자취를 한다고 하면 남자들은 으레 자취 집에 쳐들어가 어떻게 한번 따먹어보려는 생각을 가지지만, 혼자 생활하는 그녀의 힘든 마음부터 위로해 주도록 하자.

오랜만에 여자 친구를 만났다면 모텔로 직행하기 이전에 먼저 반갑게 안아주고 따뜻하게 손을 잡아주는 것부터 시작하자. 남자 친구가 힘든 일이 있다면 그 이유를 캐묻기보단 자연스럽게 위로의 대화를 나눌 수 있는 술자리를 만드는 것이 더 좋다.

행복 50% 불행 50%라면... 행복 2%을 채워 줌으로 인하여
그 사람을 더 행복한 사람으로 만들어 줄 수가 있는 것이다.

교정 연애 전술(신 연애술법)

튕기기 : 70~80년대 여자들은 언니나 친구들에게 여자는 무조건 튕겨야 한다고 교육받았다.

그러나 지금은 아니다. 점점 잃어가는 남자의 자존심을 세워주고 관심 있는 듯 보인 다음 전화나 문자를 이용해 튕기는 것이 더 효과적인 튕기기 전략이 된다.

데이트 거절 : 일부러 바쁜 척, 약속 많은 척해서 상대방을 애타게 만드는 것보다, 데이트를 허락하고 나서 일찍 헤어지는 것이 더 효과적인 전략이 된다. 아쉬움은 즐거움 다음에 더욱 커지게 되는 감정이다.

질투 : 과거의 사람들이야 질투심에 불타올라 상대방을 더욱 끈질기게 쫓아다니며 자신의 것으로 만들기 위해 노력하지만(결투 문화가 형성), 요즘은 질투를 느끼기는커녕 오히려 더 괜찮은 다른 이성을 찾으려 노력한다. "인기가 많아! 쫓아다니는 사람이 많아! 저 사람 참 괜찮지!" 괜히 이런 말로 질투심을 유발시키려다 오히려 연애를 포기하고 싶은 충동을 유발시킬 수도 있다.

도장 : 과거 남자들은 도장만(섹스) 찍으면 여자들이 자신의 것이 된다고 믿었다.

그러나 현재는 아니다. 마음을 묶어두는 것은 섹스가 아니라 믿음과 사랑이다(요즘은 돈이라고...? 그러나 마음은 교통 카드와 같아서 돈이 충족된 만큼만 움직인다. 상대방은 당신이 아닌 돈의 꼭두각시가 될 뿐이다).

멈추어진 연애 정보...
시대를 대변하지 않는 연애 정보가 정말 소중했던 한 사람을
놓치게 만들 수가 있다. 연애도 문화다.

연애 연막탄

당신 : 옷이 잘 어울리시는 것 같아요. 헤어스타일도 멋지세요.
상대방 : 아... 예...(좀 쑥스럽지만 기분은 좋네... 하하...)
당신 : 성격도 참 좋으신 것 같네요. 그러시구나! 그런 멋진 면모도 가지고 계시다니...

상대방 : 아... 예...(후후후 완전히 내게 꼽혔군... 뿅 갔군 갔어...)

그렇게 헤어지고 난 이후.

상대방 : 어... 전화가 왜 안 오지... 분명히 나한테 꼽혔던 것 같은데... 안되겠다! 내가 먼저 전화를 걸어봐야지...

당신 : 여보세요?

상대방 : 아... 접니다(당연히 반기겠지...).

당신 : 예.

상대방 : ……(헉... 왜 이렇게 냉담한 걸까?)

당신 : 제가 지금 바쁜 일이 있어서 나중에 전화하죠.

상대방 : 예...(이거 어떻게 된 거야? 나한테 완전히 넘어온 것 같았는데... 이런...)

처음 상대방의 콧대를 내려앉게 하기 위해 냉정하게 혹은 도도하게 행동하는 것보다 함께 있을 때는 상대방을 높여 주고, 헤어지고 난 이후에 위와 같은 방법으로 튕기는 것이 더 막강한 효력을 가진 튕기기 전략이 되는 것이다.

혼동... 상대방을 자극시킬 수 있는 또 다른 유혹의 무기임을

잊지 말도록 하라.

접근 전략 4 : 1(파티 · 나이트 · 동호회 · 정모에서)

마음에 드는 상대방이 혼자 있지 않고 4명 이상의 동성과 함께 있는 경우(나이트 · 파티 · 동호회 · 정모 등) 가장 효과적인 접근 전

략은 무엇일까?

사람이 복수가 되면 경쟁심을 느끼게 된다.

이 점을 이용하라! 먼저 용기를 가지고 접근해서 말하라!

"저... 이 쪽에 마음에 드는 사람이 있어서 그러는데 잠시 실례 좀 할게요..."

당사자를 지목하지 않았기 때문에 모두 다 당신에게 집중하게 되고 궁금증과 호기심을 가지게 된다. 만약 마음에 드는 상대방에게 직접적으로 말을 걸었다면 분위기가 어수선해지게 된다. 그 다음 마음에 드는 상대방을 제외한 다른 사람들에게 칭찬을 한다. 그것은 적이 아닌 아군을 만들고 의외성의 힘을 발휘하기 위해서다. 마지막으로 마음에 드는 상대방에게 자신이 미리 준비한 쪽지(연락처 · 메일 주소 첨부)를 마음에 들어했던 상대방에게 전해 주는 것이다.

참고 : 무리 속에 있는 예쁜(멋진) 상대방에게 접근하기 위해 서는, 가장 못생긴 사람부터 공략해야 한다.

무리 속의 상대방에게 접근하기 위해서는
'용기＋자신감＋무리의 눈을 충족시켜 줄 수 있는
이미지＋호기심 유발＋의외성'이 전제되어 있어야 한다.

Hangin' Tough

만약 자신의 고백에 거절의 의사를 밝힌 상대방에게 매달려야 할 때는 어떻게 해야 할까?

1. 연속적으로 몰아붙이지 마라. '제발!'이라는 수식어를 사용하면서 끊임없이 전화를 걸어라. 싫다는데도 억지로 집 앞에서 기다려라. 그러다 더 멀어지게 된다.

2. 그 거절이 진심이 아닐 수도 있으니 일단은 끝까지 포기하지 말자. 그리고 매달리는 타이밍을 잘 조절하라. 매일 전화해서 매달리지 말고, 3일에 한 번, 잊을 만하면 또 한 번, 이런 식으로 매달리도록 하자(2주일에 1번 정도가 가장 부담이 적고, 반감이 적은 타이밍이다).

3. 매달리는 수단을 분산시켜라. 전화 · 문자 · 메일 · 편지 · 직접 찾아가기... 즉, '전화 10번, 문자 0번' 이런 식이 아닌 '전화 1번에 문자 2번' 이런 식으로 매달리는 수단을 분산시키자.

4. 말을 아껴라. 쓸데없는 말은 되도록 피하는 것이 좋다. "그래... 끝내자... 네가 그렇게 잘났나... 됐다... 필요 없다..." 나중에 어떻게 될지 모르는 상황에서 경솔할 필요는 없다.

5. 장기적인 전략을 펼쳐라. 거절 후 바로 매달리지 말고 어느 정도 시간을 두고 매달려라. 1개월 이후에 다시 연락하면 반가움을 줄 수 있고, 반가움은 만날 수 있는 기회를 만들어 준다(이유 없는 거절은 없다. 나름대로의 이유를 잘 분석한 다음, 그 이유를 극복하기 위한 노력을 해야 할 것이다).

그러나 안타깝게도 매달리고 매달려도
변하지 않는 마음이라는 것이 분명히 존재한다.

• • •
New 연애법칙

미녀와 야수의 법칙(억지로라도 만나다 보니 사랑에 빠지게 된다)
 만남의 기회가 반복적으로 주어지고 접촉할 수 있는 기회가 자
주 발생한다면, 근접성의 원리로 인해 호감이 생겨나기도 한다.
우연이든 운명이든 먼저 자주 마주치고 보도록 하자.

트윈스의 법칙(비슷한 사람끼리 관심을 가지게 되며 좋아하게 된다)
 일종의 사회적 심리 현상으로 비슷한 스타일, 비슷한 취향, 비
슷한 기호, 비슷한 사회적 지위, 비슷한 성격 등... 일치되는 면
이 많을수록 호감도가 커진다는 말이다. 물론 자신과 반대되는
사람에게 매력을 느끼는 사람들도 있지만, 대부분은 유사함으로
더 안정감 있게, 거부 반응 없이 상대방을 수용하고 받아들이게
된다(유사함은 노력으로 연출할 수 있는 부분이다).

톱니바퀴의 법칙(서로 맞물려야 돌아간다)
 서로의 단점을 이해해 주고 보완해 줄 틈이 있을 때 더 큰 호감
을 느낄 수 있다는 말이다. 너무 완벽한 사람보단 부족한 점이 있
어서 자신의 힘으로 채워 줄 수 있는 사람에게 더 쉽게 다가갈 수
있다.

택시의 법칙(이동 거리만큼 대가를 지불해야 한다)

자신이 어떤 노력과 애정을 표시했을 때 보상을 해 주는 상대에게 더 큰 호감을 느낄 수 있는 법이다. 조건 없이 주는 사랑이지만, 내면에 잠재되어 있는 보상 심리가 기대를 낳게 되고, 그 기대가 충족될수록 호감도 상승하게 되는 것이다.

법칙은 법칙일 뿐이다.
당신이란 존재가 사랑할 법칙이 될 수 있도록 노력하라.

빈손 이론

상대방의 일터에(아르바이트 장소, 직장 등) 들를 일이 있을 땐 빈손으로 가지 마라.

값비싼 음식이 아니라 드링크라도 좋다. 비록 작은 드링크라 할지라도 당신의 성의가 지원군이 되어 같은 직장 동료들의 "네 애인 좀 아니네!"란 평가를 잠재워 준다. 최소한의 배려... 그 배려가 당신의 못남을 잠재워 주고 당신을 빛나게 만들어 준다는 사실을 잊지 마라.

언제나 빈손인 당신,
그러다 상대방의 마음까지 빈손처럼 궁색하게 만들어 버리고 만다.

연애 편지

"연애 편지보다 더 세심한 애무는 없다. 그 편지로 인해 세상이 아주 작아지고, 쓰는 사람과 읽는 사람만이 유일한 통치자가 되기 때문이다."

-옥타비아 카푸치로크-

연애를 잘 하기 위해서 우리가 꼭 활용해야 할 도구가 있다면 그것은 바로 편지다.

편지는 사람의 마음을 마음으로 젖게 만들어주는 가장 효과적인 설득 도구임과 동시에 시대의 유혹자들이 상대방을 유혹하기 위해 사용했던 필수 아이템이다.

때에 따라선 가장 고전적인 방법이 최고의 방법이 되기도 한다. 자신의 마음을 글로 표현할 줄 아는 사람이 되어라. 편지는 글로써 끝나는 것이 아니라, 마음의 증거물이 되어 상대방의 마음 속에 "사랑하고 있구나!"라는 확신을 심어주게 되는 것이다. 그리고 편지를 쓰는 동안 내내 자신의 감정을 풍부하게 만들어 준다.

글씨를 잘 못 쓴다고? 대부분의 사람들이 글씨보다 내용을 본다.

편지를 어떻게 적는지 모르겠다고? 군대에서 포켓 가요 뒤척이며 펜팔하던 실력이면 충분하다. 다이어리에 깨알 글씨로 일기 적는 실력이라면 충분하다.

참고 : 단, 편지 쓰는 일에만 만족해선 안 된다. 편지는 어

디까지나 자신의 마음을 표현하는 수단이지 연애의
전부가 되어선 안 된다(편지 주고받는 일만 3년 이상 하
는 사람도 존재한다).

연애를 잘 하려면 어떻게 해야 하나요?
그럼 먼저 편지를 사용할 줄 아는 사람이 되십시오.

LQ(연애 아이큐)

연애의 지능 지수를 높여라!

주위를 관찰하고 상대방을 관찰하라. 그러면 접근할 수 있는 길
이 보이게 되며, 무엇을 어떻게 해 줘야 하는지를 깨닫게 된다.

고깃집에서 마음에 드는 상대방을 만났다면 콜라 한 병을 사주
고 말을 거는 것이 더 효과적이다(어느 장소든 그 장소와 어울리는
것 한 가지씩은 존재한다. 그것을 이용하라!). 무언가를 받았다는 사
실이 당신의 말에 귀를 기울여야 할 의무감을 심어주게 된다.

상대방이 무슨 일을 하고 있는지, 그 일이 어떤 점이 힘드는지
를 잘 관찰하여 접근하도록 하자.

예를 들어 상대방이 미용실에서 일을 하고 있다면, 먼저 그 미
용실 단골이 되는 것이 중요하며, 무턱대고 접근하는 것보다 상
대방의 힘든 점을 들어주고 위로해 주면서 접근하는 것이 더욱
효과적이다(경계심을 허물고 접근하는 것은 모든 접근의 기본 전략이
다).

간호사는 힘들고, 은행원은 손이 거칠어지고, 백화점 직원은 다

리가 아프다. 이런 직업적 특성을 파악하여 거기에 맞는 부담스럽지 않은 선물을 사주는 것도 실용적이면서 융화적인 전략이다.

극장에 일하고 있는 사람이라면 극장 표에다 자신의 연락처를 적어 주는 것도 효과적이며, 의류 매장에서 일을 하는 사람이라면 옷에 대한 질문을 던지면서 상대방의 연락처를 물어보는 것도 상대방과 융화될 수 있는 보다 자연스러운 접근 방법(직원과 고객의 거리에서 접근)이 된다.

혼자 잡지를 보고 있던 그녀에게 또 다른 잡지를 들고 가서 말했지… "저… 이 잡지가 그 잡지보다 재미있어요… 그리고… 이 잡지보단 제가 더 재미있는데…여기 잠시만 앉아도 될까요?" 그렇게 이야기가 시작되었다. 물 흐르듯… 그렇게…

생각하라… 집중하라… 관찰하라…
그럼 당신도 모르게 독창적인 방법이 떠오르게 되고
그 이전과 다른 연애 아이큐를 소유하게 될 것이다.

실연 극복 처방전

예감할 수 없었던 이별은 한 사람의 마음을 무너지게 만든다. 실연의 아픔으로 우리는 상실이란 단어를 배우게 되고, 지울 수 없는 그리움을 간직한 체 발코니 앞에 서서 습관처럼 회상에 잠기게 된다. 그러나 살아야 하지 않겠는가! 미래의 사랑을 위해 다시 일어나야 하지 않겠는가! 극복하자! 실연을 파괴시키고 다시 일어서도록 하자.

1. 새 마음 새 다짐으로 새로운 일을 찾아 그 일에 전념해 보도록 하자. 새로운 일과 함께 새로운 사랑이 찾아오기도 한다. 그리고 바쁜 만큼 실연의 아픔을 줄일 수가 있다.

2. 술과 담배에 의존하지 말자. 술은 상대방에게 다시 전화를 걸게 만들어 당신에게 미련을 남겨주고, 담배는 폐를 썩히고 초조한 당신을 온종일 전화기만 매만지게 만들어 줄 뿐이다. 자해한다고 해서 상대방은 다시 당신에게 돌아가지 않는다. 당신의 마음을 알아주지 않는다.

3. 이별은 사랑의 실패가 아닌 또 다른 만남 속에 피어나게 될 성숙의 꽃이다. 이별의 아픔은 성숙의 씨앗이며 이별의 슬픔은 더 큰 사랑의 밑거름이다.

4. 하는 데까진 최선을 다 해 보았는가? 이별 선언에 바로 긍정했던 것은 아니었는가? 마지막으로 한 번 더 도전해 보자! 자신이 실패했던 일에 3번 더 도전할 수 있는 용기를 가지도록 하자.

5. 사람은 사람으로 잊는다. 그러나 사랑했던 사람은 시간으로 잊혀져 가는 것이다. 허전한 빈자리를 당장 다른 사람으로 채우려 하지 마라. 기억은 기억으로 덮어지는 것이 아니다.

6. 마음은 이별을 고했다. 몸이여, 더 이상 지난 사랑의 흔적 앞에 서성거리지 말고 이별하라. 상대방을 이제 그만 놓아 주어라. 초라하게 아직 그의 집 앞에 숨어 그를 기다리고 있는 당신의 모습을 지워라.

7. 헤어지자마자 바로 다른 사람을 만나보자. 술과 담배로 하루를 지세우자. 친구들에게 전화를 걸어 상대방을 헐뜯고 욕하자. 복수의 화신이 되어 다른 이성에게 받은 만큼 되돌려주자. 절대 사랑을 믿지 말자. 극단적으로 울며 매달리거나 보복을 결심하자... 이렇듯 실연 폐인이 되지 마라. 자신을 파괴할 권리는 있으나 권하고 싶지는 않다.

연애는 적금통장과 달라서 한 달에
꾸준히 100만 원을 저축한다고 해서 1년 후에
1200만 원＋이자를 받을 수 있는 것이 아니다.
그러나 실연을 경험했다는 이유만으로 당신은 한 단계 더
성숙한 연애를 할 수 있는 자격을 갖추게 된 것이다.

Love Sense

1. 식사를 마치고 상대방이 화장실로 간 사이 먼저 계산을 하도록 하여라. 아마 다음 데이트 코스의 질이 달라지게 될 것이다(돈에 대한 부담을 줄여줄수록 상대방은 더 적극적이게 된다).

2. 상대방이 머리가 아프다면 당장 뛰어가서 두통약을 사주도록 하여라. 말로만 "괜찮니?"라고 물어보는 것보단 더 큰 위로가 되어 줄 것이다.

3. 상대방의 얼굴에 뭐가 묻었다면 "거울 좀 봐라! 그게 뭐니?"

라 묻지 말고 자신의 손으로 직접 닦아주도록 하여라.

4. 전화가 걸려와 자리를 떠야 할 상황이라면 상대방에게 양해를 구하고 일어서도록 하여라.

5. 친구에게 전화가 왔다고 해서 상대방을 앞에 두고 장시간 통화를 해선 안 된다.

6. 자신이 배가 고프지 않다고 해서 상대방에게 묻지 않고 식사를 생략해선 안 된다.

7. 걸음의 속도는 저마다 다르다. 상대방과 보폭을 맞출 필요가 있다.

8. 동전이 있다면 구세군 자선 냄비의 '땡그랑' 소리를 상대방에 들려주는 것도 좋다.

9. 식사가 나오기 전 상대방에게 숟가락 젓가락을 챙겨 줄 때 휴지로 깨끗하게 닦아 주어라.

10. 상대방의 물을 확인하고 잔이 비었으면 물을 따라주어라.

11. 남자가 먼저 문을 열어주고, 여자가 들어오기 전까지 잡은 문을 놓지 마라.

12. 신호가 바뀔 때 급한 마음으로 뛰지 말고 다음 신호가 될 때

까지 기다리도록 하자. 여자의 경우 높은 굽의 구두를 신었다면 잘 뛰지 못할 수도 있다.

13. 휴지를 휴대하고 다니자. 상대방이 무언가를 흘렸을 경우, 더러운 의자에 앉을 경우, 먼저 휴지를 꺼내어 깨끗하게 닦아주도록 하여라.

14. 여자가 치마를 입고 왔다면 의자가 있는 곳에서 식사를 하자. 소파와 간이의자가 있다면 여자는 소파에 남자는 간이의자에 앉도록 하여라.

15. 상대방이 오랜만에 정장을 입고 나왔다면, 연기가 옷에 스며들어 냄새가 나는 음식(구이 종류)은 피하는 것이 좋다.

16. 상대방의 작은 변화도 알아차리고, 인정하며, 관심을 보이며 칭찬해 주도록 하여라.

17. 상대방이 연하일 경우 처음에는 그의 친구들에게도 존대말을 사용해 주는 것이 좋다.

18. 화가 나더라도 "헤어져!" "끝내!" "됐어!" "네가 잘났어!" "변했니?" "난 원래 이런 사람이야!"와 같은 말을 해선 안 된다.

19. 상대방과 친해졌다고 해서 생리적인 현상까지 맘대로 드러내선 안 된다(코 파기, 귀 파기, 방귀 끼기, 대놓고 "똥 누러 간다!"고 말하기 등).

20. 지나치게 술을 권하지 마라! 이미 술 권하는 시대는 지나갔다.

21. 먼저 뒷모습을 보여주지 마라. 상대방이 갈 때까지 지켜볼 줄 아는 사람이 되어라.

22. 항상 배웅받는 입장에 놓여 있다면 한 번쯤은 먼저 배웅해 줄 줄 아는 사람이 되어라.

23. 쓸데없이 시간 낭비하고 있는 모습을 보여주지 마라.

24. 키스를 하고 나서 바로 입을 닦거나, 침을 뱉지 마라.

25. 입은 아니라고 말을 했지만 의심이 간다면 표정을 읽어라. 상대방이 아니라고 손을 흔들어도 행동으로 옮기는 모습을 보여주어라.

눈으로 보여졌던 외모의 결함들이 센스를 통하여 반감되어진다.
그렇게 당신은 내면의 힘으로
상대방의 편파적인 시선을 잠재우게 되는 것이다.

휴대폰 기본 방침

상대방과 만날 수 있는 시간의 50% 이상을 차지하는 것이 바로 휴대폰이다. 그러나 휴대폰으로 인하여 오히려 연애를 더 어렵게 만들 수 있다는 사실을 알고 있는가? 무턱대고 휴대폰을 사용하여 상황을 더욱 악화시키기 전에 먼저 휴대폰 기본 방침부터 숙지해 두도록 하자.

 1. 상대방의 번호를 저장할 땐 애칭과 함께 0번이나 1번에 저장하도록 하자. 행여나 자신의 전화기를 찾기 위해 당신의 휴대폰을 빌려 자신의 전화기에 전화할 상황이 발생하기도 한다. 그 때 만약 상대방의 전화 번호가 저장되어 있지 않거나, 멀리 100번대에 저장되어 있다면 상대방은 분명히 서운하게 생각하게 될 것이다(남자 친구는 '잘생긴 창민', 애인은 '준철', 이렇게 저장했을 경우 대략 낭패다).

 2. 답 문자를 보낼 땐 상대방의 단어 수와 근접하게 보내는 것이 보다 성의 있게 보일 수 있는 전략이 된다. 액정 가득히 보낸 문자를 받고 답 문자로 '즐~'이라고 한다면 당신의 무성의함에 감정이 상할지도 모른다.

 3. 상대방의 컬러링과 같은 컬러링을 선곡함으로 인하여 자신의 관심을 간접적으로 표현할 수 있다. 같아진다는 것도 일종의 관심 표현이다.

 4. 문자를 보낼 때에는 상대방의 일과를 분석하여 상대방이 심심해할 시간에 문자를 보내어 주는 것이 좋다. 아침 출근(등교) 시간·점심 시간·퇴근(하교) 시간 등에 문자를 보내는 것이 좋다(상대방이 여유 있는 시간에 문자를 보낸다면 답장을 받을 확률도 그

여유만큼 높아지게 된다).

5. 휴대폰에 상대방의 스티커 사진을 붙이고 다닌다면 더 큰 믿음을 보여 줄 수도 있다. 남들에게 자주 보여지는 곳에 상대방의 흔적을 남겨둔다면, 그것을 본 상대방은 당신의 마음을 더 크게 믿어 의심치 않는다.

6. 상대방의 전화를 피하기 위해 무작정 휴대폰을 꺼놓는 행동을 하지 마라. 오히려 상대방의 집착을 더욱 가중시킬 수가 있다. 그리고 상대방은 당신을 걱정하게 된다.

7. 의심의 여지가 있는 문자는 사전에 미리 지워두는 것이 좋다. 친구가 장난으로 보낸 "자기야 뭐해?"와 같은 문자는 사전에 지워두도록 하자. 오해의 싹은 미리 짤라두는 것이 좋다(오해는 더 큰 오해를 불러일으키게 된다).

8. 전화를 받기 위해 자주 자리를 벗어나게 된다면 상대방에게 의심을 살 수도 있다. 바람둥이들의 특징 중 하나가 바로 전화를 몰래 숨어서 받는다는 것이다.

9. 휴대폰을 새로 바꿀 땐 상대방 전화 번호 뒷자리와 비슷한 번호로 바꾸는 것이 좋다. 같은 번호를 사용함으로 인하여 믿음을 줄 수 있고, 상대방과 어떤 교감을 느낄 수 있다.

10. 음악 · 게임과 같은 상대방이 좋아하는 모바일 서비스를 선물해 보도록 하자. 상대방의 기호를 분석하여, 상대방이 즐거워

할 수 있는 모바일 선물을 보내주는 것도 좋은 전략이다.

금지 사항 : 휴대폰 기종으로 상대방의 부를 측정하기, 의심과 집착이 많아서 상대방의 휴대폰을 샅샅이 뒤지기, 각종 비밀 번호 암기하기, 돈 없는 애인에게 휴대폰 사달라고 조르기, 자신의 폰 요금 대신 내달라고 하기, 상대방이 선물한 휴대폰 액세서리하고 다니지 않기, 먼저 전화를 걸어 곧 끊고 상대방에게 다시 전화하라고 하기 등.

연애를 흥하게도 망하게도 할 수 있는 편리한 도구...
그것은 바로 당신의 손에 쥔 작은 휴대폰이다.

한 템포

마음은 승낙하고 싶어 죽겠다. 드디어 이루어지는 일이라 얼른 대답하고 싶다.

그러나 한 템포만 늦추어라. 기다렸다는 듯이 바로 대답하지 마라. 조금 더 생각하는 모습을 보여 주어라. 물론 어차피 결정되어 지는 일이기에 빨리 대답하는 것이 더 나을 수도 있다. 그러나 어느 날 당신의 빠른 대답에 상대방은 이런 생각을 하게 될지도 모른다.

"빨리 대답한 만큼 신중하지 못했을 거야!"

"빨리 대답한 만큼 모든 것이 다 쉬울 거야!"

"빨리 대답한 만큼 빨리 변할지도 몰라."

큰 결정에 앞서 깊이 생각하고 신중하게 결정을 내리는 모습을 보여주어라. 당신의 결정을 기다리는 상대방의 가슴은 애가 타고, 어쩌면 그 스릴을 즐기고 싶어하는지도 모른다.

당신의 눈과 입을 번갈아보며 결정을 기다리는 초조한 마음... 그 떨리는 마음... 설레는 마음을 좀더 즐길 수 있도록 해 주어라.

쉽지 않은 결정이라도 쉽게 이야기하면
쉽게 내린 결정이란 오해를 받게 될 수도 있다.

돈 없이 연애하는 법

1. 돈으로 대신할 수 없는 정성으로 감동을 주도록 하자

작은 선물, 편지, 감동적인 표현 등과 같이 돈으로 줄 수 없는 즐거움으로 경제적인 단점을 극복하자.

2. 허름한 곳에 갈 땐 그 장소를 미화시켜라

"이 집이 허름해 보여도 분위기 있고 음식 맛이 좋은 곳으로 유명하단다!" "너랑 함께 있으니 허름한 곳도 궁전이 되는구나!"

3. 돈이 없다는 말을 하지 마라

"나... 돈 별로 없어!" "앞으로 돈 때문에 널 못 만날지도 몰라!" 없더라도 숨겨라! 없는 자에게는 한없이 냉정한 세상이다.

4. 연애 초반엔 간간히 만나면서 크게 한턱 쏘아라

자주 만나는 것보다 부담이 적으며, 아쉬움의 감정까지 지원받게 된다(데이트 자금 확보를 위한, 데이트 연장을 위해선 합당한 이유를 준비해 두고 있어야만 한다 — 이유 없이 바쁘단 말을 한다면 오해를 받게 된다).

5. 돈에 대한 신념을 보여 주어라

확고한 신념 없이 마냥 돈이 없어서 없게 보여선 안 된다. "지금은 이렇지만 두고 봐! 널 세상에서 가장 행복하게 만들어 줄테니…" "조금만 더 기다려. 나 곧 차 사서 널 편하게 집까지 바래다 줄 거야!"

돈을 대신할 수 있는 마음을 가졌다면 그는 사랑의 부자다.

여보세요?(통화 공식)

마음에 드는 사람과 통화를 하고 싶어도 어떻게 통화해야 할지조차 모르는 사람들이 많다.

그렇다면 지금부터 가장 효과적으로 상대방과 통화할 수 있는 통화 공식을 배워보도록 하자.

상대방 : 여보세요?

당신 : 오늘 날씨가 많이 추웠지?("뭐 하는데? 어디냐?" 이렇게 묻기보단 생활 안부를 물어보는 것부터 시작하도록 하자)

상대방 : 응...(안부에 대한 답변을 하게 될 것이다)

당신 : 오늘 이런 일이 있었어(자신의 일상을 이야기해 주며 자연스럽게 상대방의 일상을 이끌어낸다).

상대방 : 그래... 나는 이런 일이 있었어...

당신 : 그랬구나... 그래서?...(맞장구를 쳐주며 칭찬할 것이 있다면 칭찬해 주고, 상대방이 누군가를 비판한다면 같이 동조해 주도록 하자 — 대부분의 사람들은 남 이야기를 좋아한다).

상대방 : ……(순간 침묵의 기운이 맴돈다)

당신 : 참, 너 그거 먹어봤니? 너 그거 봤니? 너 그거 어때?(상대방이 침묵하고 있다고 해서 당신도 침묵을 지켜선 안 된다. 화제를 돌리자. 음식 · 연예 관련 정보 · 장소 · 기타 재미있는 대상을 선정하여 상대방의 의견을 물어보면서 상대방을 대화에 동참시키자)

상대방 : 응... 아니... 그래...

당신 : 참... 오늘 누구를 만났는데 네가 훨씬 괜찮더라...(비교 대상을 한 명 선정하여 상대방을 뛰어주자. 칭찬은 상대방의 기분을 붕 뜨게 만들어주고 침체된 대화의 분위기에 활기를 심어준다).

상대방 : 아니야... 내가 뭘...(겉으론 아닌 척해도 속으론 기쁘다).

당신 : 상대방 : 당신과 상대방만이 알 수 있는 개인적인 주제로 대화를 연장시켜 나가도록 하자.

당신 : 참... 우리 다음에는 말야... 그 다음에는...(미래에 대한 강한 기대감을 심어주자. 즐거운 상상을 예찬하는 것만으로 상대방을 들뜨게 만들 수 있다).

상대방 : 응... 응...(이미 당신이 제시한 미래로 가 있는 상대방).

당신 : 난 말야... 앞으로도... 더 잘 할 거야... 널 언제까지...(당신의 마음을 표현해도 좋고, 과거에 함께 했던 즐거운 추억을 상기 시켜 주는 것도 좋다).

166

상대방 : 그래... 나도...

당신 : 조심해서 잘 자고...내일 내가 전화 할게...("내일 전화해!" 가 아닌 "내일 내가 전화할게!"라고 말하라. 상대방이 먼저 전화를 끊을 때까지 기다려 주고, 전화를 끊고 나서 문자를 보내는 것도 좋다)

위의 통화 내용은 아주 기본적인 통화 공식이다. 그러나 그 기본마저도 지킬 줄 아는 사람이 없어서 특별한 통화 공식이며 효과적인 통화 공식이 되는 것이다.

매일 반복되는 통화라 할지라도 애정이 담긴 통화는
언제나 기다려지고 기대하게 만드는 연애의 에너지와도 같은 것이다.

실용 연애화술

"안녕하세요?" 웃으며 반갑게 맞아주는 것부터 시작하자. 긴장되었던 상대방의 마음이 당신의 활짝 웃음처럼 활짝 열리게 될 것이다.

그 다음 즐거운 칭찬으로 상대방의 경계심을 허물도록 하자.

"옷을 너무 잘 입으세요..." "헤어스타일이 참 잘 어울리네요..." "동생도 참 잘생기고 예쁠 것 같아요..." 칭찬은 경계심을 허물 뿐만 아니라, 당신에 대한 적개심을 반감시키고, 상대방이 대화에 집중할 수 있는 분위기를 형성시켜 주는 모든 대화의 기본 기술이다.

무언의 대화... 잘 들어주는 것도 대화의 한 방법이다.

상대방의 이야기를 대화의 소스로 삼아 말의 꼬리를 잡아 자연스럽게 대화를 연장해 나가도록 하자.

"동해안으로 휴가를 갔다 왔어요..." "그래요? 저는 남해안으로 갔다 왔어요... 저도 바다를 좋아하는데... 혹시 그 쪽도..." 이런 식으로 상대방의 말을 들으면서 대화의 주제를 잡아나가고, 공감대를 형성시키면서 상대방과 친해지게 되는 것이다.

상대방이 말이 없는 사람이라면 제안을 통하여 대화를 이끌어 나가보도록 하자.

"스타일이 좋으신 것 같은데 저에게도 좀 가르쳐 주세요..." "저는 영화를 참 좋아하는데 혹시 괜찮게 보신 영화가 있으시다면 추천 좀 해 주세요..."

단, 이 때 상대방이 말이 없다고 해서 다그치거나 대화를 강요해선 안 된다("말 좀 하시지!" "꿀 먹었어요?" "제가 싫은가 보죠?" "전 말 잘 하는 남자가 좋던데... 그 쪽은 영..." 이런 말은 피하는 것이 좋다).

적절한 유머를 이용하여 대화의 분위기를 즐겁게 만들어 보도록 하자. 수수께끼나 "저... 혹시 최불암 시리즈 아세요?"와 같은 신석기 시대 빗살무늬토기 시절의 유머는 금지다.

재치 있는 유머를 사용하도록 하자. 예를 들어 "눈이 높을 것처럼 보여요?" "그래서 이마가 줍죠." "메일은 뭐 쓰세요?" "예... 전 E메일을 사용한답니다. 하하... 농담이에요." "그럼 조심이 들어가세요!" "헉... 사람이 가는데 차비 있냐고도 안 물어봐요?" 이와 같은 방법으로 질문에 대한 재치 있는 답변으로 융화될 수 있는 유머를 구사하도록 하자. 그리고 원래 유머라는 것이 웬만하며 썰렁해지기 마련이므로 밝게 "하하..." 웃어주는 뒷마무리가 필요하다.

상대방을 설득하고 싶다면 너무 깊게 생각할 시간을 주지 말고 먼저 이끄는 것이 좋으며, 호기심과 기대감을 심어주는 것이 좋다.

"저... 혹시... 내일... 시간 되시면 영화 보러 가실래요?" "우리 내일 영화 보자! 내가 맛있는 것도 사주고 너 좋아하는 영화로 예매해 둘게..." 이 두 가지의 화법 중 그 동안 당신이 사용했던 화법은 무엇인가? 누군가를 설득할 땐 '~하자(제안)~할게~재미 있겠다(기대감·호기심 제공) 법칙'을 잊지 마라.

사과를 해야 할 땐 자신의 잘못을 먼저 인정하고 사과를 하는 것이 좋으며, 앞으로 그러지 않을 것이란 믿음을 심어주는 것이 좋다.

"그래... 내가 참지 뭘! 그냥 넘어가자... 미안하다!" 이것은 사과가 아닌 타협이다! "그 때 그 일은 내가 정말 잘못했어... 앞으론 더 조심하도록 할게... 미안해... 화 풀란 의미에서 내가 선물 사왔어." 이런 식으로 잘못을 먼저 인정하고 선물과 편지와 같은 도구를 이용하여 상대방의 기분을 확실하게 풀어주는 것이 좋다.

무언가를 고백할 때 너무 뜸을 심하게 들이면 안 된다. 뜸을 들이는 만큼 상대방은 당신의 말에 대한 기대나 추측을 하게 되고, 기대에 미치지 못한다면 실망을 하게 되고, 추측이 맞았을 때엔 그 느낌이 반감된다.

평소 재미있는 이야기 레퍼토리를 많이 축적해 두고 있도록 하자(인간은 이야기에 대한 본능을 가지고 있다). 대화가 단절될 때 재미있는 이야기를 통하여 대화의 분위기를 되살려 보도록 하자.

말을 할 땐 꾸물거리지 마라. 1, 2번은 용서해도 반복되는 꾸물 거림은 상대방을 지치게 만든다.

대화 소스가 부족하다고 해서 '누구누구를 닮았네요!' 란 말을 하지 마라. 과거 애인·어머니·아버지·연예인 등을 들먹이지 마라. 자칫 잘못하면 상대방에게 반감을 사게 될 수도 있다.

화가 나더라도 공격적인 대화를 해서는 안 된다. 공격적인 대화는 사랑의 감정을 공격하게 되고, 서로간의 마찰을 야기시켜 사랑의 감정을 사라져 버리게 만들 수도 있다.

기타 : 목소리 톤을 적절하게 조절하자. 입에 음식물을 가득 넣고 말을 하지 말자. 상대방이 민감해하는 부분을 이야기할 땐 2번 더 생각하고 이야기하도록 하자. 자신을 비웃음거리로 만드는 이야기를 대화의 소스로 삼아서는 안 된다. 자기만 알고 있는 이야기보다는 서로가 공감할 수 있는 이야기를 하는 것이 좋다. 쉴 틈 없이 말을 해서는 안 된다. 친해지고 싶은 이유에서라도 상대방을 놀림거리로 만들어선 안 된다. 자연스럽게 대화하기 위해 노력하는 자세가 오히려 부자연스러울 수가 있다. 잘 들어주고, 잘 대답해 주고, 호응해 주며 대화를 연장하다 보면 그 대화는 자연스럽게 자연스러워지게 된다.

말을 잘 하는 사람보다는 즐겁게 대화를 나눌 수 있는 사람이 되어라.

1 : 1의 만남

1 : 1의 만남에선 상대방의 시선이 오직 당신에게만 집중되는 부담을 가지게 된다. 그렇다고 해서 말 잘 하고 웃긴 친구와 함께 2 : 1의 만남을 연출해선 안 된다. 당신 역시 상대방에게만 시선을 집중해야 하며, 함께 있는 그 시간이 지루하지 않도록 대화와 데이트 장소를 적절하게 이끌어나갈 줄 알아야 한다.

상대방의 시선이 집중되기 때문에 행동 하나하나가 예리하게 관찰된다. 그렇기 때문에 기본적인 매너를 지킬 줄 알아야 하며, 세밀한 부분에도(스타일·말투·목소리 크기·화장·청결 상태 등) 보다 많은 관심을 기울여야 할 것이다. 1:1의 만남에선 무엇보다 자신감이 중요하다. 그리고 자신과 함께 있다는 이유만으로 상대방이 즐거워 할 것이란 착각에 빠져서는 안 된다.

> 1:1의 만남에선 둘 다 조용해져선 안 된다. 한 명이 조용하다면,
> 다른 한 명은 대화와 만남을 이끌어나가야만 한다.

2:1의 만남(고급 테크닉)

당신과 당신이 좋아하는 상대방, 그리고 상대방의 친구와 함께 만났을 때 효과적으로 만남을 이끌 수 있는 방법을 알아보도록 하자. 먼저 당신이 적용해야 할 법칙이 하나 있다. 그것은 바로 '50 대 50의 법칙'이다. 50 대 50의 법칙이란 2:2 상황에선 두 명 모두에게 각각 50씩 잘 해 준 다음, 나중에 한 명과 만날 때 모자란 느낌이 들었던 그 50을 다시 채워준다는 법칙이다.

2:1의 상황에서 한 명에게만 잘 해 줘 버리면 다른 한 명의 반감을 사게 되고, 만들지 않아도 될 적을 만들 수 있게 된다. 그러나 모두에게 잘 해 준다면 순간 자신이 좋아하는 상대방의 기분을 서운하게 만들지는 몰라도 나중에 더 잘 해 줌으로 인해 더 큰 만족감을 선사해 줄 수 있고, 함께 온 상대방의 기분을 나쁘게 하지 않아 적을 예방할 수 있게 되는 것이다.

참고 : 사귀고 나서 최소 2~3개월 이후에 친구들과 만나는
　　　것이 좋다. 왜냐 하면 사귐의 초반에는 친구들의 평
　　　가에 민감해지기 때문이다. "네가 아깝다!" "네 남자
　　　친구 별로야!"

2 : 1의 만남에선 1이 2에게 잘 해 주어야 한다.
1이 2에게 잘 해 주면 받는 2는 덜 부담스러우며,
덜 불만족스러워지게 된다.

2 : 2의 만남

　미팅과 같은 성격의 부킹·소개팅을 통하여 우리는 2 : 2의 만
남을 가지게 된다. 그러나 사실 2 : 2의 만남은 상당히 껄끄러운
만남이며, 순간의 잘못으로 다수의 피해자가 발생하게 된다.
　특히 두 명이 한 명만을 지목하는 상황이 발생하게 되면 상황은
더욱 심각해지게 된다. 두 명이 한 명만을 지목했을 경우, 지목
당하지 못했던 다른 한 명은 서운한 감정과 더불어 자신이 지목
했던 다른 한 명에게 관심을 받지 못함으로 인하여 상황을 더욱
악화시킬 우려가 발생한다(질투심, 경쟁심리, 지목당한 사람의 미안
함 등).
　만약 이러한 상황이 발생하게 되면 다른 한 명은 마음에 들어했
던 상대방을 포기하고 상대방 친구에게 관심을 기울여 줘야 한
다. 만약 그렇지 못했을 경우 모두가 어긋나 버리고 마는 결과를
초래하게 될 수 있다. 그리고 마음에 드는 상대방이 있더라도 만

172

남 후에 자신의 마음을 고백하는 것이 좋다.

　한 명이 다른 한 명을 밀어주지 못하고 자신의 감정만을 소중하게 생각하다간 결국 그 만남은 실패로 돌아가 버리고 만다(2 : 2, 3 : 3… 그 이상의 만남에는 폭탄 제거반이 필요하다).

2 : 2를 모두 만족시킬 수 없는 상황이라면
어느 한 명은 희생을 감수해야 한다.

나이팅게일의 법칙

　나이팅게일의 법칙이란, 의무적인 관계에 놓임으로 인해 처음에 느꼈던 감정과는 상관없이 사랑에 빠질 수도 있다는 법칙이다. 보통 못생긴 남자가 예쁜 여자 친구와 함께 가는 모습을 본 우리들은 이구동성으로 입을 모은다. "남자가 돈이 많구나!"

　그러나 이 역시 나이팅게일의 법칙에 의해 만들어진 커플인 경우가 많다. 첫인상에 승부를 걸 수 없는 사람이라면 나이팅게일의 법칙을 활용해 주기를 바란다(못생긴 여자에게도 적용되는 필수 전략이다).

나이팅게일의 법칙 활용하기

1. 외모를 대신할 수 있는 매력을 겸비하라
외모가 떨어진다면 스타일로 극복하라! 외모도 떨어지고 스타일도 떨어진다면 더 이상의 해결책은 없다. 현실은 우리가 생각하는 것 이상 냉정하단 사실을 잊지 마라.

2. 자신이 소속된 공간에서 항상 최선을 다 하는 모습을 보여주어라

자신이 소속된 공간에서 인정받는 사람이 된다면 상대방 역시 당신 편이 되며, 당신과 마주칠 기회가 많아지게 된다(직장인이라면 업무에 대한 문제로, 학생이라면 학업에 대한 문제로 당신의 조언을 구하게 된다).

3. 우연을 가장하여 자주 마주쳐라

상대방과 마주치는 기회가 많아질수록 상대방 역시 당신과의 마주침을 운명으로 생각하게 된다. 그러한 우연이 계속적으로 연출되어질 때 비로소 상대방이 당신을 알아보게 되는 것이다(상대방의 동선을 관찰하라. 그리고 당신도 그 동선에 맞추어 움직여라).

4. 남녀의 변신은 무죄다

보면 볼수록 괜찮아 보이는 사람의 특징은 바로 변신할 줄 안다는 것이다. 다양한 이미지를 연출하라. 그 속에 상대방의 이상형과 부합된 모습이 숨어 있을지도 모른다(항상 정장만 입는 사람은 캐주얼을 좋아하는 사람의 이상형이 될 수 없다).

5. 눈길을 돌리지 마라.

아무리 나이팅게일의 법칙이 적용된다고 해도 여러 간호사에게 눈길을 돌리는 환자와는 연인 사이가 될 수 없다. 바람둥이라는 소문은 빠르게 확산되며, 과장되며, 비밀이 유지되지 않는다.

6. 제눈에 안경이다

 처음에 별로였던 사람이 매력적이게 보이기란 한 순간이다. 정형화된 미인·미남만이 항상 선택받는 입장에 놓이게 되는 것은 아니다.

처음에는 보이지 않았던 누군가의 아름다움이 느껴질 때
우리는 그 누군가와 사랑에 빠지게 된다.
못생긴 사람도 잘만 연애를 한다.

송창민의 러브 어록

테크닉이 기회를 만들어 준다면 그 기회를 잡는 것은 이제 순전히 당신만의 몫이다.

가식적인 기술만으로 사람의 마음을 움직일 순 없다. 오히려 공허하게 만들 뿐이다.

조건이 충족시켜 줄 수 있는 사랑의 크기에는 반드시 그 한계점이 존재한다.

애정은 수집품이 아니다. 애정을 수집하려 하지 말고 애정을 느끼도록 만들어 주어라.

IV

Love
is Art

love is as same as ART

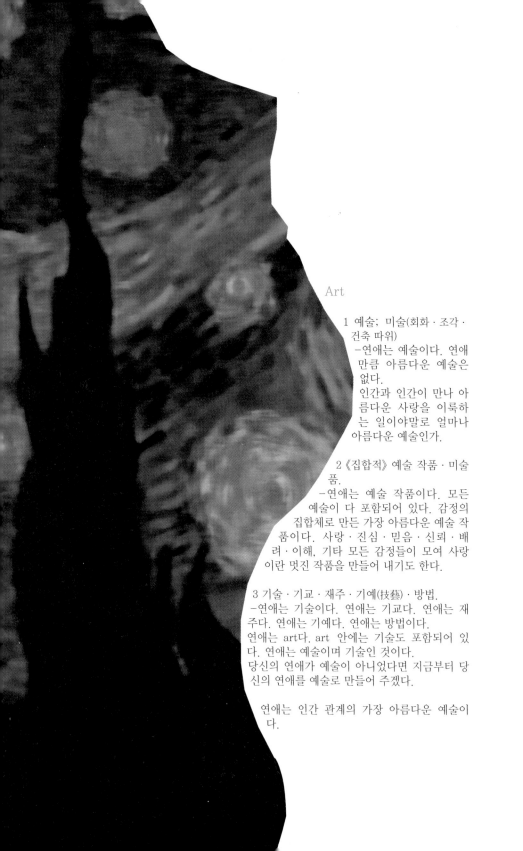

Art

1 예술; 미술(회화·조각·
건축 따위)
-연애는 예술이다. 연애
만큼 아름다운 예술은
없다.
인간과 인간이 만나 아
름다운 사랑을 이룩하
는 일이야말로 얼마나
아름다운 예술인가.

2 《집합적》 예술 작품·미술
품.
-연애는 예술 작품이다. 모든
예술이 다 포함되어 있다. 감정의
집합체로 만든 가장 아름다운 예술 작
품이다. 사랑·진심·믿음·신뢰·배
려·이해, 기타 모든 감정들이 모여 사랑
이란 멋진 작품을 만들어 내기도 한다.

3 기술·기교·재주·기예(技藝)·방법.
-연애는 기술이다. 연애는 기교다. 연애는 재
주다. 연애는 기예다. 연애는 방법이다.
연애는 art다. art 안에는 기술도 포함되어 있
다. 연애는 예술이며 기술인 것이다.
당신의 연애가 예술이 아니었다면 지금부터 당
신의 연애를 예술로 만들어 주겠다.

연애는 인간 관계의 가장 아름다운 예술이
다.

로맨티시스트

사라져가는 로맨티시스트의 부활을 꿈꾸며...

1. 분위기를 조성 시켜라

시끄러운 대폿집에서 생뚱맞게 "너의 눈은 고요한 호수 같아..."라고 말한다면 상대방의 피부는 치킨스킨이 되어 버리고 만다. 말의 성격에 따라 먼저 그 성격에 맞는 분위기를 조성시켜야 한다(감정이 젖어들어갈 수 있는 분위기 선정의 제3원칙 : ①조용한 장소 ②은은한 조명 ③시각 · 청각 · 후각을 자극시킬 수 있는 도구 → 음악 · 풍경 · 향기 등).

2. 대화와 융화된 멘트

"오늘 화장 안하고 나왔어..." "그래도 괜찮아... 내 눈에 비친 너의 모습은 언제나 아름다운 보석 같거든..." 이런 식으로 상대방이 어떤 질문을 하거나 어떤 말을 던졌을 때 상대방의 말과 자연스럽게 이어지도록 아름다운 표현을 해야 하는 것이다. 그냥 무턱대고 "너의 얼굴은 원래부터 보석 같거든..."이라 말했다면 상대방은 버터로 샤워한 듯한 느낌을 받게 될 것이다(표현에 있어서는 치고 빠지지 말고 받고 치는 전략을 사용하자).

3. 특별한 의미 부여

"밖에 비 온다..." "왜? 비가 너에게 뭐라 하드나?" 흔히 우리는 날씨에 대한 이야기를 많이 하게 된다. 그러나 위와 같은 형식으로 말한다면 빵점이다. 어떤 사물에 특별한 의미를 부여해 보자. "밖에 비 온다..." "비오니깐...네가 더 보고 싶다... 이런 날엔 널 위해 편지 한 장 적어보고 싶어..." 어떤가? 훨씬 더 낭만적이고 애정이 넘쳐흘러 보이지 않는가? 평범한 사물도 사랑하는 상대방으로 인하여 특별해진다는 의미를 부여하는 것은 로맨티시스트의 기본 기술이다(세상의 아름다운 사물과 상대방을 일치시켜라).

4. 할리우드 액션

별것도 아닌 일에 감동받는 모습을 보여주는 것만으로 당신은 이미 로맨티시스트다. 과장된 액션으로 당신에게 베푼 상대방의 행위에 자신감을 심어주고, 자신의 마음을 시각화할 수 있게 되는 것이다. "이거 별것도 아니지만... 받아!" "뭐!... 이게 왜 별것도 아니니... 내가 가장 사랑하는 사람이 선물한 건데... 정말 너무 고마워... 아껴서 네 생각하며 쓰도록 할게... 너무 행복하다." 혹시 당신은 "담에 줄 땐 돈으로 주든지... 쓸데없이 이런 것 사지 마!"라고 했던 것은 아닌가?

5. 당신다운 생각을 버려라

스스로 당신답다고 생각했던 고정관념을 벗어던질 때 비로소 당신은 로맨티시스트가 될 수 있는 것이다. "나는 원래부터 무뚝뚝해!" "그런 유치한 말과 행동은 버터 왕자들이나 하는 것이야!" 표현하지 않는 표현은 더 이상 표현이 아니다. 상대방을 위해 자신의 표현력을 넓혀둘 필요성이 있으며, 당신에게만 들을 수 있는 사랑의 세레나데를 준비해 두고 있어야 할 것이다(기회는 준비된 자만의 몫이다).

사람의 마음을 마음으로 적셔낼 수 있다면
그가 바로 진정한 의미의 로맨티시스트다.

3박자 감동 전략

1박자 : 선물을 사거나 의미 있는 행동을 보여준다.
2박자 : 편지를 이용하여 마음을 젖게 만든다.
3박자 : 자신이 했던 행동에 대한 자랑을 하지 않는다.

3박자 감동 전략으로 어느 누구든 감동의 도가니탕 속으로 빠져들게 만들 수 있다.

행동으로 마음을 전달하고, 편지로 그 전달된 마음을 상대방의 마음 속에 다시 젖게 만들고, 자신이 했던 행동들에 대해 겸손함으로 감동 전달의 완벽한 마무리를 지을 수가 있는 것이다.

지금까지 당신은 몇 박자를 사용했는가?

생활의 발견

극장에선 질서 있게 표를 예매하기 위해 대기표를 발급한다.
표를 끊고 나서 말해 주어라.
"이 번호의 사람들 중 가장 행복한 사람은 나야, 너랑 함께 영화를 보니깐."
마음에 드는 은행원이 있다면 대기표 뒤에 적어 주어라.
"이 번호의 사람들 중 가장 행복한 사람은 바로 저랍니다. 당신을 가까이서 볼 수 있으니깐요."
계산원이 마음에 들었다면 영수증을 잘 챙겨라. 영수증을 살펴보면 그 계산원의 이름을 찾아볼 수 있을 것이다. 그 영수증에 메모하라(연락처와 메일 주소는 기본, 메모는 옵션이다).
"제 눈에 보이는 당신은 계산원이 아니라. 너무나 마음에 드는 누구입니다."
자기만의 쿠폰을 만들어 애인이 잘 한 일이 있을 때 한 장씩 주도록 하자.
"이 쿠폰 1장은 뽀뽀, 2장은 영화·음식 제공, 3장은 용서입니다."
생활의 발견. 애정의 눈빛으로 바라본 그 발견 속에 당신이 해 줄 수 있는 무궁무진한 감동의 기술들이 숨어 있다.

관찰하라... 생각하라... 진심을 마음에 담아라...
그럼 당신의 연애는 예술이 될 것이다.

MSN 메신저

　MSN 메신저를 하다가 잠시 키보드를 접어두고 직접 상대방에게 전화를 걸어라. 그러곤 말하라.

"채팅으로 대화를 나누다 갑자기 네 목소리가 듣고 싶어 전화를 걸었어."

　엉뚱한 당신의 행동이지만 상대방은 적잖은 감동을 받게 될 것이다.

　한글 타자 800타라 해도 따뜻한 목소리를 따라잡지는 못한다. 목소리로 인한 친근감을 대신할 수는 없다.

갑자기 목소리가 듣고 싶어질 때가 있다...
갑자기 그럴 때... 그래... 그 때를 만들어 보자...
평범한 일상 속에서 특별함을 찾기 위해 노력해 보자.

효과 만점

　선물을 사서 "내일 줄게 있으니깐 만나..."라고 이야기한 다음 주는 것보다 말없이 그냥 만나서 주는 것이 더 효과적이다. 예상할 수 없는 결과가 뜻밖의 기쁨을 안겨주며, 기대감과 상관없이 상대방을 만족시켜 주기 때문이다.

　무언가를 보여 줄 때 말로써 먼저 그 형상을 드러내기보단 숨겼다 주는 것이 더 큰 마음의 동요를 이끌어 낸다.

이는 물건이나 형상과는 상관없이 다른 상황에도 적용시킬 수 있는 테크닉이다. 무언가 열심히 준비한 것이 있다면 그 결과를 이루어 놓은 다음 이야기하는 것이 좋다.

확실치 않은 결과를 자랑인 양 떠들어댄다거나, 할 수 없는 일을 할 수 있다 우기는 것은 사랑의 믿음과도 연관되는 행동이니 조심할 필요가 있다("공무원 시험 같은 것은 내가 치면 무조건 붙게 되어 있어! 식은 죽 먹기지!" "내 연봉은 최소 1억 이상은 되겠지..." 긍정적인 미래를 제시하는 것도 좋으나, 지나치면 믿음에 금이 가게 만든다). 그리고 예상할 수 없는 이벤트가 입으로 떠들어대는 이벤트보다 더 효과적이라는 사실을 기억해 두자.

> 같은 편지지만 문득 배달된 한 통의 편지가 오늘쯤 갈 테니
> 우체통을 살펴봐라고 말한 그 편지보다
> 더 큰 기쁨과 감동을 전해 줄 수 있다.

●●●●●●
Special Day

2월 14일 발렌타인데이, 3월 14일 화이트데이, 12월 24일 크리스마스 이브... 누군가 만들어 놓은 특별한 날에 무언가를 해 주는 일은 쉬우면서도 평범하다.

정말 특별한 날... 둘만이 기억하기 때문에 아름다운 날... 그런 날을 한 번 만들어 보는 것은 어떨까?

아마도 가장 특별한 날은 처음 사귀기로 한 날이 아닐까 싶다. 그 날을 기억하라!(시간 · 장소 · 날씨... 세밀하게 기억해 둔 다음 다시

재연출해 보도록 하자). 그리고 그 날 당신의 마음을 담은 작은 선물 하나를 준비하라.

비싼 선물을 살 필요는 없다. 꽃 한 송이라도 좋고 편지 한 장이라도 좋다(그런 날들을 잊어버리지만 마라). 아직도 설레임 가득한 그 날을 잊어버리지 않고 기억하고 있다는 사실을 상대방에게 보여 주도록 하자.

그 특별한 날은 당신의 사랑을 더욱 특별하게 만들어 줌과 동시에 상대방의 사랑을 증폭시켜 주는 증폭제가 되어 줄 것이다(처음으로 영화 본 날, 처음으로 손 잡았던 날 등).

의무적으로 챙겨야 하는 날은 의무적인 날일 뿐이다.

시선 이용 기술

사귀는 사이라면 여러 사람들의 시선을 이용하여 자신의 감정을 표현하는 방법을 사용하는 것이 효과적일 때가 많다.

여러 사람들이 보는 가운데 선물을 준다든지...

여러 사람들이 보는 가운데 자신의 마음을 고백한다든지...

여러 사람들이 보는 가운데 상대방을 칭찬한다든지...

겉으로 보기에는 창피한 것처럼 보여도 그것은 그러한 경험 부족으로 느끼게 되는 일시적인 창피함일 뿐이며, 속으로는 그 날의 이벤트를 잊지 못할 추억으로 남겨두게 되는 것이다.

혼자서 축구 경기를 보는 기분과

여러 사람들과 함께 축구 경기를 보는 기분은 다른 것이다.

Why?

상대방 : 날 왜 사랑하는데?

당신 : 내 눈 잠시만 가려볼래?

상대방 : 왜?

당신 : 이렇게...(상대방이 어리둥절하며 눈을 가리지 않는다. 상대방의 손을 붙잡고 당신의 눈을 가려라)

상대방 : ······

당신 : 이렇게 가려도 네가 보이니깐...

상대방 : ······

당신 : 그래서 널 사랑하는 거야...

상대방 : ······

당신은 상대방이 자신을 왜 사랑하는지 물을 경우 뭐라고 대답하는가?

그냥? 이유 없이? 물론 그 말도 일리가 있는 말이다. 그러나 누구나 자신의 사랑이 특별해지기를 꿈꾸며, 세상에서 가장 아름다운 사랑이길 희망한다.

당신과의 사랑이
세상에서 가장 특별한 사랑처럼 느끼게 해 주어라.
그 느낌이 희미한 사랑의 감정을 선명하게 만들어준다.

연애의 과학

흰 눈이 내릴 때, 눈 위에 상대방의 이름을 새긴 후 디지털 카메라나 폰 카메라로 촬영해서 상대방에게 보여 주도록 하자. 흰 눈 위에 새겨진 사랑하는 사람의 이름을 선물할 줄 아는 사람... 생각만 해도 멋지지 않은가!

"누구야 사랑해!"라 적은 종이를 티셔츠에 붙여 입고 디지털 카메라나 폰 카메라로 촬영하여 상대방에게 보여 주도록 하자. 쑥스러워 표현 못 했던 당신의 표현력을 100배 이상 만들어 주게 될 것이다.

사랑하는 사람을 촬영한 사진을 이용해 이 세상에 하나뿐인 소중한 앨범을 하나 만들어 주도록 하자. 사진을 촬영한 날짜와 "사진 찍는 나의 마음을 설레게 만들었던 11월 11일..."과 같은 멘트를 곁들여도 좋다. 상대방에게 받았던 선물을 찍어 〈세상에서 가장 소중한 내 보물〉이란 제목으로 미니 홈페이지 사진첩에 올리는 것도 상대방을 감동시키는 아름다운 예술이 된다. 과학이 발전해서 우리의 표현 영역을 확장시켜 주나 그것조차 제대로 활용하지 못하는 사람들이 태반이다. 아름다운 표현이 아름다운 마음을 전해 주고, 그 마음이 사랑이란 나무에 물을 뿌려주게 되는 것이다.

사랑을 찰칵...
그러나 무엇보다 찍고 싶은 것은 바로 보이지 않는 내 마음이었어...

발렌 · 화이트 데이

발렌타인데이

먼저 초콜릿만으로 상대방의 마음을 휘어잡을 수 있다는 착각에서 벗어나도록 하자. 초콜릿을 주기 전의 이미지와 줄 때의 이미지가 고백의 힘을 실어주게 되며, 초콜릿은 단지 다음 만남의 기회를 얻을 수 있는 도구일 뿐이다. 가격이 비싼 것보다 정성이 들어간 초콜릿이 효과적이며, 편지를 이용하여 자신의 마음을 솔직하게 고백하는 것이 좋다(고백의 예 : 달콤한 초콜릿보다 더 달콤한 저의 마음을 시간과 함께 조금씩 보여드리고 싶습니다).

그 날만큼은 공주가 되라! 그리고 의외의 모습을 보여주자. "어... 이 여자가 이렇게 예뻤나!"

초콜릿을 줄 때 초콜릿을 예쁘게 포장하는 만큼 자신의 외모를 예쁘게 포장하는 것이 중요하다.

화이트데이

여자들은 주위의 시선에 민감한 편이다. 다들 부러워할 수 있는 사탕을 준비하는 것이 효과적이다. 사탕을 주기 전에 좋은 이미지를 만들어 둘 필요가 있으며, 사탕을 주고나서 상대방의 반응에 따라 적극적인 구애가 이루어져야 할 것이다(고백의 예 : 사탕보다 달콤한 제가 아닐지도 모릅니다. 그러나 변하지 않는 마음으로 당신만을 바라볼 용기를 가지고 있습니다).

사탕 하나 줬다고 해서 당장 당신을 좋아하게 되는 것은 아니다. 그녀 곁을 묵묵히 지켜주면서 서서히 그녀의 마음을 쟁취해 나가도록 하자. 그리고 어떤 경우에라도 초콜릿과 사탕을 전해 줄 때엔 친구에게 부탁하지 마라. 만약 장동건과 김태희 같은 친구가 사탕을 전해 주고 걸어다니는 햄버거와 같은 당신이 고백하게 된다면?

어렵게 분위기를 만들어 발렌 · 화이트데이보다
더 특별한 날을 연출하는 것도 좋다.
그러나 주어진 분위기를 활용하는 것이 더 쉽고,
효과적인 전략이 되기도 한다.

크리스마스 선물

크리스마스 이브...
크리스마스 카드를 보낸다면 당신은 연애를 조금 아는 사람이다.
크리스마스 선물을 준다면 당신은 연애의 도구를 사용할 줄 아는 사람이다.
상대방의 가족을 위해 크리스마스 케익을 선물한다면 당신은 사랑받을 줄 아는 사람이다.
애인을 챙기는 일은 사랑하는 사람이라면 누구나 하는 일이다. 그러나 가족까지 챙겨 줄 수 있는 사람은 드물다. 그래서 당신의 배려가 더욱 빛을 발하게 되는 것이다.

당신이 사랑하는 사람의 가족은
당신이 사랑하는 사람이 가장 사랑하는 사람들이다.

매직

여자들은 그 날(생리)이 되면 원인 모를 우울에 빠지게 되거나 평상시보다 민감해지고 쉽게 짜증을 부리게 된다(생리통이 심해 병원에 실려가는 여자들도 존재 한다).

그 때 당신은 그녀를 위해 무엇을 해 주는가? 아무것도 해 주는 것이 없다고?

그럼 달콤한 케익(여성 호르몬이 관여해서 여자는 단 것을 좋아한다)을 하나 사서 그녀에게 선물해 보도록 하자. 물론 그 선물 속엔 당신이 준비한 메모가 함께 들어 있어야 한다.

소름 돋을 정도의 전율적 표현... 아름다운 글귀로 상대방의 마음을 초토화시켜 보자.

"너는 한 달에 한 번씩 마법에 빠지지만, 난 너랑 마법에 매일 빠진단다... 사랑해..."

이렇게 해도 감동을 받지 않는 여자라면 그녀는 여자가 아니다. 외계인이 아니라면 기계다.

작은 것을 배려할 줄 아는 사람의 마음 속엔
상대방의 마음을 움직이는 강한 마법이 숨겨져 있다.

보디가드

납치 · 살인 · 강간... 세상이 점점 험악해지고 있다.

이 때 호신용 호루라기를 한번 선물해 보자.

호루라기와 더불어 편지는 기본이다('선물＋편지＝감동 2배, 기쁨 2배').

편지 내용은 이렇다.

"언제나 지켜주고 싶은 나지만 혹시라도 내가 없었을 때

이걸 항상 휴대하고 다니면서 위험한 일이 생기면 힘껏 불어.

넌 너무 예뻐서 밤길 조심해야 한단 말이야.

그렇게 난 영원히 널 지켜주는 너만의 보디가드가 되고 싶단 다."

마음으로 지켜주는 든든한 보디가드가 되자. 그 마음이 사랑까 지 지켜주게 될 것이다.

"밤길 조심해!" 말로는 누구나 할 수 있는 것이다.

못생긴 얼굴, 그러나 아름다운 고백

TO. 아름다운 나비

애벌레 알죠?

배춧잎도 갉아먹고 나뭇잎도 갉아먹는 애벌레...

언젠가 애벌레도 나비가 된답니다.

저도 나비예요.

그러나 저는 못생긴 나비랍니다.

예쁜 날개도 없고, 달콤한 꿀을 많이 가지고 있지도 않아요.

그렇지만 저도 나비랍니다.

저도 힘든 기다림의 시간을 참아왔고, 못생겼지만 하늘을 날 수 있는

그리고 꽃들에게 희망을 안겨 줄 수 있는 나비랍니다...

저는 꽃이 아닌 당신에게 희망을 안겨 주고 싶습니다.

진심이 가득 담긴 사랑의 희망을...

P.S   못생긴 나비... 그러나 당신을 가장 아름답게 지켜줄 나비... 그게 바로 저랍니다...

FROM.못생긴 나비

못생긴 얼굴을 대신할 아름다운 마음을 주셨다.
그 마음으로 사랑하라...

복고풍 사진 기술

디지털 카메라가 대중화됨에 따라 필름을 현상해서 앨범을 만들고 사진을 모으는 사진 문화는 점차 사라져 가고, 컴퓨터로 편리하게 자신의 홈페이지에 사진을 올리는 사진 문화가 새롭게 정

착되어 가고 있다. 사라져 가는 사진 문화의 부활을 통하여 상대방에게 새로운 감동을 선물해 보도록 하자.

상대방의 홈페이지에 등록된 사진을 인화하여 세상에 하나밖에 없는 앨범을 하나 만들어 주도록 하자. 사진과 더불어 자신만의 코멘트(내가 너를 쉽게 지울 수 없듯이 이 앨범 속에 있는 너의 모습은 한 번의 클릭으로 지워지지 않는 소중한 사진들이야)를 이용하여 더 큰 감동을 줄 수도 있다. 아마 그 앨범은 세상에 하나밖에 없는 가장 감동스러운 선물이 되어 상대방의 마음을 사랑으로 충만하게 만들어 줄 것이리라.

사랑의 흔적을 만들 줄 아는 사람...
마음을 도구를 이용해 표현할 줄 아는 사람은 연애의 예술인이다.

그는 나에게로 와서 꽃이 되었다

내가 그의 이름을 불러주기 전에는 그는 다만 하나의 몸짓에 지나지 않았다.

내가 그의 이름을 불러주었을 때 그는 나에게로 와서 꽃이 되었다.

-김춘수 시인의 꽃 中-

상대방의 이름을 불러주는 것부터 시작하자.
"야!" "너!"
상대방의 이름은 "야!"나 "너!"가 아니다.

그 동안 당신은 몇 번이나 상대방의 이름을 불러주었는가? 꽃처럼 화사한 목소리로, 향기 그윽한 표정으로 상대방의 이름을 불러주자. 이름을 불러주는 것만으로도 당신은 보다 더 다정스러운 사람이 되어가며, 상대방을 존중할 줄 아는 사람이 되어가는 것이다.

상대방에게 첫번째로 물어야 할 것이 바로 이름이며, 이름을 기억하기 위해 자주 불러주면서 친근감을 전해 주고, 그 친근감으로 상대방의 마음을 열어가며, 그 이름을 위해 노력할 때... 그 이름이 비로소 당신이 세상에서 가장 사랑하는 한 사람의 이름이 되는 것이다.

이름을 부를 수 있을 때 불러 주라! 언젠가 부르고 싶어도
부르지 못할 이름이 될 날이 오면 허공에다 외치며 눈물 지으리라...

고백멘트

"어젠 우산을 조금 큰 걸로 구입했어... 이제 너랑 같이 쓰고 싶어졌거든..."

"너랑 함께 있을 때는 담배를 피지 않기로 했어. 네가 나보다 더 소중하다 느꼈거든."

"누군가를 진심으로 좋아하는 마음... 그 마음으로 내일 널 보고 싶어."

"가장 아름다운 빛으로 당신을 비추고 있는 것은 당신을 바라보는 저의 눈빛입니다."

"나약한 제가 말할 수 있는 것은 나약하지 않는 사랑한다는 말입니다..."

"퍼즐이 백만 개라도 하나가 빠지면 완성될 수 없듯이 네가 빠지면 안 돼."

"무슨 특별한 날마다 내가 널 챙겨주면 안 될까?"

"나도 그런 것 같아... 나도 정말 그런 것 같아... 하나보다 둘이 좋아지는 것 같아..."

"나 요즘 호신술 배우고 있거든... 근데 내가 말야... 무료로 너의 영원한 보디가드가 되고 싶은데?"

"나 사실 말야... 여자한테 이런 거 해 주긴 처음이거든... 그리고 여자랑 만나서 커피숍에 이렇게 오래 앉아 있어보기도 처음이야... 너라서 그런 것 같아."

"자 이거 받아... 이건 나의 분신이거든... 잘 간직해... 정말 아끼고 아끼다 맘에 드는 사람 있을 때 주고 싶었는데... 이거 네가 받아줄래?"

"마음이 하나이기 때문에... 하나뿐인 널 내 마음 속에 담아두고 싶은 거야."

"너를 믿고 싶어졌어... 한없이 너를 믿고 싶어졌어... 믿는 만큼 지켜주고 싶어."

"......"

때로는 말없이... 눈빛만으로... 그 사람의 마음이 전달되기도 한다.

참고 : 같은 메뉴로 주문하고 나서 "당신이 믿음이 가듯 당신이 선택한 것도 믿음이 가요. 그래서 같은 것으로 주문했어요." 이렇듯 간접적으로 부담스럽지 않게

얼마든지 자신의 마음을 표현할 수 있다는 사실을
명심해 두자.

꼭 '좋아한다, 사귀고 싶다, 사랑한다' 고 말하는 것만이
사랑의 고백은 아니다.

잘 해 줌의 해법

잘 해 준다는 것. 어떻게 보면 참으로 막연한 말이다. 서로 사귀
고 있는 사이에 잘 해 주는 것이 도대체 무엇일까? 늘 반복되는
일상 속에서 매일 잘 해 줄 거리도 없고, 잘 자라는 말과 밥 잘
챙겨먹으란 말이 전부인 것 같은데, 뭘 어떻게 잘 해 줘야 하는
것일까?

전화가 오지 않는 날은 먼저 전화를 걸어 목소리가 듣고 싶었다
고 말하라. 당신에게 전화 오기를 애써 참으며 기다렸을 수도 있
다. 늦게 들어가는 날이라면 상대방에게 전화를 걸어 안심시켜
주어라. 그리고 상대방이 자지 않는다면 늦게라도 잘 도착했다는
안부의 전화를 걸어주어라.

상대방이 아픈 기운이 역력하다면 물어보아라. 괜찮냐는 말로
종지부를 찍지 말고 무엇을 어떻게 해야 할지 마음 속으로 생각
해 보아라(약 사주기, 주물러주기, 건강 보조 식품 사주기 등). 상대방
이 타인에 대한 험담을 하는 것을 귀담아 들어라, 때론 바라기 때
문에 타인의 좋은 일을 비난으로 위안하는 경우가 많으니깐 말이
다("내 친구는 유치하게... 꽃을 선물 받았단다." 사실 자신도 꽃을 받고

싶었으면서...).

일기 예보를 귀담아 듣고 우중충한 날씨엔 문자를 보내라, 우산 꼭 챙겨가야 할 것 같다고.

조금만 관심을 기울이면 잘 해 줘야 할 것들로 넘쳐난다. 조금만 더 집중하고 상대방의 말에 귀를 기울인다면 자신이 어떻게 무엇을 잘 해 줘야 할지 판단이 서게 된다.

그냥 그렇게 모른 척, 그저 그런 척 살기 때문에 잘 해 주려 해도 특별한 방법 따위가 생각나지 않는 것이다.

"나는 정말 잘 하고 있어."
당신이 정말 잘 하고 있다는 그 말 속의 잘 해 줌이
과연 정말 잘 해 주는 것임을 당당하게 대변할 수 있는 말이었던가.

표현의 예술

편지 한 장으로 자신의 감정을 예술로 표현할 수도 있다.

TO. 상대방 이름

함께 맛있는 것을 먹고 싶은 사람은?
함께 겨울 바다를 보러 가고 싶은 사람은?
언제나 생각나는 사람은?
생각만 해도 즐거운 사람은?
싸우더라도 금방 화해하고 싶은 사람은?

좋은 것 있으면 다 해 주고 싶은 사람은?

슬프거나 힘들 때 어깨를 빌려주고 싶은 사람은?

감기 걸렸을 때 약 사주고 싶은 사람은?

세상에서 가장 멋지게 보이는 사람은?

내가 가장 사랑하는 사람은? (질문은 각자가 자신의 상황에 따라 만들면 된다.)

답 : 모든 답=상대방 이름

P.S 널 빼고는 답이 없다. 나에게 있어서 세상 모든 즐거움의 원인이 되는 질문에 대한 답은 오직 너뿐이다. 네가 아니면 내겐 그 어떤 답도 없다.

FROM. 당신 이름

감정의 표현을 예술로 승화시킬 수 있는 사람,
그런 사람은 상대방의 마음 속에 항상
향기 있는 아름다운 마음의 젖음을 선물한다.

부럽다×2

애인 : 나 화장실 좀 다녀 올게(당신의 애인은 화장실로 발걸음을 옮긴다).

친구 : 제 친구 참 괜찮죠?(친구들은 으레 이런 질문을 하길 마련이

다. 지시를 받기도 한다)

당신 : ……(뜸을 들일수록 진실에 가까워지며 말의 무게가 실린다)

친구 : ?

당신 : 어떻게 말로 표현할 수 있을까요?

친구 : 그게 무슨 뜻인지?

당신 : 제 마음이 이미 항상 이렇게 저를 이끌잖아요. 그 마음을 믿을 뿐이죠. 살면서 말로써 표현할 수 없는 사람을 만난 게 처음인 거 같아요.

친구 : ……

애인 : 화장실 다녀온 사이 나 씹었지?

친구 · 당신 : 아니...

당신 : 저도 화장실 좀 다녀 올게요(이 땐 의도적으로라도 자리를 비워라).

당신은 화장실로 발걸음을 옮긴다.

애인 : 아까 나 화장실 갔을 때 무슨 말 했어? 내가 물어보란 것은 물어봤니?

친구 : 응... 저 사람 너무 괜찮은 것 같아...

애인 : 정말?

친구 : 응... 부럽네...

애인 : ……

자신의 장점이 타인의 입에서 거론된다면
그 장점의 효력은 배가 된다.

돌멩이 법칙(선물 이론)

　단순히 굴러다니는 돌멩이라도 이유와 의미를 부여하면 아름다운 선물이 된다.
　함께 본 영화표를 모아 선물로 주는 것.
　자신이 어린 시절부터 간직했던 추억의 물건을 선물로 주는 것.
　상대방이 좋아할 만한 곡을 선곡하여 선물로 주는 것.
　일기장에 상대방과의 소중한 추억을 적어 선물로 주는 것.
　함께 감명 깊게 본 영화의 OST를 선물로 주는 것.
　상대방이 볼 수 없었던 어린 시절의 사진을 선물로 주는 것.
　상대방이 좋아하는 물건을 사서 자신의 이름을 새겨 주는 것.
　힘들게 손으로 직접 떠서 만든 십자수를 선물로 주는 것.
　자신이 아니면 돈으로 살 수 없는, 만들 수 없는 선물들이 있다. 값 비싼 명품만이 사람에게 감동을 줄 수 있는 선물이 되는 것은 아니다. 당신의 정성과 아름다울 이유와 의미가 들어간 선물은 오랫동안 당신을 기억하게 만드는 아름다운 선물이 되는 것이다.

헤어지고 나서 가장 기억에 남는 선물은 비싼 선물이 아니라
네가 아니면 받을 수 없었던 너의 마음이 들어있는 선물이었지...

연애 경제학

　100g의 금화...

200

금 95g+동 5g의 기념 주화. 국민들의 원성을 듣지 않고 금을 빼돌리는 수법으로 기념 주화의 근원적 우화가 있다. 즉, 기념 주화와 금화를 바꾸어주는 이벤트를 벌여서 금 5g을 빼돌리는 수법이다. 연애에서도 이런 방법이 적용된다.

당신 : 이거... 너 주려고 산 선물이야.

상대방 : 정말...이야, 예쁘다!

당신 : 괜찮지? 대신 술은 네가 사기다.

상대방 : 응.

선물값 : 2만 원

술값 : 3만 원, 당신의 이익 : 1만 원

이것이 바로 상대방의 기분을 좋게 만들어주고 경제적으로 이익을 얻게 되는 경제적 전략의 한 가지 기술이다.

혼자 다 쓰고 후회하지 말고 돈을 쓴 만큼 돈을 쓰게 만들어라.

우회적 칭찬 기술

"동생이 참 잘생기셨을 것 같아요."

"언니가 참 예쁘실 것 같아요."

어떻게 보면 동생과 언니의 칭찬일지 모르지만 자세히 들어보면 바로 상대방에 대한 칭찬이다. 상대방이 괜찮기 때문에 형제도 괜찮을 것 같다는 말이기 때문이다.

이 기술은 우회적인 칭찬 기술로써 직접적이지 않으면서 상대방을 으쓱하게 만들어주고, 기분 좋게 만들어 준다. 그리고 직접적이지 않기 때문에 2% 부족함과 아쉬움의 여운을 남겨줄 수가 있는 것이다. 그래서 "언니도 참 예쁠 것 같네요!"가 아니라 "언니가 참 예쁠 것 같네요!"라고 하는 것이며, 약간의 혼동을 줌으로 인하여 상대방에게 적절한 칭찬과 긴장을 함께 제공하게 되는 것이다.

다시 그 2%를 헤어지고 난 이후에 채워주도록 하자. 헤어진 이후에 "아무리 언니가 예뻐도 당신보단 못할 것 같아요"라고 문자를 보내주게 되면 상대방의 만족감은 더욱 커지게 된다(2%를 채워주는 것일 뿐인데 만족감은 200%다).

확신할 수 없는 칭찬 다음의 확신할 수 있는 칭찬은
매력적인 칭찬임과 동시에 상대방의 마음을 보다 더 확실하게
충족시켜 줄 수 있는 칭찬이다.

서투른 나의 모습이

사귀고 있는 도중 실수만 연발하고 상대방의 관심을 끌지 못하고 있는 상황이라면 일단 껌 5~10통을 각기 종류별로 사도록 하여라. 그리고 쪽지나 편지로 이렇게 적어서 껌과 함께 상대방 이성에게 선물하도록 하자.

"네가 무슨 껌을 좋아하는지 몰라서 이렇게 여러 종류의 껌을 샀어. 지금 내 모습이 그래... 네가 무얼 좋아하는지, 뭘 하고 싶은지 잘 몰라... 그러나 조금만 더 시간을 줄래... 나 널 알아가며

잘 해나갈 자신 있어... 알기 때문에 널 잘 지켜줄 수 있어... 그리고 알기 때문에 널 더 사랑할 수 있는 거야..."

P.S 조금만 더 기다려 줄래? 그냥 나의 있는 모습 그대로를 지켜봐 줄래? 더 큰 사랑으로 보답할게. 영원히 변하지 않는 마음으로 그렇게 널 알아볼게.

내가 또 누군가와 사랑에 빠질 거 아냐? 그럼 그게 바로 너야! 피이! 그게 뭐야! 그럼 그냥 아무나 좋아하고 난 줄 알았다고 우기면 되겠네? 아냐... 알 수 있어... 너 아니면 누구도 다시 사랑할 수 없을 테니까.

-영화 번지점프를 하다 中-

김제동 뛰어넘기

'...하지만 ...이기 때문에 ...합니다.' 이 공식만 잘 활용한다면 아마도 당신은 김제동보다 더 멋진 표현력을 구사할 수 있는 사람이 될 것이다.

(예1)
나는 가난하여 가진 것이 꿈뿐이라(하지만... 이기 때문에)
내 꿈을 그대 발 밑에 깔았습니다.(...합니다)
사뿐히 밟으소서, 그대 밟는 것 내 꿈이오니...

-예이츠의 〈하늘나라 융단이 내게 있다면〉 中-

Love is Art · 203

(예2)

내가 꽃이라면 당신에게 향기를 선물하고

내가 새라면 당신에게 날개를 선물하겠지만(...하지만)

나는 인간이기에 당신에게 사랑을 선물합니다.(...이기 때문에 ...
합니다)

(응용)

나 가진 것 내 마음밖에 없습니다.

그러나 그것은 그 어느 누구도 가질 수 없는 나만의 가짐이랍
니다.

당신을 누구보다 사랑하기 때문에 내가 가진 가장 소중한 가짐
을 드리려고 합니다.

모방은 창조의 모티브가 된다.

비슷한 구조 속에 당신만의 사랑을 담아라.

그 구조는 당신의 사랑과 함께 예술적 표현으로 승화될 것이다.

운명 전환 기술

자연스러운 맞장구는 상대방에게 운명적인 느낌을 심어주게
된다.

"나 바나나 우유 좋아해!"

"정말? 나도 그거 엄청 좋아하는데..."

"나 연애 교과서 좋아해!"

"너도 그래? 나도 엄청 좋아해!"

물론 모든 것을 다 따라한다는 느낌을 심어주어서도 안 되겠지만, 간간히 상대방과 당신의 기호가 일치한다는 우연을 운명처럼 만들어 줄 필요도 있는 것이다.

수억 만 명의 사람들 중에 같은 기호를 가진 한 사람을 만나는 것만으로도 기적이다.

어떤가? 기분 좋은 맞장구로 그 기적을 만들어 보는 사람이 되고 싶지 않은가?

사랑하면 닮아간다는 말이 있다...

서서히 닮아가기 전에 닮아가기 위한 노력을 할 필요도 있다.

100명이라도 넘어가는 고백 기술

상대방에게 작은 선물 하나씩을 만날 때마다 주도록 하자.

그 선물이란 값비싼 것이 아닌 작은 인형이나 비타민과 같은 그런 것(껌·사탕·과자 등).

그렇게 작은 선물을 반복해서 주다가, 고백할 타이밍에 맞추어 아래와 같은 편지를 적어 보내도록 해 보자.

"내가 정말 주고 싶었던 것은... 내 마음이었거든... 그러나... 그건... 꺼낼 수가 없네... 보여 줄 수가 없네..."

이 방법으로 고백에 성공했던 적이 수십 번이다. 적절하게 응용한다면 당신의 고백 성공 확률은 200% 이상 상승하게 될 것이다.

고백... 그 순간을 그냥 무심코 지나쳐 버리려 하지 마라...
당신을 표현할 수 있는 가장 최고의 순간에...
가장 최고의 상황을 연출하라.

일기 끝(과정의 즐거움)

발렌타인데이... 초콜릿을 내밀 때... 그 때의 즐거움도 하나의 즐거움이다.

당신의 표정을 볼 수 있고, 당신이 기뻐하는 모습을 보며 함께 기뻐하고, 그래서 흐뭇한 자신의 마음을 보게 되고... 그러나 그 이전의 즐거움... 초콜릿을 고르기 위해 이리저리 분주해지고, 방을 어지럽힌 포장지와 다시금 적고 또 적어보는 편지... 기뻐하는 상대방의 모습을 떠올리며 초콜릿을 전해 주기만을 기다리는 즐거움... 과정의 즐거움... 사랑하고 있구나... 혼자가 아니구나... 라는 사실을 느끼게 해 주는 행복한 즐거움... 그런 즐거움도 하나의 커다란 즐거움이다.

누군가에게 무언가를 해 줄 수 있다는 마음을 심어주어라. 과정의 즐거움을 느낄 수 있도록 해 주어라. 혼자 있을 때와 다름없는 그런 나날들을 보내게 만들지 마라. 결과와 함께 묻어나오는 행복보다 과정과 함께 묻어나오는 행복이 더 오랫동안 기억에 남으며, 마음 속 깊이 각인된다.

연애는 과정이며 사랑은 그 과정 속에 피어나게 되는 아름다운 꽃이다.

"오늘 이곳 저곳 다니면서 초콜릿이랑 사탕도 사고, 포장도 하고… 책상 앞은 온통 지저분해졌다. 며칠 계속 내 방은 쓰레기통이겠지만, 예쁘게 만든 이걸 보고, 그 소심쟁이가 기뻐할 생각을 하니 즐겁다. 소심이가 좋아하는 초코송이랑 홈런볼도 샀다. 늦은 밤 내가 이렇게 쿨쿨 잠도 안 자고 이런 거 알면 '상' 줘야 하는데…"

-일기 끝-

●●●
This day

I love you without knowing how… Or when…or from where.
당신을 사랑하오, 어떻게… 언제부터인지… 어디서부터인지는 몰라도.

I love you straightforwardly, without complexities or pride.
그대를 아무런 조건 없이 자존심을 버린 채 사랑하오.

I love you because I know no other way than this.
사랑밖에는 할 수 있는 게 아무것도 없음을 알기에 그대를 사랑하오.

So close...that your hand on my chest is my hand.
너무나 가까웠기에 내 가슴에 얹은 당신의 손은 내 손이 되고

So close that when you close your eyes, I fall asleep.
너무나 가까웠기에 당신이 눈을 감으면 나도 잠든다오.

-영화 〈패치 아담스〉 中에서-

영화 속의 주인공은 그녀와 만날 때마다 저 위의 시 한 구절씩을 읊어 주었다.

그러나 시를 다 읊어 주기도 전에 그만 그녀는 불의의 사고로 인해 목숨을 잃어버리게 되고, 주인공은 마지막 무덤 앞에 서서 눈물을 흘리며, 그 동안 아껴두었던 마지막 구절들을 읊게 된다.

사랑도, 표현도 해야 할 때라는 것이 있다.

지금이 아니면 늦다. 표현할 것이 있다면 표현하고, 사랑할 사람이 있다면 지금 사랑하도록 하자. 미루는 그 때란 이미 우리의 것이 아니다.

사랑을 내일로 미루려고?
내일 당장 블랙홀에 빠지게 될 수 있는 것이 바로 인생이다.
사랑은 내일로 미루는 숙제가 아니다.

표현 없는 사랑은 꽃이 피지 않는 나무와 같다. 아름다운 표현이 아름다운 사랑의 꽃을 피운다.

그렇게 아름다운 표현을 할 필요는 없다. 다만 당신이 표현하기 때문에 아름다울 뿐이다. 완벽한 조건을 갖추고 있는 예술가는 진정으로 아름다운 예술품을 창조해내지 못한다.

돈이 사랑을 아름답게 만들어 주는 것이 아니라 마음이 사랑을 아름답게 만들어 주는 것이다.

누군가의 앞에서 무릎을 꿇고 한 손엔 꽃을 들고 진심의 눈빛으로 고백한다면 누구나 흔들리게 된다. 아무리 콧대 높은 사람이라도 흔들리길 마련이다.

실전
연애심리

actual mental state of love

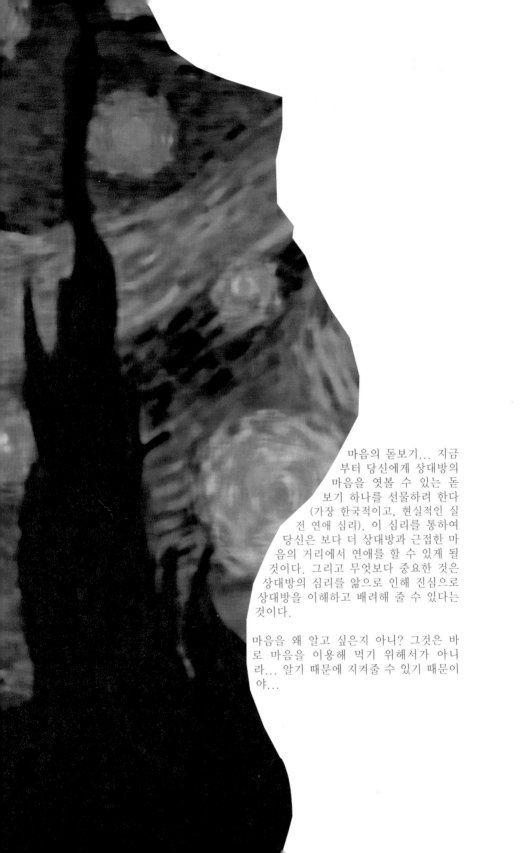

마음의 돋보기... 지금
부터 당신에게 상대방의
마음을 엿볼 수 있는 돋
보기 하나를 선물하려 한다
(가장 한국적이고, 현실적인 실
전 연애 심리). 이 심리를 통하여
당신은 보다 더 상대방과 근접한 마
음의 거리에서 연애를 할 수 있게 될
것이다. 그리고 무엇보다 중요한 것은
상대방의 심리를 앎으로 인해 진심으로
상대방을 이해하고 배려해 줄 수 있다는
것이다.

마음을 왜 알고 싶은지 아니? 그것은 바
로 마음을 이용해 먹기 위해서가 아니
라... 알기 때문에 지켜줄 수 있기 때문이
야...

연애 심리 백과사전

소심함

남 : 남자는 의외로 소심하다. 씹혀진 문자 하나에도 괴로워한다.

여 : 의외로 남자보다 덜 소심하고 그 속을 잘 드러내지 않는다. 그녀의 속을 가장 잘 알고 있는 것은 바로 그녀의 다이어리뿐이다.

다이어트

남 : 다이어트보다 저녁 술자리가 더 좋다. 다이어트의 필요성을 느끼고 있으나 행동으로 실천하진 못한다. "이 정도면 됐지!"라며 스스로 흡족해하는 경우가 대부분이다.

여 : 자신의 몸무게에 대한 강박관념을 가지고 있다. 다이어트 제1의 적은 친구들과의 수다 때 먹는 군것질이다(여자들은 음식을 먹으면서 스트레스를 풀기도 한다). 여자의 다이어트 타이밍은 입고 있던 옷이 말해 준다.

두려움

남 : 남자는 "자신이 다가가면 차이지 않을까?" 하는 두려움에 빠진다.

여 : 여자는 "이 남자가 자신을 왜 사랑하지?" 하는 두려움에 빠진다.

정(情 : 사랑하거나 친하게 여기는 마음)

남 : 남자에게 정은 더 이상 설레임 없는 사랑의 식음과 같다. 그래서 바람을 핀다. 그러나 헤어지고 나서 깨닫게 된다. 정도 사랑이었음을...

여 : 여자는 사랑과 함께 조금씩 정을 나누어 준다. 그러나 남자는 그 정을 사랑이라 생각하지 않는다. 결국 나중에 쫓아다니는 입장에 놓여 있게 되는 사람은 바로 정에 약한 여자다.

첫사랑

남 : 첫사랑 상대보다 그 시절에 대한 아련한 추억과 돌아갈 수 없는 자신의 모습을 잊지 못한다.

여 : 가끔 기억하기도 하나 현재에 충실한 편이다. 여자에게 있어서 과거의 사랑은 이미 찢어 버린 다이어리의 한 면과 같다.

폭력

남 : 남자는 성격, 과거의 경험, 부모의 영향에 따라 여자에게 폭력을 휘두르기도 한다.

여 : 여자는 폭력적인 남자를 경멸한다. 물건을 던지고 부수는 행동을 역겨워 한다. 더군다나 여자를 때리는 행동은 절대 용납하지 못한다.

Shopping

남 : 여자들과는 쇼핑 라인이 틀리다. '집 → 매장 → 집이다.' 즉, 아이 쇼핑 없이 필요한 물건의 직접적 구매가 쇼핑의 전부다.

여 : 둘러보고 마음에 드는 것이 없으면 절대 사지 않는다. 아이 쇼핑을 더 즐기는 경향이 있다. 그래서 여자와의 쇼핑이 남자에겐 피곤하고 힘든 일이다.

선물

남 : 큰 것에 의미를 두고 값비싼 선물을 사줄 때까지 돈을 모으기 위해 기다린다.

여 : 작은 것에도 큰 의미를 두고, 사소한 선물이라도 감사하게 생각하고 깊은 감동을 받는 편이다.

유혹

남 : 남자는 여자를 꼬시기 위해 없는 말도 지어내고 무슨 짓이라도 다 할 것처럼 맹세한다. 남자의 유혹은 어린아이가 엄마에게 장난감을 사달라고 조르는 과정과 흡사하다.

여 : 여자는 남자를 꼬시기 위해 일부러 튕기고 의상과 화장술에 많은 신경을 쓰는 편이며, 그 때문에 약속 시간에 항상 늦다. 여자의 유혹은 미끄러워 잡히지 않는 미꾸라지와 흡사하다.

외모

남 : 마음과 성격을 본다고 하지만 사실 외모를 많이 본다. 나이에 따라 얼굴에서 몸매로.

여 : 전체적인 이미지, 깔끔함을 많이 본다. 나이에 따라 능력 중심으로.

계절 · 날씨

남 : 남자는 계절과 날씨에 크게 영향을 받지 않는다. 사랑하는 마음에 더 큰 영향을 받는다.

여 : 여자는 계절과 날씨에 민감한 편이다. 낭만적이 아니라면 비가 오는 날에는 외출을 꺼리게 된다(비가 와서 머리가 뒤집어지는 영향도 있음).

이상적 순위

남 : 1순위 예뻐야 한다, 2순위 예뻐야 한다, 3순위 예뻐야 한다.

여 : 1순위 능력 · 성격, 자신을 사랑해 주는 마음, 2순위 외모, 3순위 스타일 등

권태기

남 : 내가 어제도 저 여자랑 잤는데 오늘 또 자야 하나. 만나러 가는 길이 의무적이구나. 이럴 때 권태기를 느끼기 시작한다.

여 : 서서히 애정 표현이 줄어드는구나. 너무 편하게 대하는구나. 전화나 문자가 줄어드는구나. 바빠지기 시작하는구나. 이럴 때 여자들은 권태기를 느끼기 시작한다.

이유

남 : 남자는 사랑에 빠지더라도 다른 이유가 생기면 사랑을 버릴 수도 있다. 안타깝겠지만 그 이유란 바로 다른 더 멋진 여자다.

여 : 여자는 사랑에 빠지면 이유 불문이다. 순간적으로나마 가족까지 버리기도 한다.

판단

남 : 남자는 첫인상만으로도 상대방과 사귈지 말지를 판단한다. 그리고 사랑이라 믿는 감정에 빠질 수도 있다. 남자의 판단법은 이분 법이다(도 아니면 모식).

여 : 여자는 첫인상과 더불어 시간과 함께 드러나게 되는 내적인 면과 능력적인 부분을 조합해서 사귈 판단을 내린다. 판단 기준이 남자에 비해 더욱 까다로우며 선택에 신중하다.

스킨십

남 : 남자는 스킨십 횟수로 사랑을 확인하려 한다. 스킨십을 목적으로 사랑을 할 수도 있다. '키스 → 가슴 → 사타구니 → 섹스'가 스킨십 공식이다. 스킨십 중도 하차가 어렵다.

여 : 여자는 사랑하기 때문에 스킨십을 허용한다. 스킨십을 절제할 수 있다. 스킨십 장소에 구애를 받는다. 애정과 스킨십 횟수는 비례한다.

설득

남 : 남자가 여자를 설득하기 위해서는 청각과 후각·미각을 자극해야 한다. 좋은 말, 좋은 음식, 좋은 향기로 설득하라.

여 : 여자가 남자를 설득하기 위해서는 시각을 자극해야 한다. 눈을 즐겁게 해 주는 만큼 마음도 비례하여 움직인다.

바람

남 : 남자니깐 바람을 필 수도 있고, 남자니깐 용서가 되는 것으로 생각한다.

여 : 더 좋은 배우자를 선택하기 위한 이유가 되며, 여자가 바람

나면 마음 돌리기가 힘들다. 옛말에 "집 나간 고양이와 어자는 찾지 마라!"는 말이 있다.

인터넷

남 : 남자는 친구들과 함께 게임을 즐기고, 음란 영상을 감상하고, 업무를 위해 인터넷을 사용하는 경우가 대부분이다.

여 : 여자는 개인 홈페이지를 꾸미거나 친구들과 수다를 떠는 일, 연예인 사진 감상, 음악 감상, 쇼핑 등을 위해 인터넷을 사용하는 경우가 대부분이다.

나이트

남 : 남자는 나이트의 제1목적이 부킹이며, 제2목적이 음주 가무다.

여 : 여자는 나이트의 제1목적이 음주 가무이며, 제2목적이 친구들과의 친목 도모다.

Second

남 : 섹스를 위해 세컨드를 두기도 한다. 엔조이를 위해 세컨드를 두기도 한다. 자신의 능력을 자랑하기 위해 세컨드를 두기도 한다.

여 : 미래의 배우자를 선택하기 위해 세컨드를 두기도 한다. 여러 사람의 장점을 비교해 가며 가장 자신과 적합한 사람과 결혼을 하게 된다. 그러나 장점과 장점과의 비교로 인해 단점을 간과해 버릴 위험에 빠지게 된다.

소품

남 : 남자는 여자의 소품에 별 관심이 없다. 눈으로 드러나게 되는 큰 형상에 관심을 가질 뿐이다(다이아몬드 목걸이보다 가슴과 엉덩이에 먼저 시선이 가게 된다).

여 : 여자는 남자의 구두·액세서리·벨트·지갑·향수 등에 관심을 보인다. 소품은 남자의 능력과 스타일을 판단하는 중요한 척도가 된다.

NG

남 : 튀어나온 코털, 지저분한 수염, 더러운 구두, 땀냄새, 비듬, 눈을 가린 앞머리, 쫄쫄이.

여 : 통굽, 탈색, 공주풍 의상, 떡칠 화장, 지독한 향수, 티나는 명품 이미테이션.

한눈

남 : 남자는 길을 걸으며 매혹적인 이성에게 한눈을 판다. 남자가 눈을 돌리게 되면 이는 거의 100% 다른 여자를 봤다고 보면 된다. 본능적이나 일시적인 현상이다.

여 : 여자는 길을 걸으며 자신보다 예쁜 혹은 스타일 좋은 동성에게 한눈을 판다.

성적 주체성

남 : 꽃미남이 유행이라도 남자라면 정도의 남성다움을 지니고 있어야 한다. 성적 주체성을 완전히 잃어버려서는 안 된다. 남자가 너무 여자다우면 매력이 반감된다.

여 : 성격이 털털하다는 것과 남자 같다는 것은 다른 것이다. 짧

은 머리보다 긴 머리를 선호하는 것이 남자다. 여자는 여자다울 때 가장 아름답다라는 말이 있다. 여자가 가장 매력적일 때란 바로 여자다울 때다.

자상함

남 : 남자는 자상하다는 것을 이해와 배려 있는 행동으로 생각한다.

여 : 여자는 자상하다는 것을 보다 여자의 자유를 인정해 주는 폭넓은 이해심으로 생각한다.

스타일

남 : 남자는 최소 깔끔하기만 해도 이성에게 어필할 수 있다. 헤어스타일, 옷, 구두, 벨트, 깔끔히만 하라. 사이즈를 정확하게 입고 가진 옷을 깨끗이 빨아 입는 것부터 시작하자.

여 : 여자는 다양한 스타일의 아이템을 가지고 있는 것이 유리하다. 남자는 시각적인 감동을 받는다. 그 감동을 충족시켜 줄 수 있는 것이 바로 여자의 고정되지 않은 다양한 이미지다. 여자의 변신은 무죄다(요즘은 남자의 변신도 무죄다).

이별

남 : 남자는 이별하고 나서 상대방의 고마움과 사랑을 뒤늦게 깨닫는 경우가 많다. 과거의 기억을 쉽게 지우지 못한다. 가슴 한구석에 로맨스를 간직하고 살아간다.

여 : 여자는 이별하고 나서 냉정하다. 현실에 충실한 편이고, 그때와는 다르게 변신한다. 울면 울수록 금방 지워지는 것이 바로 여자의 과거다.

자동차

남 : 남자들은 처음 차를 사면 카 섹스에 대한 환상을 가지거나 이성을 유혹할 도구로 사용한다. "어디 카 섹스 할 만한 곳 없나...?"

여 : 여자들은 처음 차를 사면 맛있는 곳, 좋은 풍경이 있는 곳을 찾아가고 싶어한다. '달맞이고개 레스토랑이 좋은데...'

갑작스러운 냉정함

남 : 섹스를 하고 나서 갑자기 냉정해질 수도 있다.

여 : 자신이 생각했던 환상과 현실이 일치하지 않았을 때 갑자기 냉정해질 수도 있다.

솔로

남 : 남자는 솔로였던 기한이 길면 길수록 다가온 이성에게 쉽게 흔들린다.

여 : 여자는 솔로였던 기한이 길면 길수록 다가온 이성에게 쉽게 흔들리지 않는다. 혼자 지내온 시간이 아까워서라도 함부로 사귀지 않는다.

판타지

남 : 남자는 그 여자와의 섹스 판타지를 꿈꾼다.

여 : 여자는 그 남자와의 미래 판타지를 꿈꾼다.

시선

남 : 남자는 여자의 얼굴과 몸매에 시선을 집중한다.

여 : 여자는 남자의 건장한 체격과 키와 스타일에 시선을 집중

한다.

우정

남 : 남자의 우정을 무시해선 안 된다. 친구의 애인을 빼앗으려 하지 마라.

여 : 여자의 우정도 질기지만 친구를 버리고 남자에게 가기도 한다.

주변인

남 : 남자들은 주변인의 평가에 크게 흔들리지 않는다.

여 : 여자들은 주변인의 평가에 민감하다. 소문에 민감하며 친구들이 얘기하는 상대방에 대한 평가에 민감하다. 주변인에게 떳떳해질 수 있는 연인을 찾으려 한다.

연상 · 연하

남 : 남자는 어릴 땐 연상을 좋아하고, 나이가 들면 들수록 연하를 좋아한다.

여 : 여자는 연하보다는 연상을 좋아하는 경향이 있다. 그러나 노처녀가 되면 될수록 연하에게 눈독을 들이기도 한다(또래는 너무 아저씨 같기 때문에...).

피임

남 : 콘돔 사는 것을 창피하게 여기는 남자들이 바로 대한민국 남자들이다. 질 외 사정에 대한 자신감이 대단한 편이다(질 외 사정의 실패율은 20% 이상이고, 쿠퍼액에도 소량의 정액이 포함되어 있다).

여 : 어설프게 알고 있다. 남자에게 피임을 맡기려 하는 경향이 있는데, 자신의 몸은 자신이 지켜야 한다. 점점 낙태가 여자들의 필수 코스가 되어 간다는 사실을 잊지 마라.

술

남 : 남자는 술을 마시면 과거의 애인이나 섹스가 생각난다(귀소 본능이 발생하기도 한다).

여 : 여자는 술을 마시면 과거의 잘못과 그 동안 연락하지 못했던 친구, 거울과 잠이 생각난다.

수다

남자의 수다 : 군대 · 싸움 · 운동 · 여자 · 섹스 · 돈 · 대박 · 게임 · 애인 · 자동차.

여자의 수다 : 쇼핑 · 험담 · 소문 · 남자 · 음식 · 풍경 · 장소 · 동성 · 새로 구매한 물건.

도덕

남 : 남자는 책임과 의무에 구속당하며 정도의 도덕성을 지니며 살아간다.

여 : 여자에게 있어서 사랑 그 자체가 바로 도덕이다.

거짓 사랑

남 : 그 날 기분에 따라, 목적에 따라 사랑한다는 말을 쉽게 할 수 있다.

여 : 여자는 쉽게 사랑한다는 말을 하지 못한다.

과거

남 : 남자는 여자의 과거를 이해하는 척해도 끝까지 이해하지는 못한다. 끊임없이 과거를 추궁하려 하고 의심하려 한다("처녀가 아니군! 그렇다면 지금까지 도대체 몇 명이랑?").

여 : 여자는 남자의 과거에 그렇게 연연하지 않는다. 현재에 자신에게 충실하면 그뿐이다. 비록 과거가 나쁘더라도 미래에 더 잘 할 의지를 보여준다면 여자는 남자의 과거를 용서한다.

현재

남 : 남자는 현재를 사랑하고 있다. 현재를 사랑하고 있는 크기가 미래를 좌우하기도 한다.

여 : 여자는 현재를 사랑하려 하고 있으며, 미래에 더 사랑할 가망성을 가지고 있다.

미래

남 : 쉽게 미래를 확신하려는 경향이 있다("걱정하지 마! 난 분명히 대표이사가 된다!").

여 : 미래에 대한 기대가 큰 편이다("어디도 가고 어디도 가야지! 결혼하면 뭐도 사고 뭐도 사야지!").

여행

남 : 기회의 날! 새로운 출발의 계기, 자칫 잘못하여 사고(?) 치는 날.

여 : 일상으로의 탈출, 추억 만들기, 권태기를 극복할 수 있는 해결책. "손만 잡고 자자!"라는 말에 속는 날.

매너

남 : 매너를 지킬 줄 아는 남자는 드물다. 남자는 고집이 세며, 자기 중심적인 경향이 짙다.

여 : 여자는 매너를 자신을 보다 가치 있게 여겨주는 남자의 세심한 배려로 생각한다.

부정

남 : 남자는 애인의 육체적인 부분을 부정한다. 좀더 큰 가슴이길, 탱탱한 엉덩이이길, 입술이 섹시하고 얼굴이 더 예쁘기를 바란다.

여 : 여자는 애인의 정신적인 부분을 부정한다. 좀더 자상하고 배려 있기를, 더 사랑해 주기를 바란다.

어긋남

남 : 섹스를 위해 그렇게 정성을 들이고 믿음을 보여줘 놓고 허락하면 쉬웠다 자만하고, 오해하게 된다. "이 여자도 마찬가지군... 믿을 여자가 없어!"

여 : 섹스를 거절하게 되면 행여나 자신을 떠날까 싶어 힘들게 허락했지만, 남자는 그 힘든 허락을 쉽게 받아들인다. 처녀가 아니라고 해서 두 번째 섹스가 쉬운 것이 아님을...

눈물

남 : 남자는 큰 사랑 앞에 무릎을 꿇기도 하며 눈물을 흘리기도 한다. 남자의 눈물은 두 가지가 있다. 비겁한 눈물과 아름다운 눈물.

여 : 여자에게 있어서 눈물은 무기가 될 수도 있으며, 남자를 더

욱 멀어지게 만드는 귀찮고 짜증나는 도구기 될 수도 있다. 니무 자주 우는 여자는 매력이 없다.

아닌 척

남 : 남자는 아닌 척을 잘 하지 못한다. 쉽게 그 감정이 드러나는 편이다.

여 : 여자는 아닌 척을 참 잘 한다. 참 잘 했어요 도장 100개 받고도 남는다.

꽃

남 : 남자에게 꽃은 사기 민망한 물건에 불과하다. 소주 한 병의 가격은 알아도 꽃 한 송이의 가격은 잘 알지 못한다.

여 : 여자에게 꽃은 비록 시들고 마는 것이라 해도 마음을 화사하게 만들어 주는 마력과도 같은 것이다. 그리고 꽃은 시들지만 꽃을 준 그 사람의 마음은 시들지 않는다.

스피드

남 : 남자는 급속도로 타오르고 급속도로 식는다. 즉, 급속도로 마음이 움직인다.

여 : 여자는 서서히 좋아하고 서서히 사랑에 빠지게 된다. 섹스도 마찬가지다.

키

남 : 남자보다 크면 부담스럽고 너무 작아도 부담스러운 것.

여 : 일단 남자가 여자보다는 커야 한다고 생각한다. 얼굴보다 키를 보는 여자들이 많다(보호 본능 · 기대고 싶은 심리의 영향).

애정 표현

남 : 남자는 사랑에 대한 확신과 자만심이 큰 편이다. 이제 자신의 여자라는 생각이 들면 들수록 표현하지 않고 무뚝뚝해지며, 상대방이 떠나지 않을 것이라 확신한다(한번 잡은 물고기에게는 더 이상 먹이를 주지 않는 습성을 가지고 있다).

여 : 여자는 사랑하면 할수록 사랑받고 있는 증거를 찾고 싶어하고, 확인하고 싶어한다. 시간이 지나면 지날수록 애정 표현의 강도가 높아졌으면 하는 바람을 가지고 있다.

직업

남 : 남자는 여자의 직업보다는 먼저 외모에 관심을 가지고 부수적인 선택 기준으로 직업을 선택한다(여자를 통하여 인생 역전을 꿈꾸는 사람도 있으나 드물다 ─ 여자는 로또가 아니다).

여 : 여자는 남자의 직업과 행복을 동일시 여기는 경향이 있으며, 때에 따라선 직업을 선택 기준 제1순위로 생각한다. 그러나 결국 마음에 맞는 사람과 결혼하는 경우가 대부분이다.

칭찬

남 : 칭찬을 받는 것도 해 주는 것도 인색한 사람이 바로 대한민국 남자들이다.

여 : 여자에게 칭찬은 유혹의 최고 무기다. 칭찬은 늙은 여자를 처녀로 만들고, 유부녀를 바람나게 만들기도 할 만큼 강한 힘을 가지고 있다. 그리고 무엇보다 칭찬에는 돈이 들지 않는다.

모텔

남 : 모텔에 가서 너무 자연스럽게 행동하지 마라. 씨만 뿌리고

도망가지 마라.

여 : 침대에 퍼지지 마라. 옷 벗고 돌아다니지 마라. 능숙하게 행동하지 마라.

섹시

남 : 남자는 여자의 입술 · 가슴 · 엉덩이 · 다리 라인을 보며, 섹시함을 느낀다.

여 : 여자는 남자의 넓은 가슴 · 탄력적인 엉덩이 · 팔뚝 · 팔의 힘줄을 보며 섹시함을 느낀다.

돈

남 : 남자는 자신의 주머니 사정에 아주 민감하다. 남자는 큰일이 생기면 지갑부터 찾는다.

여 : 여자는 자신의 주머니 사정에 민감한 것보다는 외모에 더 민감하다. 여자는 큰일이 생기면 거울부터 찾는다.

사진

남 : 친구들에게 자랑용, 지갑에 넣고 다니는 보관용.

여 : 추억의 일부분, 애정의 증거, 예쁘게 꾸며갈 일거리, 쉽게 줄 수 없는 것.

Couple ring

남 : 커플 링 장만 위해 아르바이트, 월급 모으기, 족쇄, 은근한 부담, 애정의 상징, 남들이 하니깐 하는 것, 바람의 방해물.

여 : 친구들에게 자랑용, 애정의 증거, 애정의 상징, 미적 도구.

조건

남 : 남자가 생각하는 여자의 조건은 아름다운 몸매·예쁜 얼굴·애교·성격·키다.

여 : 여자가 생각하는 남자의 조건은 깔끔한 외모·건강·능력·자상함·배려·이해다.

Work

남 : 이성에 대한 잡념을 떨쳐 버리고 일에 더욱 매진하기 위해 결혼을 꿈꾸기도 한다.

여 : 힘든 일을 하고 있는 자신의 현실을 떨쳐 버리기 위해 결혼을 꿈꾸기도 한다.

근육

남 : 남자는 자신의 근육이 이성의 마음을 사로잡을 것이라 생각하며 땀을 흘리지만, 사실 여자들에게 그렇게 큰 호감을 주진 못한다.

여 : 여자는 오히려 남자의 우락부락한 근육으로 인해 거부감을 가지게 된다.

Kiss

남 : 키스 다음 가슴, 가슴 다음 섹스, 남자에게 있어서 키스는 섹스로의 시발점이다.

여 : 여자에게 있어서 키스는 달콤하고 아름다운 속삭임과 숨결, 영혼의 또 다른 대화이다. 섹스보다 키스를 더 좋아하는 여자들도 많다.

믿음

남 : 남자는 자신이 했던 거짓말을 잘 기억하지 못하고, 상대방이 넘기면 무사 안일할 줄 착각하고 있다.

여 : 여자에게 있어서 믿음은 사랑 이상의 의미를 가진다. 반복되는 거짓말을 통한 믿음의 상실은 이별과도 연결된다. 작은 믿음의 큰 덩어리, 그것이 바로 사랑이다.

포옹

남 : 남자는 여자를 안아주는 것에 대해 인색한 편이다. 별 의미를 두지 않는다.

여 : 여자는 남자의 따뜻한 포옹을 좋아한다. 안아주고 쓰다듬어 주면 사랑받고 있다 느낀다.

기억

남 : 남자가 너무 자세하고 세부적인 내용까지 다 기억하리라 믿는 것은 여자의 욕심이다.

여 : 여자의 기억력을 무시했다 낭패를 보는 경우를 나는 참 많이 보아왔다.

내숭

남 : 남자는 내숭을 잘 떨지 못한다. 프로 선수라면 몰라도 대부분은 그렇다.

여 : 여자의 내숭은 무죄다. 여자가 여자답기 위한 것이 바로 내숭이다. 내숭은 남자에게 환상을 심어준다. 그렇기 때문에 어느 정도의 내숭은 필요하다.

시계

남 : 남자는 단순히 시간을 보기 위해 시계를 차는 경우가 대부분이다.

여 : 여자는 액세서리의 용도로 시계를 차며, 남자의 시계를 유심히 관찰하기도 한다. 즉, 남자의 시계를 보며 스타일 감각과 부를 측정하기도 한다.

좋아함

남 : 좋아한다 → 사랑한다.

여 : 좋아져 간다 → 좋아한다 → 사랑한다(이 타이밍을 제대로 맞추지 못해 이별하는 사람들의 수는 실로 엄청나다).

잔소리

남 : 남자에게 잔소리는 반항의 원인과 바람의 이유가 된다.

여 : 여자에게 잔소리는 자기 자신을 역부족인 사람으로 내몰아가는 펌프질과 같다.

거짓말

남 : 남자는 얼떨결에 무언가를 숨기기 위한 거짓말을 자주 하는 편이다.

여 : 여자는 다른 이유가 생긴 것을 숨기기 위해 치밀한 거짓말을 종종 하는 편이다.

부담

남 : 자신이 좋아하는 여자의 애정 표현은 사랑이고, 싫어하는 여자의 애정 표현과 관심은 부담이다.

여 : 남자의 강요나 설득, 집착과 끈질긴 구애는 부담이다. 하지만 그 부담이 시간과 함께 사랑으로 승화되기도 한다.

Sex

남 : 연애의 목적, 크기, 시간에 민감, 섹스 후 담배 한 대 무는 습관, 자랑거리.

여 : 사랑의 결과, 또 다른 마음의 표현, 전희와 후희에 민감, 서서히 타오르는 육체. 그리고 여자들은 떨어지는 물방울 소리에도 놀라 섹스에 잘 집중하지 못하는 편이다.

오해

남 : 남자가 일 때문에 바쁘다는 이유가 애정이 식었다는 이유로 오해를 받기도 한다.

여 : 자신의 결점을 숨기기 위한 행위가 관심 없음으로 비추어져 오해를 낳기도 한다.

사랑

남 · 여 : 당신이 그를, 그녀를 사랑한다고 믿는 바로 그 느낌.

상대방 이성의 심리를 아는 만큼 이해해 주고 배려해 준다면 당신의 연애 성공 확률이 최소 50% 이상 상승하게 될 것을 믿어 의심치 않는다.

"아하! 그렇구나!"란 공감만으로 끝내지 마라! 알아보아라...
상대방을 편견으로 바라보지 말고 객관적인 눈으로 알아보아라.

연애 독심술

1. 돈을 빌려주지 않는다고 해서 당신의 사랑을 의심한다면, 빌려준 돈을 받으려 한다고 해서 당신의 사랑을 의심하게 될 것이다. 돈을 빌려준다면 받을 생각을 하지 말고, 빌려주지 않겠다고 떠나간다면 붙잡지를 마라(돈은 사랑의 눈을 멀게 만든다).

2. 상대방이 말을 하지 않는다고 해서 자신을 관심 있게 지켜보고 있지 않을 것이라는 판단해선 안 된다. 입은 다물고 있으나 눈은 이미 수없이 오고갔고, 마음 속은 수많은 판단으로 뒤죽박죽 되어 간다(상대방이 침묵한다면 당신이 그 침묵의 이유가 될 수도 있다).

3. 남자가 부족한 것이 많아서 여자가 잔소리를 하는 것이 아니라, 남자를 사랑하기 때문에 잔소리를 하게 되는 것이며, 그 어떤 여자든 자신의 남자를 멋지게 변신시켜 주고 싶어하는 심리를 가지고 있다.

4. 여자가 남자에게 관심이 없어지면 창피함과 수줍음이 사라진다. 그리고 대담해진다.

5. 여자는 자신의 약점을 남자가 스스로 알아차리기 전에 말하지 않는 것이 좋다. 알아차리는 동안 당신을 더 사랑하게 만든다면, 알아차리고 난 이후에 당신을 더 관대하게 바라보게 되며, 사랑으로 그 단점을 덮어주게 된다.

6. 여자는 거절을 표현할 때 강하고 직설적이지 못할 때가 많다. 미안한 마음에 거절의 강도를 낮춘다. 그러나 이러한 행동이 남자에게 희망을 안겨주고, 거절의 의미를 승낙의 의미로 받아들이게 만든다.

7. 남자는 거절을 표현할 때 직설적이기도 하며, 행동으로 그 거절의 의사를 표현하는 경우가 많다(표정 관리가 안 된다든지, 연락을 하지 않는다든지, 잠적한다든지 등). 처음 거절이 거의 진실인 경우가 많으며, 한번 다짐한 마음은 쉽게 변하지 않는다.

8. 사랑의 감정 속에는 우리도 모르는 미움의 감정이 존재한다. 너무 사랑하는 자신의 마음을 상대방이 알아주지 못하는 것에서 미움의 감정은 싹트기 시작하고, 정녕 사랑했던 그 사람의 무너지는 모습을 보고 묘한 쾌감에 사로잡히기도 한다(사랑의 폭력성 ─ 자신의 감정을 사랑이란 이름으로 상대방에게 강요하며, 실패했던 사랑의 대상에게 복수를 하게 된다).

9. "미안, 깜빡 잊고 연락 못 했네..." "미안, 깜빡 잊고 늦었어..." "미안... 깜빡 했거든..." 이 작은 깜빡들이 모이게 되면 그 사람의 인격을 가늠하게 만드는 척도가 되며, 당신을 싫어할 이유가 된다는 사실을 깜빡 하지 마라.

10. 여자의 직감은 곤충의 더듬이와 같이 정확한 경우가 많다. 여자의 직감을 무시하지 마라. 무시하다 큰 코 다친다! 정말이다.

11. 무심코 했던 행동들이 상대방에겐 상대방을 사랑하지 않는

234

증거가 되어 상대방을 힘들게 만들 수도 있다. 무심코 웃어넘기는 많은 사연 속에 마음을 베는 칼이 숨어 있을지도 모른다.

12. 그냥 심심해서, 할 일 없어서 연락했다는 말이 상대방을 서운하게 만들 수도 있다. 상대방은 심심풀이 땅콩이 아니다("그냥 할 일도 없고 심심해서 전화 걸어 봤다!" "심심한데 만날까?").

13. 헤어진 남자가 갑자기 만남을 요구하고 모텔로 데려가려 한다면 당신이 다시 생각나서가 아니라 단지 여자의 몸이 필요했기 때문이다.

14. "그래… 그냥 포기하는 것이 낫겠다." 친구에게 이 말을 들었을 때 남자보다 여자가 더 포기할 확률이 높다. 왜냐 하면 상황을 물어보기 전에 이미 혼자서 수없이 고민하고 고민한 끝에 친구에게 물어보기 때문이다. 여자는 함부로 행동에 옮기지 않는다.

15. 남자가 돈이 많으면 바람을 피게 될 환경에 노출되며, 이혼을 해도 다시 결혼할 수 있다는 자신감을 가지게 된다. 여자가 돈이 많으면 자신의 돈보다 자신을 진정으로 사랑해 줄 수 있는 남자를 찾게 된다(돈에 대한 자신감=여자에 대한 자신감. 그리고 돈과 여자는 같이 밀려 들어오고 같이 빠져나가게 된다).

16. 만약 상대방이 누군가와 당신을 비교하게 된다면 그것은 관심이 있기 때문이다. 정말 당신이 싫다면 누군가와 비교하려 하지 않는다. 차라리 무관심해졌으면 해졌지 당신의 잘못을 고치기

위해 노력하지 않는다는 것이다.

17. 남자의 보이지 않는 부분을 믿기란 쉽지 않다. 자신 있게 담배를 끊는다고 말했지만, 숨어서 몰래 담배를 피는 것처럼 말이다.

18. 상대방이 "역시 안 되겠군!"이라 느꼈을 때 상대방을 잡을 줄 아는 사람은 상대방이 "역시 넘어왔구나!" 싶었을 때 상대방에게 넘어가는 사람보다 상대방을 더 확실하게 유혹할 줄 아는 사람이다(접근의 혼동 — 넘어갈 듯 보였으나 넘어가지 않음).

19. '외모7 : 성격3'이 사귐을 결정 짓는 마음의 비율이 된다. 그러나 사귀고 나선 '외모3 : 성격7'이 연애를 유지하는 마음의 비율이 된다. 사귀기 전엔 남자가 7의 감정으로 3인 여자를 쫓아다니나, 사귀고 나선 7의 감정으로 여자가 3인 남자를 쫓아다니게 된다.

20. 2번째 만남은 1번째 만남에 대한 확인 사살이다. 3번째 만남은 호감과 관심이 내포된 만남이다. 만남의 횟수가 3번을 넘었다면 상대방이 당신에게 관심을 가지고 있다 보면 된다.

21. 도도하고 냉정해 보이는 사람에게 끌리는 감정을 느낄 수도 있겠지만, 결국 나중에 선택하는 사람은 자상하고 배려 있는 사람이다. 냉정함의 끌림에는 반드시 그 한계가 있다.

22. 당신이 상대방에게 보여준 그 믿음을 믿어라. 그 믿음은 당

신을 배신하지 않는다.

23. 여자의 마음은 저기 저 호수에 던진 돌멩이에 움푹 파이는 그 부분이 아니라 잔잔히 퍼지는 파동 같은 그 부분으로 움직임을 잊지 말자(잔 펀치를 날려야 여자는 다운된다).

24. 성을 목적으로 접근하는 마음은 단지 새로운 상대자와의 쾌락에 대한 기대감일 가망성이 크며, 행위가 끝난 이후에 반드시 허무감이 밀려와 자신의 행동을 후회하게 만든다.

25. 남자가 10명, 여자가 10명이 있다면 처음엔 가장 예쁜 여자에게 남자 10명의 관심이 쏠리게 되나, 시간이 지난 후에 살펴보면 처음과 달리 여러 커플들이 탄생하게 된다. 시간과 함께 드러나게 되는 매력을 무시하지 마라. 당장 선택받지 못한다고 해서 실망하지 마라. 언제든 당신은 반전을 꿈꿀 수 있는 사람이다.

26. 남자가 가지고 있어야 할 연애의 미덕이 있다면 그것은 다름아닌 책임감이다. 남자는 책임감이 있어야 하며, 자신이 결정한 일에 있어서 끝까지 책임을 질 줄 알아야 한다.

27. 남자는 지갑에 돈이 없을 때 다른 핑계를 대서 데이트를 거절하고, 여자는 입고 나갈 옷이 없을 때(혹 상태 불량일 때) 다른 핑계를 대서 데이트를 거절한다.

28. 여자들이 집단을 이루면 조가 편성되며, 각 조들은 다른 조를 비난하고 헐뜯는다. 남자들은 그 조를 미리 파악하여 다른 조

의 이성에게 친절하게 대해선 안 되며, 관심 있는 상대방이 편성된 조에게 잘 해 주는 것이 좋다.

29. 만약 당신이 여러 무리 속에 속해 있는 여자라면, 당신의 질문에 자상하게 대답해 주고, 힘듦을 거들어 준다고 해서 그가 당신을 좋아할 것이란 착각을 해선 안 된다. 당신과 함께 속해 있는 그 무리 중 다른 누군가를 좋아해서 당신에게 잘 할 수도 있기 때문이다(그녀에게 잘 보이기 위해, 그녀 주위에 있는 당신에게 잘 대해 줄 수도 있다).

30. 망설인다는 것은 거절할 수도, 허락할 수도 있다는 50% 확률을 가진 행동이다. 망설이고 있을 때 포기하지 말고 다시 한 번 더 밀어붙여라. 10%만 더 밀어붙여도 마음이 기운다. 거절할 의사가 50%가 넘는 사람은 망설이지 않는다.

31. 남자는 목적이 없이 돈을 지불하는 호의를 베풀지 않는다. 계산된 배후가 있으니 호의를 베푸는 남자를 경계할 필요가 있다. "그냥 하나 샀어요! 받아주세요." 그냥은 없다!

32. 어느 장소에 있건 상대방이 당신을 완전히 무시하지만 않는다면 희망을 가져볼 필요가 있다. 완전히 무시하는 것만큼 강한 거절은 없다.

33. 상대방이 만약 당신 앞에서 과도하게 자기 자랑을 한다면 당신이 보다 적극적으로 나오길 바란다는 의미다. "저는 인기도 많았고요…" "집도 크고요…" "할 줄 아는 것도 많아요…"

34. 스킨십의 허락을 묻는 이유는 자신의 행위를 정당화시키고 세이프 존을 확보하기 위해서다. "키스해도 될까요?" "손 좀 잡아도 될까요?"

35. 데이트 비용을 전담하려는 남자는 융통성이 부족하며, 자신을 과시하고 싶은 과시욕이 강한 사람이다. 그리고 그런 사람일 경우 까다롭고 요구 사항도 많다.

36. 사소한 말에 귀를 기울여야 하는 이유는 그 사소한 말 속에 숨겨진 고백이 있을 수도 있기 때문이다. "그냥 갑자기 바다가 보고 싶어(너랑 함께 바다에 놀러 가고 싶다)."

37. 상대방에게 혹은 자신에게 자신감이 많은 사람일수록 먼저 전화를 하지 않는다.

38. 함께 있을 때 상대방의 담배량과 다리의 떨림을 관찰하라. 긴장할수록 담배량과 다리의 떨림은 많아지게 된다. 그리고 연거푸 담배를 핀다면 뭔가 심각한 말을 할 조짐을 감지할 수 있다(담배를 자주 핀다는 것은 관심이 있다는 증거가 되기도 한다. '관심=긴장').

39. 변명보다는 솔직한 사과가 상대방의 마음 속에 더 큰 믿음을 심어준다. 변명을 늘어 놓기보다는 차라리 상황을 이해할 수 있게 설명하고 사과하는 편이 낫다.

40. 상대방과 기호를 맞추기 위하여 노력하라. 기호의 불일치는

단절감을 심어주게 된다.
"영화를 좋아한다고요? 저는 영화는 별로 안 좋아해요!"

41. 여자가 거절하더라도 정도의 집요함을 가지고 매달릴 줄 알아야 한다. 최소 3번 이상은 매달려라. 매달림 역시 무언의 관심 표현이란 사실을 잊지 마라.

42. 진실된 맹세는 상대방과 자신을 값진 존재로 만들어준다. "널 위해서 무엇이든 할 수 있는 거야!" "너만큼은 꼭 지킬게!"

43. 상대방이 당신 앞에서 실수를 하거나, 부자연스러운 행동을 보인다면 그것은 당신에게 관심이 있다는 증거가 된다(관심이 없을수록 대담해지는 경향이 있다).

44. 9시에 상대방이 당신에게 12시까지 들어가야 한다는 말은, 12시까지 함께 있고 싶다는 말이다. 함께 있고 싶은 마음이 없다면 시간의 경계선을 그어놓지 않는다. 그냥 집으로 간다.

45. 여자에게 기다릴 수 있는 즐거움을 제공해 주는 남자는 여자를 제대로 공략할 줄 아는 남자다. "음... 오늘은 좀 그렇고... 모레쯤 보도록 하자... 그 때 내가 맛있는 것 많이 사줄게..."

46. 손을 잡고 싶어하는 이유는 서로간의 관계에 대한 안정감을 느끼고 싶어하기 때문이다.

47. 택배 이론 : 그렇게 기다리던 물건이 도착해서 물건을 받고

나면 막상 처음 기대했던 그 기대와 달리 마음이 가라앉아 버릴 수도 있다. 사람도 마찬가지다. 막상 사귀고 보면 처음 기대와 달리 마음이 가라앉아 버릴 수도 있다.

48. 자신이 쉽게 할 수 없는 일일수록 친구의 경험을 사례로 상대방에게 조언을 구하게 된다. "내 친구가 만난 지 3일 만에 키스를 했다는데, 넌 어떻게 생각해?"

49. 나중에 다시 전화하겠다고 말했지만 전화가 없는 그런 상황이 반복해서 일어난다면 상대방은 당신에게 관심이 없는 것이다(기약 없는 기약은 무관심의 표현이다).

50. 잘 해 준 그 마음. 그 마음을 여자는 반드시 기억하게 된다. 그 때엔 그렇게 매몰차게 대했어도 시간이 지난 후엔 조금씩 그 마음을 인정하게 된다. 그게 바로 여자의 마음이다.

상대방의 마음을 안다고 해도, 당신이 달라지지 않으면 소용 없다.
아는 만큼 달라져라.

연애 관심법

남(男)

1. 긴장하는 모습이 역력하다(줄담배를 핀다. 다리를 떤다. 침착하지 못하다).

2. 다음 장소로 이동한다. 그리고 먼저 헤어지잔 말을 하지 않는다.

3. 은연중에 자신의 자랑거리를 늘어놓게 된다.

4. 친구에게 전화가 와도 받지 않으며, 설사 받는다고 해도 금방 끊는다.

5. 배려 있고 매너 있는 모습을 보여주기 위해 노력한다. 건들거리지 않는다.

여(女)

1. 이야기를 잘 들어주고 호응해 준다.

2. 거울을 보기 위해 화장실에 자주 간다. 사소한 말에 금방 반응한다.

3. 이상형과 개인 신상에 관심을 가지며, 적극적인 자세로 질문한다.

4. 내숭이 심해지며, 금방 배가 부르다고 한다.

5. 말을 많이 하거나, 완전히 조용해진다. 그리고 수줍어하며 창피해한다.

세밀한 관심의 표현들... 놓치지 말고 기억해 두고 있도록 하자.

•••••
Again

여자가 다시 돌아올 때는 묻고 또 물어... 고민하고 고민한 그 끝자락에 서서 망설임 몇 백 번을 되뇌고, 오랜 기다림 극복하고 정말 큰 용기를 내서 돌아오는 경우다.

다시 받아줄 마음이 있다면 과거를 물으려 하지 말고 포근히 감싸안아 주어라.

남자가 다시 돌아올 때는 혼자 많은 밤을 보내다, 잊기 위해 다른 사람을 만나보다 도저히 잊을 수 없어 돌아오는 경우다. 뒤늦게 사랑을 깨닫고 돌아오는 경우다.

그 땐 더 큰 사랑을 안고 결혼까지 생각하고 돌아온다.

다시 받아줄 마음이 있다면 더 큰 믿음으로 그의 사랑을 믿어주어라.

그대... 내게 다시 돌아오려 하나요... 맨 처음 그 때와 같을 순 없겠지만 겨울이 녹아 봄이 되듯이 내게 그냥 오면 돼요...
−변진섭의 그대 내게 다시 中−

•••••• Black board

칠판. 칠판을 손톱으로 긁어 보아라. 칠판은 흠이 나지만 당신은 소름 끼칠 정도로 고통스러울 것이다. 당신이 먼저 상처를 주는 입장이라고 해서 손해 보지 않는다는 생각은 버리길 바란다.

상처를 주는 사람의 마음 속엔 철학이 있다.
그 철학은 항상 스스로에게 물음을 던져준다.
"넌 왜 그렇게 외롭니?"라는...

임신 공포

　연애를 하게 되고 스킨십과 섹스를 나눈다면(스킨십과 섹스는 함께 나누는 것이다. 일방적인 요구나 강요가 되어선 안 된다) 누구나 임신에 대한 공포를 느끼게 된다.

　서로가 말은 안 하지만 혼자 불안에 빠져 천국과 지옥을 왕복하며 '설마? 노이로제'에 걸리게 된다.

　성상담 게시판을 둘러보면 가장 많이 묻는 질문이 하나가 있다. 그것은 바로 "이런 상황인데 임신할 확률이 어떻게 되나요?" 그러나 답변은 얄밉게도 몇 퍼센트의 확률이 아니라, "불안하시면 2주 후에 테스트해 보세요!"다. 특히 여자들은 임신에 대한 공포를 안고 살아간다(여자가 섹스를 쉽게 허락하지 못하는 이유 중의 하나다).

　피임 없는 섹스 후에 많은 고민과 후회를 하게 되지만, 정작 피임에 문외한인 경우가 많다. 어떤 일이 벌어지기 전에 자신이 먼저 최대한 임신에 대한 공포에서 벗어날 수 있도록 피임에 각별히 유의해야 할 것이다.

　남자는 여자를 배려하는 마음으로, 여자는 남자를 이해하는 마음으로 그렇게 본인 스스로 그 확률을 줄여나가야 하는 것이다.

쾌락은 항상 그 쾌락에 대한 책임을 묻는다.

244

농담 이론

진지한 상대방의 애정 표현에... 힘듦을 털어 놓는 상대방의 진심을...

던지는 불만의 표출을... 간간이 기억해 주길 바라는 그 사소한 바람을...

웃으며 말했던 뼈 있는 말을... 너무 친해진 나머지 너무 오랫동안 사귄 나머지 농담처럼 받아넘기고 농담처럼 웃어넘기지는 않았는가?

그리고 진지한 모습을 보여주지 않고, 언제나 유머러스한 모습만을 보여주고, 아무 생각 없는 말만 농담처럼 던지지는 않았는가?

잊지 마라! 농담 같은 말과 농담같이 받아들이는 자세와 농담 같은 행동으로 농담처럼 이별하게 된다는 사실을...

지나친 농담은 당신과의 만남조차 농담으로 만들어 버리고 만다.

1-10＝여자의 마음

남자가 열 가지 잘못을 저질렀어도 한 가지 예쁜 구석이 있고 믿음을 주며 앞으로 착실하게 변해 가는 모습을 보여 준다면 과거를 덮어주고 마음을 열어가는 것이 바로 여자다.

여자는 과거를 잊는다. 현재의 당신 모습을 믿으려 하며, 믿음을 보여준 당신의 과거를 탓하려 하지 않는다. 때론 바다보다 넓은 마음이 바로 여자의 마음이다.

 부족하더라도 보여 주기 위한 노력을 하고 서서히라도 변해 가는 모습을 보여준다면 여자는 그를 믿고 따른다.

 1을 위해 사랑으로 10을 버리는 마음... 바로 여자의 마음이다.

안전 방지 시스템

 섹스가 이루어지기 전에 여자를 유혹하는 남자의 모든 말을 의심해 볼 필요가 있다. 그럴 땐 기억에게 물어보길 바란다. 그 기억이란 바로 지금까지 당신에게 보여준 남자의 진심과 사랑이다.

 물질적 공세가 이루어질 때만 당신을 사랑한다 말하는 여자의 말을 의심해 볼 필요가 있다.

 그럴 땐 기억에게 물어보길 바란다. 그 기억이란 바로 지금까지 당신에게 보여준 여자의 정성과 따뜻한 눈빛이다.

 목적으로 다가온 상대방의 모습을 바라볼 땐 마음의 눈을 떠라.

이별 예감 200%

 1. 절대 먼저 만나자는 말을 하지 않는다. 먼저 전화를 걸어야

하며, 먼저 만나자고 해야 만나며, 전화를 받는 태도나, 만남에 응하는 태도가 불성실하다.

2. 지금껏 잘 해 줬던 행동들이 서서히 사라지기 시작한다. 함께 버스를 기다려주던 모습도, 자주 보내던 안부의 문자도... 서서히... 그렇게 사라져 가게 된다.

3. 애정 표현과 스킨십 횟수가 급격하게 줄어들기 시작한다. 좋아한다는 말조차 듣기 힘들어지며, 어두운 곳으로 유인하던 그의 발걸음은 이젠 그 곳이 아닌 집으로 향하게 된다.

4. 문자를 씹으며 답 문자를 보내도 단문자다. 잊지 않고 보내어 주던 문자는 소식이 없고 답 문자를 보내도 단문이다. "뭐하고 있니?"의 답은 "잔다!" 다.

5. 갑자기 바빠진다. 친구가 많아지기 시작한다. 빨리 피곤해진다. 특별히 달라진 생활 패턴도 아닌데 만나기가 힘들어지고, 바쁠 핑계가 많아진다.

6. 잘 해 줌에 인색하고 고마움의 표시를 하지 않는다. 선물을 사줘도 기뻐하는 모습을 찾아볼 수 없다. 고맙다는 말조차 하지 않는다. 반응이 점점 무뎌진다.

7. 질투심이 줄어들며, 집에 늦게 들어가도 걱정하지 않는다. 여자를 만나건, 남자를 만나건 상관하지 않는다. 걱정스러운 마음에 전화를 걸면 오히려 자는 데 깨운다고 화를 낸다.

8. 항상 빈 지갑으로 나온다. 월급날에만 연락이 온다. 도무지 돈을 쓸 생각을 하지 않고 '구걸 모드'로 돌입하게 된다. "나 돈 없거든... 맛있는 거 사주면 나간다..."

9. 만나면 항상 먼저 집으로 들어가려 한다. 함께 버스나 지하철을 기다려 주지 않는다. 자주 몸이 피곤해지며, 귀찮아 하는 일이 점점 더 많아지기 시작한다. "벌써 9시네, 집에 가자!"

10. 조금의 잘못에도 크게 화를 내며, 매사에 짜증과 불만이 가득하다. 용서라는 단어를 잊고 산다. "너란 사람은 도대체 왜 그러니!" "아... 짜증난다... 전화 끊자!"

이별이 오고 있는 소리... 그 소리다. 어떤가? 들리지 않는가?

다음 주에

남자와 여자가 다음 주에 함께 여행을 간다고 하자.

그렇다면 남자의 경우는 '기대감 20%＋당일 충족감 50%＋나머지의 감정이 ±30%'이고,

여자의 경우는 '기대감 60%＋당일 충족감 ± 알파'다.

즉, 남자보다 여자가 더 큰 실망을 하게 되고, 그것 때문에 남자는 여자보다 더 자주 미안한 감정을 가져야 한다. 그래서 남자에겐 더 많은 준비와 더 많은 노력과 좀더 수긍하는 자세가 필요한 법이다.

지금 함께 경주에 여행 가는 이야기를 꺼냈을 뿐인데
여자는 이미 경주에 가 있다.

가면 이론

A : 탐욕적이며 음탐하며 이성을 장난감 다루듯 다루는 A
B : 순진하고 순수한 모범적인 로맨티시스트 B

A와 B는 다른 인물일 수도 있으나 동일 인물일 수도 있다. 바로
당신 앞에서 말이다.

사람을 확신하는 일은 어쩌면 위험한 일일지도 모른다. 왜냐 하
면 언제 어떻게 가면을 쓸지 모르며, 또한 당신 앞에서만 변할지
도 모르기 때문이다.

원래부터 그런 사람이었지만, 당신을 통해 변해 간다면 그것은
당신이란 사랑의 힘 때문일 것이다. 때론 그 힘을 믿을 필요가
있다.

네 앞에서 A처럼 변할 수도 B처럼 변할 수도 있다는 사실을
넌 모르지... 원래 그런 줄로만 알고 있지...

그 남자, 그 여자의 일상

그 남자 : 로또 당첨 안 되냐? 돈만 있으면 여자는 그냥 굴러들어 오는데...(대박, 돈에 대한 막연한 기대)

그 남자 : BMW 몰고 나가봐, 질질 싸지 싸!(좋은 차에 대한 갈망, 여자에게 있어 보이고 싶은 마음)

그 남자 : 오늘 술이나 먹으러 가자!(할 일 없으면 일단 술 건수부터 찾는다)

그 남자 : 모텔은 어디가 좋아? 몇 명 먹어봤냐?(성에 대한 호기심, 궁금증, 섹스 경험에 대한 자랑)

그 남자 : 요즘은 귀찮아서 아무것도 하기 싫다. 똥배만 늘어가는구나...(나이를 먹어 갈수록 아저씨가 되어간다)

그 남자 : 그녀에게 다가가고 싶어도 차일까 싶어 못 가겠다(남자의 소심한 단면).

그 남자 : 담배나 한 대 피러 가자!(담배를 피면서 인생 한탄, 여자 이야기)

그 남자 : 밤에 피시방 가서 '리니지'나 한판 할까?(게임 · 만화 · 무협지에 중독)

그 여자 : 어제 나 옷 샀다(쇼핑에 대한 이야기).

그 여자 : 오늘 점심은 뭐 먹으러 갈까?(맛있는 음식에 대한 이야기)

그 여자 : 저 여자 봐봐, 이상하지? 저 여자 옷 입은 것 좀 봐!(동성에 대한 비평 · 비난)

그 여자 : 나 애인한테 뭐 받았다! 이런 걸 왜 주니... 그냥 안 줘도 되는데...(애인에 대한 은근한 자랑)

그 여자 : 며칠 있으면 주말인데 뭘 하지... 어디 갔음 좋겠다(미래에 대한 기대 · 상상 · 바람).

그 여자 : 그런데 그 남자 날 정말 사랑하고 있는지 모르겠어(사랑에 대한 끊임없는 의문, 확인받고 싶어하는 마음).

그 여자 : 내일은 머리나 하러 갈까? 파마하는 게 좋겠지?(자신의 외모에 대한 관심)

일상의 단면에는 남 · 여의 기본적인 심리가 젖어들어가 있다.

연애 스트레스

당신은 상대방의 어떤 행동으로 인해 화가 나 있거나 토라진 상태다. 그래서 이런 행동들로 자신의 속마음을 여과 없이 드러내고 만다.

1. 예고 없이 전화기를 꺼놓아 버린다.
2. 과거의 결점들을 하나하나 다시 들먹인다.
3. 분명히 화난 것 같은데 물어보면 아니라고 한다. 그러나 똥씹은 표정이다.
4. 전화를 걸어도 받지 않는다. 받자말자 끊어 버린다.
5. 문자 역시 모두 씹어 버린다.
6. 자주 과거의 애인 이야기를 꺼낸다.
7. 비교 받고 싶지 않은 사람과 비교한다.
8. 1주일 이상 연락 두절이다.

(여기에 있는 것들은 연애 스트레스 지수 상위권에 랭크되어 있는 것들이다.)

그래! 지금 당신은 화가 많이 나 있다. 화가 치밀어올라 얼굴에 독기까지 서려 있다.

그러나 당신이 화날 때마다 반복, 지속적으로 저런 행동들을 유지한다면 이는 분명히 상대방을 지치게 만들어 당신과의 관계 지속 여부에 대해 심각하게 생각해 보는 계기를 마련해 준다는 사실을 기억해 두고 있어야만 한다.

가스실에 갇힌 것처럼 답답하게 만드는 저런 화난 표현 방법들, 특히 애정이 그렇게 깊지 않은 관계 속에서는 방독면을 착용하지 않고 바로 가스실에 넣어 버리는 것 같은 효과를 준다는 사실을 잊지 말자.

답답한 사람은 답답함으로 그치는 것이 아니라
그 답답함으로 인하여 자신의 연애까지 답답하게 만들어 버리고 만다.

더 큰 기억의 흔적

헤어짐의 시간을 맞이한 이후에 잘 해 주지 못해서, 돈을 아낄 수 있어서 마음이 편할 것 같다고 생각한다면 이것은 큰 오산이다. 헤어진 사람이 정말 사랑했던 사람이라면 잘 해 준 기억보단 잘 해 주지 못한 기억의 흔적이 더 크게 남아 오래오래 자신의 마음을 괴롭히게 될 것이다.

때린 사람보다 맞은 사람이 발을 뻗고 잘 수 있다. 잘 해 준 사람보다 잘 해 주지 못한 사람이 헤어지고 나서 더 힘들어질 수 있다.

허락 이론

사랑해도 허락할 수 없는 것들이 존재한다.

사랑하기 때문에 모든 것을 다 허락할 수는 없다. 그 허락할 수 없는 것들 때문에 사랑을 포기하기도 하며, 허락받지 못해 사랑을 포기하기도 한다. 그 허락이란 섹스가 될 수도 있고, 조건이 될 수도 있으며, 폭력이 될 수도 있다.

사람에 따라 허락 대상이 달라지겠지만, 허락할 수 없는 것들에 대한 강요로 사랑하는 사람을 잃어버릴 수도 있다는 사실을 명심해 두고 있어야 할 것이다.

마음을 허락했는데... 더 이상 무엇을 허락받아야 하는가?

에프터는 없다

1. 처음 만난 사람 같지 않은 편안한 태도를 유지한다. 내숭이 없으며 상대방을 배려하는 매너도 없다. 나이 차이가 난다고 해서 후배 대하듯 대한다. 마구잡이식의 행동을 하며, 잘 보일 생각을 하지 않는다. "응 그래... 내가 오빠니... 말 놓자!" "중국 집

자장면이나 먹으러 갈까? 뭐? 밥 먹고 싶다고? 그럼 넌 볶음밥 먹으면 되겠네..."

2. 대화에 집중하지 않으며, 앉아 있는 태도도 불량하다. 건들거리며, 앉아 있는 자세가 꼭 나이 많은 사장님 같다. 혼자 딴 생각에 잠겨 있다.

3. 갑자기 다른 약속이 생겨서 자리를 떠야 할 상황이 발생한다. "저 죄송한데... 제가 오늘 급한 약속이 있어서요..." "아... 갑자기 만날 사람이 생겨서..." 두 탕 뛰는 것이 아니라면 당신이 마음에 들지 않았기 때문에 없던 약속도 생겨나게 되는 것이다.

4. 먼저 연락처를 묻지 않는다. 그리고 함께 있음에도 불구하고 자주 친구들에게 전화를 걸며, 누군가에게 전화가 와도 빨리 끊으려 하지 않는다. 연락처엔 관심도 없다. 당신과 함께 있는 시간이 지루한 듯 이리저리 전화를 걸어 댄다.

5. 자신의 단점을 숨기지 않으며, 먼저 돈을 내려 하지도 않는다. "전 남자 엄청 많이 사귀어 봤어요!" "전 돈이 없어서... 저랑 만나시려면 돈 많이 들고 나오셔야 해요" 계산할 타이밍에 적절히 화장실로 도피한다.

만약 상대방이 위와 같은 행동을 2개 이상 보였다면 그 사람과의 에프터는 없다. 괜한 기대로 마음 고생하지 말기를 바란다.

에프터는 아무에게나 주어지는 특권이 아니다.

먼저 좋아했다가도
사귀면 싫어지는 여자의 증후군

―――――
여자는 이 정도의 애정을 가지고 연애를 시작하게 된다.

그러나 여자와 달리 남자는
―――――――――――――――――――――――
이 정도의 애정을 가지고 연애를 시작하게 된다.

여자의 애정이 상승되기 위해서는 시간이 지나야 하지만, 이미 이것은 사랑이 아니라고 판단한 나머지 스스로 좋아져 갈 과정과 시간을 생략해 버리고 상대방에게 이별을 선언해 버리고 만다(여자들은 자신이 미화시킨 과정을 현실보다 더 즐기는 경향이 있다).

조금만 더 참고 버텨보면 순간적인 호기심과는 또 다른 감정이 생겨나고, 비로소 그를 사랑의 눈으로 바라보게 되는 것이지만, 갑자기 변해 가는 마음을 붙잡지 못하고 그를 떠나보내고 만다. 그리고 주위 사람들에게 "난 사귀면 금방 쉽게 질려!"라고 한탄한다.

장점 다음에 단점이 보이기 시작한다. 그러나 여자들은 알지 못한다. 단점 다음에 사랑으로 그 단점을 덮어줄 수 있는 마음이 생긴다는 사실을...

갑자기 당신을 좋아하는 남자의 마음에 놀랐는가?
갑자기 바뀐 생활 리듬에 적응하지 못하겠는가?
그렇다고 해서 상대방을 쉽게 버리지는 마라!

퍼즐 이론

호감이 있는 상대방에게 잘 보이기 위해 상대방과 맞추기 위한 노력을 하게 된다.

그러나 그러한 노력의 도가 지나칠 경우 연애를 실패하게 되기도 한다.

예를 들어, 외모에 반해 그 사람에게 너무 잘 보이려고 했던 나머지 자주 전화를 걸고, 상대방이 원하는 것을 다 들어줌으로 인하여 부담, 식상한 감정을 보다 빠른 기간 내에 전달해 주고, 그로 인해 아직 좋아하는 감정이 자리잡지 못한 상대방에게 차이게 된다는 것이다.

마음은 억지로 맞추어지는 것이 아니다. 억지로 맞추려다 실수를 하게 되고, 그 실수가 반복됨으로 인하여 상대방과 멀어지는 오류를 범하게 되는 것이다.

처음부터 맞추려 하지 말고 함께 어울려 가라. 어울리면서 서로를 알아가고 이해해 가면서 사랑이란 이름으로 맞추어지는 것이다.

처음부터 잘못된 퍼즐은
아무리 맞추려고 별의별 노력을 다 해 봐도 결국 맞출 수 없게 된다.
퍼즐을 맞추기에 앞서 먼저 올바른 퍼즐부터 선택하자.

男女 조심

남(男) 조심

1. 자신의 소속과 신분을 숨기는 남자, 자주 잠수 타는 남자, 집안에 경조사가 많은 남자.

2. 사귀지는 않으나 사귐의 권력을 요구하는 남자.

3. 사랑을 전제로 물질과 섹스를 요구하는 남자, 성 강의를 하는 남자.

4. 결혼 생활이 힘들다며 접근하는 유부남 — 유부남 접근 코드 : 힘들다(모성 본능 자극) → 네가 우리 마누라보다 더 낫다(비교 심리이용) → 물질적 공세 → 섹스 → 부인과 자식을 핑계로 이별 (일종의 도덕성을 이용)

5. 현재 애인이 있으면서 "난 애인보다 당신이 좋아!"라고 접근한 뒤 절대 그 애인과 헤어지지 않는 남자.

여(女) 조심

1. 제공된 물질과 비례하여 애정을 표현하는 여자.

2. 절대 돈을 쓰지 않고 만날 때마다 얻어먹으려는 여자.

3. 남자를 통하여 인생 역전을 꿈꾸는 여자('연애 상대=로또' 이 공식부터 지우자).

4. 항상 친구 2~3명을 데리고 나타나는 여자.

5. 감당할 수 없는 카드빚을 가지고 있는 여자.

잠시나마 콩깍지가 거두어지기를...
현명한 눈으로 상대방을 바라보기를...

바람의 다섯 얼굴

첫번째 얼굴

상대방을 너무 사랑해서 바람을 피기도 한다. 집착에 빠지기 싫어서 바람을 피기도 한다. 만약 상대방과 헤어지기라도 한다면 그 땐 정말 죽어 버릴 것 같기에...

두 번째 얼굴

더 좋은 조건을 갖춘 사람을 만나기 위해 바람을 피기도 한다.

세 번째 얼굴

자신의 마음을 알아주지 않는 상대방에게 복수를 하기 위해 바람을 피기도 한다.

네 번째 얼굴

제3자가 당신의 애인을 빼앗아 바람을 피는 것이 아니라, 당신에게 더 이상 마음이 없기 때문에 바람을 피기도 한다.

다섯 번째 얼굴

상대방이 사랑해 주는 것을, 자신이 잘나서 그런 줄 착각하고 상대방이 아닌 더 괜찮은 사람과 사귀기 위해 바람을 피기도 한다.

너무 사랑해도 바람을 핀다는 사실을 알고 있어야 한다.
그리고 그 선택이 잘못된 선택이란 사실도...

연애 현재진행형

멋진 외모는 다음 만남의 기대감을 안겨준다.

그러나 그 기대감은 그 다음까지 기대하게 만들지는 못한다.

잔잔한 배려는 다음 만남의 기대감을 안겨주진 않는다. 그러나 그 배려는 시간이 지난 어느 날에 인지되어 그 하루, 그 다음 달, 자신도 모르는 사이 그 사람에 대한 자신의 마음을 충족시켜 준다. 고기를 잘라 밥 위에 얹어 주고, 기침을 한다기에 기침 약을 사주고, 목소리만 듣고도 상대방의 기분을 알아차리고, 자신이 먹기 위해 산 음료를 나누어 주고, 상대방이 보이지 않는 곳에 묻은 먼지를 털어 주고... 그 마음들이 때론 두근거리는 기대감보다 더 큰 마음으로 사람의 마음을 사람에게 기댈 수 있도록 만들어 준다. 외모가 가지지 못한 것을 더 큰 마음으로 대신할 줄 아는 사람이라면 그는 정녕 아름다운 외모를 가진 사람이다. 마음은 마음을 기억한다는 사실을 마음에게 기억시켜라.

멋진 마음으로 다가간 평범한 얼굴...
대부분 그들이 연애 현재진행형이다.

좋아하니?

1. 사소한 말 한 마디에 금방 반응을 보인다. 때론 아무것도 아닌 말에 큰 상처를 받기도 한다. 반응이 빠르며, 평소보다 소심

해진다. "헉... 약속을 미루었으니... 날 싫어한다는 증거야!"

2. 자신의 외모에 대한 질문을 자주 한다. 상대방의 눈에 비친 자신의 모습에 대한 관심이 크다. "저... 이 옷 어울려요?" "제 헤어스타일 어때요?" "이렇게 하는 것이 더 좋나요?"

3. 막연한 거절을 하지 않는다. 무조건 거절하지 않는다. 약속이 미루어지는 것일 뿐 약속 자체가 완전히 사라지지는 않는다. "오늘은 그렇고... 다음 주엔 꼭 보도록 하자. 그 땐 시간 비워둘게..."

4. 귀찮아 하는 것들이 많지 않다. 희생과 배려 속에 적극성이 서려 있다. "괜찮아... 내가 바래다 줄게!" "걱정하지 마! 내가 다 도와줄게..."

5. 항상 빈 지갑이 아니다. 상대방을 위해 자신의 처지에 합당한 돈을 지불한다. "괜찮아...이건 내가 사도록 할게..." "나도 너한테 맛있는 것 사주고 싶어서 그런 거야..."

6. 커플 룩에 민감한 반응을 보이지 않는다. 커플 링을 족쇄라 생각하지 않는다. "우리 다음엔 커플 목도리도 사자!" "나도 너랑 같은 휴대폰으로 바꾸고 싶어!"

7. 요구하지 않았음에도 간간히 애정 표현을 한다. 어쩔 수 없이 하는 애정 표현이 아니라, 마음에서 우러나온 애정 표현이다. "오늘은 정말 널 사랑한다고 말하고 싶었어!"

8. 연락은 절대 뜸해지지 않으며 부재시 상대방이 걱정할까 싶어 미리 연락한다. 연락이 오든 말든 관심을 가지지 않는다면 애정이 식어가고 있다는 증거이다. "내일 5시부터 9시까지는 전화를 못 받을지도 몰라... 그 때 중요한 일이 있거든..."

9. 스킨십이 유연하며 형식적이지 않다. 스킨십에 억지는 없다. 눈이 마주치게 되면 서로가 원했던 것처럼 그렇게 자연스럽게 스킨십이 이루어지게 된다.

10. 상대방의 건강 상태에 민감한 반응을 보이며 주의를 준다. "밥 잘 챙겨 먹어... 감기 조심해..." 사소한 것을 챙기는 사람의 마음 속엔 애틋한 애정이 전제되어 있다.

위 10가지 중 적어도 3가지 이상의 반응을 보인다면 당신을 좋아하고 있는 증거가 된다.

만약 상대방이 아직 당신을 좋아하지 않더라도
너무 크게 실망하지는 마라. 조금씩 당신이 당신을
더 좋아할 수 있도록 노력하면 된다.
연애란 원래 그렇게 시작하는 것이니깐...

●●●●●
타이타닉 이론

당신에게 경고한다!

기분에 충실해서 투정부리고 짜증내는 상대방의 행동을 보고 자신을 사랑하지 않아서 그럴 것이라 속단하거나 사랑을 의심하지 마라. 때론 사랑보다 기분에 충실해지고 싶을 때가 있다.

"오늘 그냥 기분이 안 좋아서 나가기 싫어..."

"애정이 식었군... 그래 알겠다!"

어떤가? 당신은 혹시 저렇게 하지 않았는가? 만약 당신이 저러한 행동을 반복한다면 지금까지 쌓아왔던 믿음이 무너지기 시작하며, 당신의 영역을 친한 친구에게 침범당하게 될지도 모른다.

상대방 : 오늘 기분이 좀 안 좋다...

친구 : 왜? 그럼 애인에게 풀어달라고 그래?

상대방 : 싫어...! 짜증낸단 말야!... 오늘 시간 있으면 우리 만나서 이야기나 좀 하자... 기분도 풀 겸...

당신에게 의지해야 하는데 당신의 소심한 행동으로 애인이 있음에도 불구하고 친구에게 의지할 수밖에 없는 애인으로 만들고 있지는 않은가?

타이타닉이 침몰하기 전에 분명히 빙산을 조심하라 경고했건만
선장의 자만심으로 그 경고를 무시하게 되고
결국 타이타닉은 침몰하고 만다.
만약 당신도 자만심으로 나의 경고를 무시하게 된다면
당신의 사랑을 타이타닉처럼 침몰시키고 말 것이다.

통화 코드

통화 태도를 관찰하는 것만으로도 자신에 대한 상대방의 관심을 엿볼 수 있다.

이것은 사귀기 전이나 사귐 초반일수록 정확도가 높아지는 코드다.

1. 전화를 받으면서 자주 컴퓨터를 하거나 TV를 본다. 자판 두드리는 소리가 들린다. TV 소리가 들린다(전화를 기다렸던 사람은 통화와 동시에 통화에만 집중한다).

2. 자신의 질문에 동문 서답한다. 딴 짓을 하고 있다가 둘러댄다. "뭐? 뭐라고 그랬니?""아… 친구 만나서 놀다 들어온다고?(친구와의 약속을 거절했다는 질문에 대한 대답)"

3. 빨리 전화를 끊어야 할 상황이 빈번하게 발생하게 된다. "미안, 끊어야겠다… 지금 급하거든…" 급한 일처럼 전화를 끊지만 게임 중이거나, 친구와 수다 중이었다.

4. 적어도 4~5번 이상 전화를 걸어야 상대방과 통화할 수 있다. 인내심을 가지고 전화를 걸어야지만 통화를 할 수 있다. 전화를 받으면 "미안… 진동 모드라서…""벨소리가 잘 안 들려서…""휴대폰을 가방에 넣어 두었거든…"과 같은 핑계를 댄다.

5. 통화 집중력이 떨어져 있고, 하품을 자주 한다. 자신의 말에

귀를 기울여 주지 않으며, 꼭 자는 사람과 통화하고 있는 기분이
든다. 하품 소리가 귓가에 울려퍼진다.

6. 나중에 다시 전화한다고 끊지만 오리무중이다. "나중에 전화
할게..." 그러나 기다려도 벨소리는 울리지 않는다. 기다리는 마
음을 생각하지 않는다.

7. 태연하게 음식물을 먹으면서 이야기한다. 음식물이 가득 찬
입으로 말을 해서 발음이 부정확해진다. 전화받을 때마다 뭘 먹
고 있으며, 음식을 씹는 소리가 크다.

8. 항상 먼저 전화를 끊으려 하며, 먼저 전화를 걸지도 않는다.
휴대폰 요금 비율이 '당신 80, 상대방 20'이다(단, 정말 휴대폰 요
금이 없어서 빨리 끊으려 할 수도 있다).

만약 위의 코드가 지속적으로 맞아떨어지기 시작한다면 당신에
대한 상대방의 관심이 별로 없다고 판단하면 된다.

억지로 받는 전화는 표시가 나게 되어 있다. 느껴지게 되어 있다.

아이러니

사랑하지 않지만 헤어지지 못하고 사귀는 경우가 있다.
그냥 친구로 지내기엔 너무 멀리 와 버렸고, 헤어지기엔 좋은

사람 한 명을 잃어버리는 것 같고... 이것도 저것도 아닌 가운데 서서 사랑한다는 말 한 마디 꺼내지 못한 채 그 사람 옆을 지키고 서 있다. 내일 이별을 결심하며, 오늘을 참고 그렇게... 그 관계는 내일 또 내일로 미루며 지속되고 만다. 사랑하지 않는다면 그만 놓아주어라.

상대방은 당신이 아니라도 정말 사랑받을 수 있는 사람이 아니었던가...

아무리 착한 사람이라도 싫은 건 싫은 것이다.
놓아줄 땐 확실하게 놓아주는 것이 정녕 그 사람을 위하는 길이다.

섹스 전

순간적인 기분과 상대방의 감언이설에 넘어가 섹스를 허락하려 하는 것은 아닌가?

몸을 열기 전에 먼저 자신의 손을 한 번 꼬집어 보길 바란다.

아픈가? 만약 생각 없이 몸을 열게 되었을 경우 지금보다 몇 천 배 더 아플 것이다.

섹스로 인한 심각한 후회는 앞으로 병이 되어 마음을 잠그게 만들기도 하며, 좋은 사람을 만났을 때 큰 벽을 만들어 그 사람까지 놓치게 만들기도 한다.

스스로 지키지 않은 정조는 법도 보호해 줄 수 없다.

어항 법칙

같은 공간(직장·학교)에 있는 상대방과 현재 잘 사귀고 있지만, 당신이(상대방이) 만약에 그 공간을 벗어나게 되었을 때 당신의(상대방의) 마음이 변할 수도 있다는 사실을 알고 있어야 한다. 당신이(상대방이) 현재 그 공간을 벗어날 수 없어서 새로운 이성과 만날 기회가 없기 때문에 상대방과(당신과) 사귀지만, 그 공간을 벗어났을 때 벗겨지는 당신의(상대방의) 콩깍지로 인해 충분히 현재 사귀고 있는 상대방을(당신을) 버릴 수도 있다는 사실을 유념해 두고 있어야 할 것이다.

> 같은 공간에 있는 이성과 사귈 때는 몇 배 더 신중하게 생각한 다음 사귐을 결정해야 한다.

난쟁이

좋아하는 이성 앞에서는 누구나 난쟁이가 된다.

이상하게도 자신의 부족한 부분만 보이게 되고, 있던 자신감 마저 사라지게 된다.

나는 키가 작아서... 나는 얼굴이 못생겨서... 나는 말을 못 해서... 나는 돈이 없어서...

그러나 이러한 단점 열거가 언제 당신을 위해 조금의 도움이라도 준 적 있었던가?

오히려 당신의 연애를 방해했던 방해물이 아니었던가?

난쟁이여! 이제 거인이 될 시간이다. 굳건한 자신의 믿음으로 거인처럼 다가가라.

당신은 누가 봐도 단점보단 장점이 많은 사람이다.

나는 당신을 믿는다. 이제 당신이 당신을 믿기만 하면 된다. 이젠 당신 차례다...

거인이 난쟁이가 되는 것보다 난쟁이가 거인이 되는 것이 더 쉽다.

비교 대상

연애를 하다 보면 누구나 상대방과는 또 다른 비교의 대상을 만나게 된다.

"저 남자는 얼굴도 참 잘생기고 자상해 보이는 것 같다! 정말 부러워! 우리 영수는 키도 작고 얼굴도 별로인데..."

"저 여자 가슴 좀 봐! 최소 B컵 이상은 될 것 같아! 거기다 환상적인 다리 라인... 휴... 우리 숙자는 절벽에다 저주받은 허벅지인데..."

이런 마음이 들면서부터 점점 더 상대방의 단점들이 커보이기 시작하고 장점들까지 밉게 보이게 된다. 사람이 한번 싫어지기 시작하면 끝이 없다(처음 9의 장점 때문에 상대방과 사귀게 되었으나, 나중에 1의 단점 때문에 상대방이 싫어지게 될 수도 있다).

그러나 우리는 모른다, 비교 대상이 가지고 있는 단점들을.

단지 자신의 눈으로 확인된 사실만으로 그 사람을 판단하려 해서는 안 된다. 겉보기에 좋은 사람은 많아도 사귀기에 좋은 사람은 드물다. 그러나 비교 대상으로 인해 사랑했던 사람을 버리기도 하고 이혼을 결심하기도 한다. 비교 대상은 비교 대상일 뿐 상대방을 대신해 줄 수 있는 것은 없다. 비록 대신해 줄 것이 있다고 해도 당신을 위해서라는 사실은 미궁이다.

흔히들 3년의 사랑과 3일의 사랑을 저울질하려 한다.
그러나 3일은 3년을 절대 대신할 수 없는 사랑이다.
왜냐 하면 그 3일은 사랑이 아니라 단순한 호기심이기 때문이다.

명탐정

남자가 쉽게 잊어버리는 것들에 대한 기억력... 그리고 여자만의 직감력...

여자는 남자의 거짓말을 쉽게 추리해 나갈 수 있다. 그리고 남자가 숨기는 것에 대해 알면서도 모른 척 넘어간다.

그러나 그 때가 되면 이미 여자의 믿음은 반으로 쪼개어져 있다. 여자가 말하지 않았던 과거에 대한 추궁, 그리고 요즘 여자들이라는 편견.

남자는 여자의 과거를 자기 마음대로 추리하는 경향이 있다. 그리고 추리가 끝났을 땐 그녀의 말을 더 이상 믿으려 하지 않는다.

여자의 추리 : 거짓말을 했군... 과거에 했던 말도 다 거짓말임이 분명해!

남자의 추리 : 처녀가 아니었군… 과거에 얼마나 많이 따 먹혔을까?

진실을 알지 못하면서 진실을 추궁하려다
어긋난 오해를 하게 되고, 그 오해로 인해…
우리는 세상에 다시없을 소중한 사람을 놓쳐 버리고 만다…

잠수함(연애 중 잠적)

관심을 표현했던 사람이 오히려 잠수를 타게 되는 상황이 발생한다. 그렇다면 과연 무슨 이유 때문에 적극적이었던 그 사람이 잠수함이 되어 버리는 걸까?

1. 낮과 밤 효과

당신을 만난 것은 밤… 고백을 한 것도 밤… 그러나 낮에 당신을 보았을 경우 상황이 달라질 수도 있다(다시 보니 별로였을 경우, 자세히 보니 별로였을 경우 잠수를 타게 된다).

2. 자신의 목적과 거리가 먼 사람일 경우

섹스를 위해 접근했는데 당신이 너무 순진했을 경우, 부자로 생각해서 접근했는데 차도 없을 경우, 처음에 보였던 관심과 다르게 자취를 감추어 버리기도 한다.

3. 귀차니즘＋혼자서도 잘 놀아요

막상 쫓아다니려니 귀찮고, 솔로일 때가 더 편한 것 같아 연애를 포기하고 잠수를 타게 된다(30대들에게 많이 발생하는 원인이다).

4. 무도회장 심리

상대방이 무도회장에서 만난 사람이라면 잠수함이 될 확률이 높다. 무도회장에 있을 때 마음이랑 무도회장을 나왔을 때의 마음이란 틀린 법이다("아이...씨... 양주까지 시켰는데... 빨리 꼬셔서 데리고 나가야 하는데... 쎙... 아무나 꼬시고 보자...").

5. 세컨드 효과

세컨드를 만들기 위해 접근했으나 양심의 가책을 느껴 바람을 피지 못하고 애인에게 다시 돌아갈 경우 잠수를 타게 된다.

물에 가라앉는 것들에겐 반드시 그 이유가 존재한다.

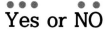

Yes or NO

남(男)
과거쯤이야... 다 이야기해 봐! 내가 다 용서해 주고 이해해 줄게! — No
난 여자 얼굴 같은 건 안 봐! 마음을 최고로 생각해! — No
처음이야...(그래 처음이지...너랑은 처음이야...) — No
난 포르노 같은 건 절대 안 봐! — No
바람 같은 것 절대 안 펴! 난 항상 네 생각만 해! — No

담배 끊었어!(네 앞에서만...) — No

내가 눈 돌리기는 어딜 눈을 돌렸다는 거야! — No

여(女)

버스 온다. 먼저 타고 가! — No

난 이런 거 못 먹어...잘 못 해... — No

나 뚱뚱하지? 나 못생겼지? — No

안 사줘도 돼! 필요 없어! — No

난 일부러 튕기는 것 그런 것 잘 못 해... — No

화이트 데이는 무슨... 우리 그런 거 챙기지 말자... — No

배 불러! — No

No... 그러나 대부분은 알면서도 속아 준다.

뭐! 당신은 몰라서 속았다고?

초대 개그맨

소개팅 미팅에 나갔을 때 한번 튀어 보려고, 혹은 잘 보일 생각으로 개그맨이 되려는 사람들이 있다. 그러나 잊지 마라! 당신은 그 자리를 웃기기 위해 나온 개그맨이 아니다.

다들 처음에야 '와!' 하고 좋아라 하겠지만 화살은 다 당신을 피해가고, 당신은 그냥 편안한 친구·오빠·동생과 같은 이미지로 상대방의 머릿속에 각인될 것이다.

너무 재미있는 사람은 말 그대로 그냥 너무 재미있는 사람이 되어 버린다. 그 이상 되기 위해선 정도의 내숭을 떨어주어야 하며, 간간히 재미있을수록 그 재미가 더욱 빛나게 되는 법이다.

이성에 대한 환상은 말로써 깨어지며,
호기심과 관심조차 말로써 사라지게 된다.

이럴 때도 반한다

남(男)

1. 땀을 흘리며 운동을 하고 있는 남자의 모습.

2. 흰 와이셔츠를 걷어올리고 일에 열중하는 남자의 모습.

3. 흰 세이브 크림을 바르고 면도를 하고 있는 남자의 모습.

4. 많은 사람들 앞에서 당당히 자신의 의견을 이야기하는 남자의 모습.

5. 불의에 굴하지 않고 자신의 주장을 당당히 펼칠 줄 아는 남자의 모습.

여(女)

1. 잘 드러내진 않지만 아는 것이 많은 지적인 여자의 모습.

2. 몸을 숙일 때 속살이 보일까 가슴에 손을 얹히고 있는 모습.

3. 의외의 행동을 보여 주는 여자의 모습.

4. 남자가 힘들 때 털털하게 "야 술 한잔 하러 가자!"라고 외칠 줄 아는 여자의 모습.

5. 귀여운 아기를 보고 예쁘다며 쓰다듬어줄 줄 아는 여자의

모습.

잘생겨야지만, 예뻐야지만 반하는 것은 아니다.
꼭 그것에만 목숨을 걸려 하지 마라.

유치한 연애

 내가 관객이 되면 유치해 보이고, 내가 주인공이 되면 로맨틱
해 보이는 것, 그것이 바로 연애다. 둘만의 세상에선 타인은 없
다. 타인을 너무 의식하는 그런 연애는 타인에 의해 쉽게 깨어질
수도 있다는 사실을 잊지 마라.

유치한 연애... 그러나 목숨까지 걸도록 만드는 연애...

고백 상처

 몇 개월 동안 고민한 끝에 당신에게 사랑을 고백하는 상대방.
 만약 고백을 하는 사람이 이런 고백을 쉽게 하지 않을 사람이란
판단이 선다면 그 고백에 승낙하는 뜸을 들이더라도 그 날 그 고
백을 받아주는 것이 낫다(전제 — 고백하는 상대방이 마음에 들었을
경우). 그렇지 못할 경우 그들의 소심함과 무너지는 가슴으로 영
영 다시 고백하는 그 자리에 나타나지 않을 수도 있기 때문이다.

내가 튕기더라도 다시 고백하겠지... 어쩌면 그것은 당신만의 헛된 기대일지도 모른다. 고백 거절의 상처는 생각보다 깊다는 사실을 잊지 마라.

다시 고백하기 위해 또 얼마나 많은 시간 동안을 지켜보아야 하며,
힘들게 용기를 내야 할까... 거절하면 그뿐이지만...
고백하는 사람은... 죽는다...

비겁한 계약

영희 : 너를 너무 사랑하고 있는 것 같아... 너도 날 사랑해 주면 안 되겠니? 난 이만큼이나 널 사랑한단말야! 너도 나만큼 사랑해 주면 안 돼?
철수 : 앞으로 보여주겠어. 내가 널 얼마나 많이 사랑하는지. 나를 믿어. 내가 널 지켜줄게!

둘 다 똑같이 자신의 감정을 표현하지만 좀더 마음이 끌리는 쪽은 철수다.
철수의 말에서는 믿음과 확신이 엿보이는 반면, 영희의 말에서는 웬지 모를 소심함과 우유부단함이 느껴진다(영희는 상대방에게 자신을 사랑해 줄 것을 고백하고 있는 것이 아니라 강요하고 있다). 이 미묘한 차이점일지라도 상대방의 마음을 열게 만들 수도, 닫게 만들 수도 있는 것이다.

고백은 선언이다.

조건을 걸어 자신과 합당하지 않으면 뒷걸음질치는

비겁한 계약이 아니다.

◈ 송창민의 러브 어록 ◈

더 이해하고 배려해주기 위해 상대방의 마음
을 알아두는 것일 뿐이다.

때론 마음을 알지만 숨겨 둘 필요가 있다. 알
면서도 모르는 척할 때가 있다.

마음은 소리가 아니라서 들리지 않는다. 다만
느껴질 뿐이다.

깊은 사랑에 빠지게 되면 상대방의 마음을 알
고 있어도 불안하다. 그렇게 집착은 찾아온다.

VI 연애
스타일

Love Style

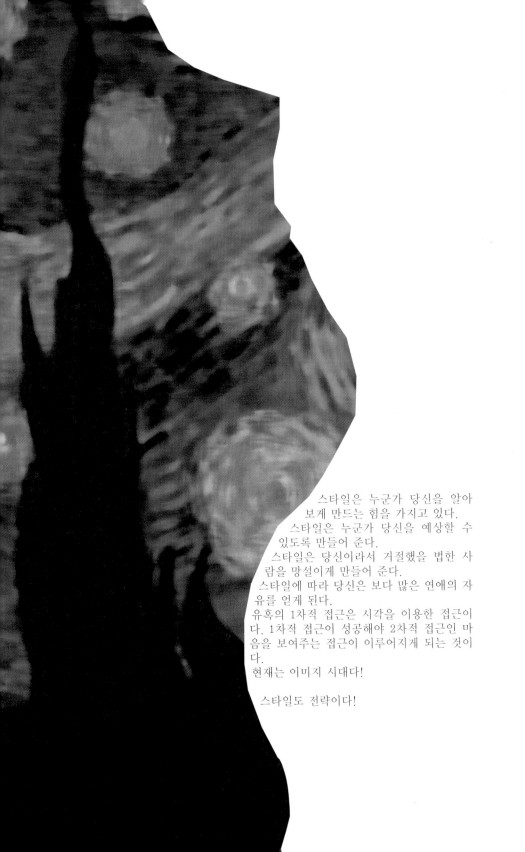

스타일은 누군가 당신을 알아
보게 만드는 힘을 가지고 있다.
　스타일은 누군가 당신을 예상할 수
있도록 만들어 준다.
　스타일은 당신이라서 거절했을 법한 사
람을 망설이게 만들어 준다.
　스타일에 따라 당신은 보다 많은 연애의 자
유를 얻게 된다.
유혹의 1차적 접근은 시각을 이용한 접근이
다. 1차적 접근이 성공해야 2차적 접근인 마
음을 보여주는 접근이 이루어지게 되는 것이
다.
현재는 이미지 시대다!

스타일도 전략이다!

스타일 대백과사전

눈

시력이 나쁘다고 해서 무의식 중에 눈을 찡그리지 마라. 눈을 크게 보이게 하고 싶다고 해서 너무 진한 눈 화장을 하지 마라(컬러·서클렌즈 사용 주의 — 고양이·귀신처럼 보여질 수가 있다). 억지스러움은 자연스러움을 따라잡지 못한다.

코

코털을 잘 다듬고 다녀라. 명품을 온몸에 걸치더라도 코털 한 가닥이 삐쳐나와 있으면 천박해 보인다(의외로 이런 사람들이 많이 존재한다). 무작정 코 팩과 손가락을 이용하여 코 피지를 제거하지 말고, 전문가의 상담과 처방에 따라 제거하도록 하자(자칫 잘못하다간 모공이 넓어져 보기 흉해질 수가 있다).

이

앞니가 빠져 있거나 벌어져 있다면 심미 치료를 받는 것이 좋다. 들쭉날쭉한 이는 사람의 신뢰성을 떨어트린다. 그리고 식후엔 항상 거울을 보고 이의 청결 상태를 확인하는 것이 좋다. 밝은 미소가 사람의 마음까지 밝게 만든다(요즘은 교정이 아니라도 레진 · 라미네이트 · 세라믹을 이용하여 단기간에 아름답게 만들어 주는 시술이 많으니 참고하길 바란다).

눈썹

눈썹을 간과하지 마라. 남자든 여자든 상관 없이 눈썹 관리를 해야 한다. 눈썹 둘레를 깨끗하게 정돈하도록 하자(여자의 경우 눈썹을 완전히 밀어 버리고 문신을 하는 것보다 눈썹을 다듬는 것이 남자들에게 더 좋은 인상을 심어 줄 수 있다).

손톱 · 발톱 정리

실수로 잊고 손톱과 발톱을 정리하지 못할 때가 많다. 이성을 만나러 가기 전에 미리 손톱과 발톱을 정리해 두도록 하자. 손톱 사이에 끼여 있는 때, 샌달 사이로 보이는 발톱 사이에 끼여 있는 때, 그것을 본 상대방은 일언지하로 "깬다 깨!"라고 할 것이다.

수염

만약 당신이 연예인이라면, 패션 감각이 뛰어난 사람이라면 수염을 길러도 된다. 그러나 그렇지 않은 경우엔 거의 다 면도할 장소나 시간이 없어 수염을 기른 노숙자 같아 보인다. 8명의 여자가 깔끔하게 면도한 남자를 선호한다면 2명의 여자는 남자의 수염 기른 모습을 섹시하다 생각한다. '8 : 2' 과연 당신의 선택은?

담배

더 이상 멋으로 담배를 피는 무식한 짓을 그만두길 바란다. 금연을 권한다. 스타일을 위해서, 당신을 위해서, 그리고 당신이 사랑하는 사람을 위해서(담배를 피는 사람일수록 자신의 심리 상태를 상대방에게 노출시킬 확률이 높다).

안경

첫만남 때는 안경보다는 콘텍트렌즈를 착용하고 가는 것이 좋다. 안경을 착용한다면 알과 테를 깔끔하게 닦고 다니도록 하자(멋으로 안경을 끼는 행위는 주위의 판단을 근거로 하여 피해 주길 바란다).

모자

그냥 햇빛을 가리기 위해 쓰는 것이 아니라면 의상 색과 디자인에 잘 맞추어 쓰도록 하자. 모자를 즐겨 쓰는 연예인들이 있다. 그들을 유의 깊게 관찰한다면 모자 코디에 많은 도움을 받게 될 것이다.

DP

옷을 맞춰 입을 줄 모른다면 의류 매장에 디스플레이된 옷들을 참고해 보도록 하자. 아래위 색상의 조화, 스타일의 조화 등을 잘 참고해서 자신도 다음에 옷을 입을 때 그런 식으로 맞추어 입어 보는 것이다. 그냥 마구잡이식으로 옷을 입는 것보단 더 멋진 스타일을 연출할 수 있다(패션 잡지를 참고할 때 역시 전체적인 코디를 유의 깊게 관찰하라).

액세서리

액세서리는 어디까지나 포인트다. 치장의 역할을 해 주는 것이 아니다. 액세서리를 주렁주렁 달고 다니지 마라. 액세서리를 이용해서 자신의 부를 과시하고 싶은 생각은 버리도록 하자. 액세서리는 심플하면서도 깔끔한 느낌을 심어주는 것으로 선택하는 것이 좋다.

패션리더(벤치마킹)

자신의 외모와 체형이 비슷한 연예인 한 명을 선정하여 따라 해 보는 것도 스타일을 발전시키는 하나의 좋은 전략이 된다. 자신만의 패션리더를 선정하여 벤치마킹해 보도록 하자. 모방은 창조의 어머니라는 말이 있다. 그렇게 따라 해 보면서 따라잡을 수도 있는 것이며, 자신만의 독창적인 스타일을 완성할 수 있게 되는 것이다.

더티 스타일

자다가 일어 난 머리, 엉거주춤한 옷 매음, 펑퍼짐한 스타일, 히피족 같은 분위기, 즉 이런 스타일을 연출하기 위해선 사람이 청결해야 한다. 거지 같은 사람이 거지 스타일을 하고 다니면 말 그대로 거지가 되어 버린다는 사실을 잊지 마라.

성형수술

쌍꺼풀 수술에 대한 사람들의 평가는 관대하다. 그러나 그 이상이 되면 당신의 단점이 되어 장점까지 지워 버리려 한다. "얼굴도 고친 주제에!" "코 봐라! 코! 인조 인간이네!"

미용실

이곳 저곳 좋다는 곳을 찾아다니는 것보다 한 곳을 정해서 단골이 되는 것이 유리하다. 헤어 디자이너와 친해져라. 갈 때마다 그 디자이너를 지목하라. 당신의 얼굴과 가장 잘 어울리는 헤어 스타일을 추천해 주게 될 것이다. 그리고 당신을 실험용으로 만들지는 않을 것이다(만약 헤어 디자이너가 헤어 스타일을 제안해 준다면 귀담아 들어라).

양말

양말은 포인트가 되지 못한다. 의상 색과 조화롭게 맞추는 것이 좋다. 자칫 양말을 포인트로 생각하고 의상과 매치되지 않은 색상을 선택하다 흔히 말하는 '스타일 꽝'이 되고 만다. 구두·바지·양말 색은 같은 톤으로 매치시키는 것이 좋다. 정장에 흰 양말? 샌달에 양말? 정신 차려라!!!

라인

복잡한 라인보다 심플한 라인이 더 세련되어 보이며 고급스러운 이미지를 심어준다.

사이즈

자신에게 맞는 의류 사이즈는 55사이즈다. 그런데 마음에 드는 디자인의 의류가 55사이즈가 없어서 66사이즈를 살 수밖에 없다면 주문을 하든지 사지 말든지 둘 중 하나를 선택하라.

스타일의 기본은 자신의 몸과 맞게 입는 것부터 시작한다. 하의라면 몰라도 상의라면 자신에게 꼭 맞는 사이즈의 의류를 구입하는 것이 좋다.

봄·여름·가을·겨울

봄엔 화사하게, 여름엔 시원하게, 가을엔 분위기 있게, 겨울엔 어두워 보이게 연출하는 것이 좋다.

매장 직원

옷가게 점원은 옷가게 제2의 얼굴이다. 그들이 입은 옷을 주의 깊게 관찰하라. 그들이 입고 있는 옷이 그 옷 가게에 있는 옷들 중 가장 예쁘고 시대적인 스타일이다.

버튼

정장의 경우 2버튼이 가장 유행을 타지 않으면서도 세련되어 보인다. 슬림해 보이고 싶은 여자라면 1버튼을 추천한다.

벨트

가죽 소재가 좋으며, 캐주얼엔 캐주얼용 벨트를 메고, 정장에는 정장용 벨트를 메는 것이 좋다. 특히 정장용 벨트라면 버클을 깨끗하게 관리할 필요가 있으며, 버클 색상은 골드보다 실버가 더 깔끔하고 세련되어 보인다(소대가리·말대가리·용대가리 벨트는 삼가).

화장

화장을 하지 않는 것이 청순할 것이라 생각하는 여자들이 많은데, 그냥 웬만하면 화장을 하도록 하자. 화장을 배울 수 있는 방법은 여러 가지다. 친구나 언니에게 조언을 구해도 되고, 인터넷이나 잡지 등을 활용해도 된다. 그러나 화장은 어디까지나 화장이어야 하며, 변장이 되어선 안 된다.

메이크업

얼굴색상은 자신의 얼굴색상과 비슷한 톤으로, 촉촉한 느낌을 심어줄 수 있는 것이 좋으며, 눈매는 섀도와 아이라이너 · 마스카라를 이용하여 또렷하고 선명하게 표현해 주는 것이 좋으며, 입술은 립글로즈를 섞어 발라 촉촉하게 연출해 주는 것이 좋다(남자는 건강하게 보이도록 연출하는 것이 좋다. 자신의 얼굴이 푸석거린다면 수분 크림을 잘 활용해 보도록 하자).

브래지어

브래지어는 실용적인 기능과 미적인 기능을 가지고 있다. 이 두 가지를 동시에 추구하라. 절벽인 가슴 때문에 상대방이 당신을 미리 포기하게 만드는 것보다, 뽕 브래지어에 속아서 좋아했다가 나중에 절벽 가슴을 인정하는 것이 더 성공적인 전략이다.

정장 색상

남녀 불문하고 블랙 · 그레이 · 네이비 색상이 가장 세련되어 보이면서 깔끔한 인상을 심어줄 수 있는 정장 색상이다.

어려보이는 브랜드

젊어보이고 싶은 마음에 지나치게 어려보이는 브랜드를 선택할 경우가 많다. 그러나 자칫 잘못하면 신뢰감이 떨어져 보일 수도 있다(어려보이는 것과 젊어보이는 것은 다르다).

반지

일단 동물 대가리 반지는 팔아 버리도록 하라. 군용 반지 역시 마찬가지다. 남자는 큐빅이 없는 심플하고 깔끔한 반지가 좋으며, 여자는 라인이 잘 빠진 심플하면서 고급스러운 디자인이 좋다(애인이 없다면 왼쪽 네 번째 손가락에 반지를 착용하지 마라).

가방

이왕이면 돈을 좀 들이더라도 가방은 좋은 것으로 하나 장만해 두도록 하자. 블랙·브라운 색상의 가죽 재질의 질 좋은 가방은 오래 쓸 뿐 아니라, 코디하기도 쉽고 편하다.

구두

구두의 여왕이 되어야 한다. 구두는 당신을 평가하는 명함과도 같은 것이다. 더러운 구두를 신고 다닌다면 지금 당장 구둣방에 맡기길 바란다. 당신의 얼굴처럼 광을 내어라. 굽이 닳아 있다면 굽을 교체하라. 비싸더라도 가죽으로 만들어진 구두를 사라. 통굽이나 잡다한 장신구가 달려 있는 구두는 피하라. 깔끔하고 심플한 구두가 가장 멋진 구두다.

피어싱

1~3개가 가장 적당하다. 피어싱은 얼굴의 포인트다. 얼굴의 전부가 되어선 안 된다.

그리고 눈·혀·볼에 구멍을 뚫는 것은 상대방 이성에게 혐오감을 줄 수 있다. 중독성이 있고 감염의 우려가 있으니 신중해서 뚫어주길 바란다(여자의 경우 배꼽·코까진 괜찮으나 귀를 벗어난 다른 부위의 과도한 피어싱은 오던 남자를 도망가게 할 수 있다).

문신

아직까지 대한민국에서는 그렇게 문신에 대하여 관대하지 못한 편이다.

시계

시계는 단순히 시간을 보기 위해 차는 것만이 아니라, 부를 측정하는 도구이며, 자신의 품격을 표현하는 명함과도 같은 것이다. 비싼 시계가 아니라도 메탈이나 가죽 끈으로 된 시계가 좋으며, 도금이 잘 벗겨지는, 장난감 같은 모양의 시계는 피하도록 하자. 시계는 그 사람의 품위를 말해 준다.

지갑

지갑이 항상 가방·호주머니 속에 잠자고 있을 것이란 생각은 버리는 게 좋다. 돈을 꺼낼 때마다 보여지는 것이 바로 지갑이기 때문이다. 돈을 좀더 주더라도 가죽 소재 지갑을 구입하는 것이 좋으며, 지갑에 들어 있는 잡다한 것들을 정리하고, 항상 지갑을 깨끗하게 유지하는 것이 좋다.

운동

멋진 스타일의 전제는 바로 규칙적인 운동이다. 장기적인 아름다움을 연출하고 싶다면 운동을 열심히 해라(무리한 운동은 삼가. 하루 30분 이상 규칙적인 운동을 해야 한다).

순간을 가릴 수 있는 아름다움은 그 유효 기한이 짧고, 언젠가는 드러나게 되는 아름다움이다.

운동화

제대로 된 운동화 한 켤레 정도는 가지고 있도록 하자. NIKE·ADIDAS·PUMA 등의 브랜드를 추천해 주고 싶다(캐주얼엔 운동화다. 구두가 아니다!).

다이어트

2kg이 쪘을 때 다이어트를 하는 것이 5kg이 될 때까지 먹고 다이어트를 하는 것보다 부담이 적으며 쉽다. 매주 자신의 몸무게를 체크하여 다이어트를 실시 하도록 하자. 물을 많이 마시고(하루 1리터 이상) 그 날 저녁 과식을 했다면 그 다음날이라도 소식을 하는 것이 좋다. 규칙적인 운동과 식이요법을 생활화하는 것이 바로 다이어트의 정석이다.

On Off

오프라인에서 옷을 입어보고 가격을 알아본 다음 온라인에서 싸게 옷을 구매하라. 이것은 알뜰한 쇼핑의 기본이다.

단골 가게

단골 가게 한 곳을 만들어 두는 것이 10군대의 좋은 옷가게를 알고 있는 것보다 더 경제적이며 효과적이다. 아무리 돈에 눈먼 가게 주인이라도 단골에게는 바가지를 씌우거나 어울리지도 않는 옷을 권하지 않는다. 신상품이 입고되었을 때 가장 빠르게 물건을 구매할 수도 있다(어떤 단골 가게를 선택하느냐에 따라 본인의 스타일이 좌우되기도 한다).

희귀성

이 매장, 저 매장 널려 있는 옷을 구입하기보다는 그나마 눈에 띄지 않고 예뻐보이는 옷을 구입하도록 하자. 발품만 잘 팔면 저렴하면서도 꽤 괜찮은 옷을 구입할 수가 있다.

청바지

청바지는 스타일을 연출할 수 있는 가장 기본적인 아이템이다. 3벌 이상 가지고 있는 것이 좋으며, 남자는 약간의 통이 있는 일자바지, 여자는 필수적으로 타이트한 청바지 1장 정도를 가지고 있는 것이 좋다(일종의 자극 효과를 누릴 수가 있다). 여름에는 연청, 겨울에는 진청을 입는 것이 좋으며, 접어 입는 것보다 단을 줄여 입는 것이 더 키가 커 보인다. 그리고 멋있는 청바지를 고르기 위해선 때에 따라 사람이 청바지에 맞추어야 할 필요가 있다(허리 사이즈는 크지만 바지 통이 맞을 경우 등).

치마

치마의 길이는 너무 짧을 필요는 없다. 항상 바지만 입지 말고 한 번쯤 치마를 입은 모습을 보여 주는 것이 좋으며, 치마를 상의와 잘 코디해서 입는다면 여러 가지의 이미지를 연출할 수 있을 것이다(캐주얼 치마와 귀여운 티셔츠, 정장 치마와 니트, 치마와 구두, 치마와 운동화 등).

명품

한때 명품 열풍으로 명품족이 되기 위해서 일을 두 탕 세 탕 뛰는 사람들이 넘쳐났을 정도로 명품에 대한 관심이 높은 우리나라다. 명품을 구입할 땐 오래 쓸 수 있는 지갑·가방·구두와 같은 것이 좋으며, 명품을 착용한다고 해서 자신이 꼭 명품이라도 되는 사람처럼 행동해선 안 된다(어설픈 명품 이미테이션이 오히려 사람의 품격을 떨어트리기도 한다).

인터넷 구매

인터넷으로 구매를 할 경우엔 그 물건에 대한 상품 평, 재질, 유통 경로, 어떤 옷과 함께 코디하면 예쁠까? 등을 잘 고려한 다음 구매하도록 하자. 단순히 사진에 보여진 이미지에 혹해서 물건을 구입했다가 후회를 하게 되는 경우가 많다(물건의 만족도보다 스트레스 지수가 더 높아질 수가 있다).

향수

후각으로 기억된 기억은 오래 남는다. 향수는 당신을 기억하게 만드는 유용한 설득 도구가 되어 줄 것이다. 향수를 사용할 때엔 웃옷, 스커트의 단 처리된 부분의 안쪽에 뿌리도록 하자. 냄새가 아래에서 위로 올라오게 되어 은은하게 풍겨지는 느낌을 준다(추천 향수 — 남자 : 크리스천 디올 화렌 화이트, 불가리 블루, 여자 : 다비도프 쿨 워터, 돌체엔가바나).

화사한 색상

너무 무채색 계열의 옷만을 입을 필요는 없다. 때에 따라서는 화사한 색깔의 옷으로 새로운 기분과 느낌을 심어줄 필요가 있다.

피부 관리

환경에 따라, 나이에 따라 피부가 수척해지기도 하고, 건조해지기도 한다. 적절한 영양과 수분을 공급해 줄 필요가 있다. 자신의 피부 상태를 파악하고 적절한 관리를 해야 한다(특히 담배는 피부를 수척하고, 푸석하게 만든다. 피부 관리의 전제는 금연이다).

피팅

어떤 옷이든 옷을 꼭 입어 보고 난 이후에 구입하길 바란다. 그

것은 눈으로 보는 것과 입어 보는 것과의 차이점은 확연히 드러나기 때문이다.

망가짐

절대 자신을 자포자기하지 마라. 한번 망가지기 시작하면 끝이 없다. 다시 장동건이나 전지현처럼 태어날 수 없다면 지금 모습에서 최선을 다 하라.

30분 법칙

30분만 일찍 일어나서 자신의 모습을 가다듬어 보도록 하자. 출근 전, 등교 전... 그 30분이 당신을 빛나게 만들어 줄 것이다.

평가전

연애에 있어서 평가전은 없다. 준비 기간과 실전만이 있을 뿐이다. 평상시에 노력하라. 평가전은 없다. 연애는 축구가 아니다.

스타일 용기

스타일을 위해 노력해 보지만 사실 처음에는 누구나 어설프다. 그러나 용기를 내자! 이것도 저것도 해 보는 가운데 비로소 당신만의 멋진 스타일이 완성되는 것이다.

한 번만 '이런 스타일이 네게 어울리는 구나!' 라고 느끼게 된다면... 그렇게 감을 찾아가게 된다면 스타일 향상은 시간 문제다! (노력과 시간이 그 감을 찾을 수 있도록 만들어 준다)

스타일 꽝

남 : 너도 저렇게 한번 입어봐!

여 : 남들 다 입고 다니는 건 싫어! 유행 탄단 말이야!

남 : ……(헐... 차라리 유행을 타라! 유행을! 지금 보단 낫다...)

스타일에 전혀 관심이 없거나 스타일이 '꽝'이라면 자신에게 맞는 스타일을 찾기 전에 유행부터 따라 해 보는 것이 좋다. 스타일 꽝이면서 남들 하고 다니는 건 싫다고? 차라리 남들 하는 만큼이라도 하면 남들보다 뒤처지지는 않는다.

유행과 개성 둘 중 선택하라면 개성이다.

그러나 그 개성이 유행보다 못 한 개성이라면

유행을 따를 필요성이 있다.

콤플렉스(9 : 1의 법칙)

'9 : 1의 법칙'. 당신은 혹시 당신의 콤플렉스 1 때문에 당신이 가진 매력 9를 잃어버리는 것은 아닌가? 그 1 속에 9를 가두어 두고 있는 것은 아닌가?

만약 당신의 입이 돌출된 입이라고 하자. 당신은 콤플렉스를 감추기 위해 항상 입을 가리고 다니게 된다. 그러면 그럴수록 상대방은 보다 빨리 당신의 콤플렉스를 눈치채게 된다. 그리고 당신은 콤플렉스와 더불어 점점 더 소심한 사람이 되어 간다.

당신은 9의 매력을 지닌 누구누구지 돌출된 입을 가진 누구누구가 아니란 사실을 깨닫고 있어야 한다. 콤플렉스를 감추기 위한 노력보다 콤플렉스를 다른 장점으로 대신할 수 있도록 노력하자. 콤플렉스는 숨기는 것이 아니라 극복하는 것이다.

더 이상 1이란 부분 속에 당신의 전부를 속박시키지 마라. 9의 매력을 가지고 있기 때문에 1은 그냥 무시할 수 있는 그런 대상이 되어야 한다. 1 때문에 연애의 자신감을 상실하고 1 때문에 9를 묻어 버려야 하는 어리석은 희생자가 되지 말자. 세상에 콤플렉스 없는 사람은 없다. 단지 보이지 않을 뿐이다.

콤플렉스... 그것은 당신의 장점까지 갉아먹는 암적인 존재다.
극복하라. 스스로의 힘으로 치유할 수 있는 백신을 만들어라.

스타일 발전소

스타일 발전소. 그 곳은 바로 다름아닌 의류 매장이다.

그렇다면 의류 매장에서 효과적으로 옷을 구입할 수 있는 테크닉을 한번 배워 보도록 하자.

의류 매장에 들어가서 먼저 확인해야 할 것은 세일 품목과 신상품이다. 세일 품목(이월 상품)은 잘 팔리지 않았거나, 이미 유행이 지났거나 하는 물건이 대부분이다(간혹 좋은 물건이 있을 수는 있으나 드물다). 다음으로 확인해야 할 것은 매장 직원이 입은 옷과 DP되어 있는 옷이다. 물론 유니폼을 입은 경우야 제외겠지만 대부분 본인 스스로 가장 멋지고 잘 팔릴 것이라 예상했던 매장의 옷을 입는 경우가 많다. DP된 옷도 마찬가지다. 그 다음, 자신의 목적에 따라 마음에 드는 옷을 한번 두루두루 살펴본다. 매장 직원의 조언도 중요하겠지만, 일단은 자신의 느낌이나 감각을 믿고 있어라.

그리고 옷을 고를 때는 여유롭게, 미안하지 않게 그렇게 골라라. 당신은 손님이다. 손님은 왕이다(직원이 보고 있다고, 또는 옷을 사지 않아서 미안하다는 생각은 버려라. 대부분 남자들은 미안해서 그냥 마음에 들지 않는 옷을 사는 경우도 있고, 직원이 권해 주는 옷이라면 마다하지 않고 사는 경우도 많다. 그리고 가게에 들어가자말자 음료수나 선물을 주는 직원들도 있는데, 그것을 받았다고 해서 미안해서 옷을 살 필요는 없다).

옷을 선택했다면 전신 거울을 이용하여 자신이 고른 옷을 한번 대보아라(입어보는 것도 좋다).

그 다음은 색상과 스타일을 고려해서 어떤 옷에 받쳐 입을지를 생각해 보아라. 무조건 사고 나서 받쳐 입는다는 생각을 버리고, 맞춰 입는다고 생각하고 옷을 사라(옷을 잘 못 입는 이유가 바로 이 이유 때문이다. 코디는 맞추어 산 옷으로 하는 것이 효과적이며, 초보자가 마구잡이식으로 산 옷을 가지고 코디하기란 힘들다 — 잘 모르면서 맞춰서 살 때는 "이 옷이랑 받쳐 입을 옷 좀 골라주세요"라고 하면 된다).

그리고 브랜드라고 해서 무조건 좋은 옷은 아니니 너무 브랜드에 연연하지는 마라.

그 다음 사이즈를 잘 살펴 보자.

바지는 꼭 입어보고 사고, 상의는 스타일·디자인에 따라 피트하게 혹은 넉넉하게 입을 수 있는 것을 고르자. 가격을 할인받을 수 있는 곳이라면 할인받아라. 이런 말도 용기가 없으면 하지 못

하나 자주 하다 보면 넉살이 되고, 저렴하게 옷을 구입할 수 있는 노하우로 축적된다.

그 가게에 마음에 드는 옷이 없다면, 아무리 옷을 입어보고 골라 보았던 곳이라 해도 과감하게 발걸음을 돌려라. 미안해서 사고, 입지 않는 옷을 사는 행동은(한국 남자들이 가장 빈번하게 저지르는 실수) 할 필요가 없다.

매장에선 마음에 들었지만 집에 와서 입어보니 마음에 들지 않을 때가 있다. 가격표나 텍은 입어보고 마음에 드는지 안 드는지 확인하고 떼도록 하자. 특히 향수 같은 것은 절대 뿌리지 마라. 교환이 안 될 위험이 있다.

마음에 안 든다면 구입한 옷가게로 가서 다른 디자인으로 바꾸어라. 그건 창피하거나 까다로운 행동이 아니다. 옷을 산 당신이 누려야 할 당연한 권리라는 사실을 잊지 마라. 백화점에서 옷을 샀다면 영수증을 꼭 챙겨라.

영수증만 있다면 환불도 가능하고 교환도 가능하다. 보세 옷가게(특히 '지하 상가')에선 환불을 잘 해 주지 않는다. 마음에 드는 옷의 사이즈가 없다면 주문하라. 조금 더 기다리기 싫어서 다른 것을 살 필요는 없다.

마지막으로 지금 당장 옷장을 열고 확인해 보아라. 그 동안 마음에 들지 않음에도 불구하고 그냥 사서 처박아 둔 옷이 얼마나 많은지 말이다.

알았다면 이제부턴 정말 잘 입을 수 있는 옷을 사서 경제적으로나 실용적으로나 스타일적으로나 자신을 충족시킬 수 있는 옷을 구입하도록 하자.

참고 : 옷을 사러 갈 때는 옷 잘 입는 친구와 함께 가는 것

이 좋다. 의견을 교환할 수도 있고, 보다 더 객관적이고 감각적인 시각으로 옷을 구입하게 된다.

옷을 살 때부터 어긋나기 때문에 옷을 잘 못 입게 되며,
스타일이 완성되지 못하는 것이다.

쇼핑 방해물

매장 직원이 말한다.

1. 이거 어디어디서 김남주가 입고 나왔던 거예요 → 알아보면 비슷한 색깔의 옷이거나 비슷한 종류의 스타일일 뿐이다.

2. 없어서 못 파는 물건입니다 → 살펴보면 널려 있는 물건이다.

3. 이거 백화점에 가시면 똑같은 디자인이 있는데, 가격이 거의 50만 원이 넘어요 → copy 의류가 있을 수는 있으나 질에서 확연한 차이가 드러난다.

4. 너무 잘 어울립니다 → 그럼 어울리지 않는다고 말을 할까?

5. 이 원단이 명품 구치랑 똑같은 원단입니다. 사장님이 이탈리아에 가서 거의 주워오다시피 한 것이죠 → 이탈리아에 가보지 않은 이상 확인 불가.

6. 쉿, 조용! 다른 손님이 들을지도 몰라요. 손님만 특별히 2만 원 할인해 드리죠 → 남지 않는 장사는 없다. 할인해 주는 만큼 원가가 싸다고 보면 된다.

7. 사이즈가 맞는 것 같은데... 그것보다 더 작으면 이상해요 → 보유 사이즈가 없기 때문에 그렇게 말할 확률이 높다. 가장 조심해야 할 부분이다.

8. 지금 이거 하나밖에 없어요. 어제 물건 들어왔는데 벌써 다 팔렸어요 → 매장에만 하나밖에 없지 창고에 들어가 보면 많다.

9. 이 바지랑 이 옷이랑 입으면 정말 죽이죠! 바지도 하나 사세요 → 덤으로 하나 더 팔기 위한 전략.

10. 일본 사람들도 이 청바지 사려고 국내에 들어온다고 합니다. 지금 서울에서는 없어서 못 파는 물건이죠. 아주 난리랍니다 → 국내에 들어올 돈으로 일본에서 청바지 한 벌 더 사겠다.

이런 말에 '혹' 해서 자신과 전혀 어울리지도 않는 옷을 구입할 필요는 없다.
충동 구매, 감언 이설, 미안해서 사는 행위... 이 셋은 쇼핑의 방해물이다(판매자에게는 위의 방법이 판매 전략이 될 것이다 — 이렇듯 연애 교과서 2의 활용도를 높여라).

이런 말에 속아 샀던 옷장 속에 잠들어 있는 옷들이 얼마나 많은가?

이미지 변신술

무서운 이미지를 가지고 있는 사람이라면 상대방에게 귀여운 선물을 해 줌으로 인하여 한결 그 무서운 이미지가 귀엽게 정화될 수도 있다.

도도한 이미지를 가지고 있는 사람이라면 상대방에게 자주 웃음을 보여줌으로 인하여 한결 그 도도한 이미지가 밝게 정화될 수도 있다.

딱딱한 이미지를 가지고 있는 사람이라면 활발한 스타일을 통하여 한결 그 딱딱한 이미지가 활발하게 정화될 수도 있다(정장 → 캐주얼).

멍청한 이미지를 가지고 있는 사람이라면 상대방에게 지적인 결과(토익 900, 자격증 — 운전 면허증으로 자랑하긴 좀 그렇다, 고시 패스, 외국어 능력 등)를 보여줌으로 인하여 한결 그 멍청한 이미지가 똑똑하게 정화될 수도 있다.

날카로운 이미지를 가지고 있는 사람이라면 상대방에게 자상하고 배려 있는 모습을 보여 줌으로 인하여 한결 그 날카로운 이미지가 정화될 수도 있다.

이렇듯 나쁜 이미지를 수습하고 정화시킬 수 있는 대안을 찾는 것이 막연히 나쁜 이미지를 숨기려 노력하는 것보다 더욱 효과적이며 발 빠른 전략이 된다.

단점을 숨기기보다 다른 장점으로
그 단점을 뛰어넘어 버리도록 하자.
그리고 이미지와 스타일은 원래부터 주어지는 것이 아니라 만들어 가는 것이다.

자기 계발 계획표

"가진 것 안에서 최선을 추구하다 보면 가지지 못한 다른 것까지 가지게 된다."

이것이 바로 창조적인 인간의 자세다. 당신은 당신으로 계발되며, 더 나은 연애와 미래를 개척해 나갈 수가 있는 것이다. 자기 계발에 필요한 계획표를 한번 만들어 보도록 하자! 그렇다면 지금부터 '응삼이'가 '장동건'이 되는 그런 비현실적인 계획표가 아닌, 조금씩 실천하고 지킬 수 있는 그런 실용적인 계획표를 하나 만들어 주도록 하겠다.

1. 선천적인 단점을 뛰어넘을 수 있는 후천적인 장점을 계발하라. 얼굴이 못생겼다면 헤어스타일 변화, 피부 관리, 스타일 계발 등을 통하여 선천적인 단점을 후천적으로 계발할 수 있는 장점으로 극복해 나가도록 하자(선천적인 단점을 숨기는 것이 아니라 후천적인 장점으로 그 단점을 덮는다).

2. 하루에 한 시간, 일주일에 하루를 자신을 위해 투자하도록 하자. 규칙적인 운동, 독서, 영화 감상, 인터넷 정보 검색, 금연, 쇼핑, 동호회, 취미 활동과 같은 자신에게 도움이 되고 계발이 되는 활동에 지속적인 시간을 투자하도록 하자.

시간 낭비라고? 지루하게 보낸 그 시간이 바로 진정한 시간 낭비며, 투자와 낭비는 다른 차원의 개념이다.

 3. 변화된 자신의 모습을 친한 사람들에게 알려보자. 변화의 속
도는 누군가 인정해 주고 알아주었을 때 가속도가 붙는다(당신의
변화를 비판하더라도 무시하라. 질투심 때문일 테니...).

 4. 노트를 하나 만들어 자신을 한번 분석해 보도록 하자. 자신
을 미워하고 있다면 그 이유는? 현재 자신에게 가장 부족한 점
은? 자신의 꿈은? 목표는? 콤플렉스는? 나쁜 습관은? 현재 보유
하고 있는 옷은? 가장 잘 어울리는 색상은? 상대방에게 차인 이
유는? 연애가 어려웠던 이유는? 자신의 매력은? 가장 즐겨 입는
옷은? 가장 잘 어울리는 헤어 스타일은? 이와 같은 분석을 통하
여 좀더 솔직하게 자신과 진솔한 대화를 나눌 수 있게 되며, 자신
을 계발할 수 있는 보다 구체적인 계획을 짤 수가 있는 것이다.

 5. 부딪침 없는 계발만을 추구하려 하지 마라. 돈이 많아 좋은
옷을 사는 것도 일종의 자기 계발이나, 돈이 떨어지게 되면 그 계
발은 다시 원점으로 돌아가게 된다.
 용기를 가지고 두려움 숨기고 누군가에게 한 번 다가가보는 그
런 계발, 못 쓰는 글씨로 편지를 써보는 그런 계발, 열심히 운동
을 해서 3kg을 감량하는 그런 계발들이 바로 진정한 의미의 자
기 계발이다. 탐구 생활 과제로 만들었던 3시 — 공부, 4시 — 간
식, 5시 — 운동 등과 같은 형식적인 계획표가 아닌, 꼭 멋지게
변하리란 그 독한 마음으로 지킬 수 있는 계획표를 만들어 주길
바란다.

어차피 한 번뿐인 인생, 폼나게 한번 살아봐야 하지 않겠는가?
자기 계발의 가장 큰 원동력은 바로 자기 자신을 사랑하는 그
마음이다.

자신조차 어떻게 할 수 없는 우리가 타인을 어떻게 할 수 있겠는가?

어떤 사람?

당신이 어떤 공간에 있든 당신은 이 3가지 분류 중 하나로 평가
되어진다.

1. 있는지 없는지 모르는 사람
2. 참 괜찮은 사람
3. 재수 없는 사람.

당신은 이 3가지 분류 중에 어떤 분류에 속해 있다고 생각하는
가? 기본적인 일을 열심히 함으로 인해 재수 없는 사람의 분류에
서 탈피하게 되고, 긍정적 이미지(깔끔한 외모, 스타일의 다양성, 상
대방을 도와주고 이해해 주는 배려심, 힘들지만 웃는 얼굴, 유머, 제3자
에 대한 비난이 아닌 칭찬)를 만들어 감으로 인해 참 괜찮은 사람이
되어 가는 것이다.

참고 : 누군가가 당신을 유심히 살펴보지 않는다고 해서 서
운해 하지 마라. 단지 티를 안 낼 뿐이다. 당신이 어

떻든 간에 당신을 관찰하고 친구들과 함께 판단을 내리고 있다.

지금 자신이 속해 있는 공간에서조차
있는지 없는지도 모르는 사람이라면
누군가와 1 : 1로 만난다고 해서 끌리는 사람이 될 수는 없다.

내가 그린 원 안에서

자신을 자신의 틀 속에 가두어 두지 마라. 자신이 가진 것이 한정적이라 생각하지 마라.

착하기 때문에 항상 착할 필요는 없으며, 나쁘다고 해서 항상 나쁠 필요는 없는 것이다.

한 가지의 고정된 이미지가 바로 당신이며, 항상 그 이미지로 일관할 필요는 없는 것이다. 자신이 하고 싶은 일을 하고, 자신이 할 수 있다고 믿는 일에 노력을 기울이는 사람, 그런 사람이 되어주길 바란다.

사람은 누구나 여러 가지의 매력을 타고난다. 그러나 살면서 자신이 가장 편하고 인정하기 쉬운, 남들의 평가가 긍정적인 부분만을 자신의 이미지로 부각시키려 한다. "혹시 상대방이 싫어하면 어떻게 하지?" "난 원래 착한 사람이니깐... 내가 참아야지..." 그것이 진정 상대방을 위한 배려라면 상관없으나, 그러한 행동이나 이미지가 당신에게 고통을 안겨주는 것이라면 그 모습은 당신이 진정으로 원했던 모습이 아니다.

302

자신에게 솔직해질 때 정말 당신다운 매력을 찾을 수 있으며, 상대방 역시 예상할 수 없었던 당신의 매력에 빠져들게 되는 것이다. 당신이 항상 당신다울 필요는 없다. 시간과 함께 그 이전보다 나은 사람이 되어야 하며, 보면 볼수록 매력 있는 사람, 그래서 당신이 아닌 다른 누군가를 찾을 필요가 없는 그런 사람이 되어야 한다.

그렇게 되기 위해서는 수많은 노력이 필요하고, 항상 마음을 열어두고 자신을 질책할 줄 알아야 할 것이다. "나는 안 돼!"라고 생각하기 이전에 "이런 방법으로 나의 단점을 고쳐 나가야지!"라 결심해 보도록 하자.

당신은 단지 방법을 모르고 있었을 뿐이다. 당신은 영원한 구제 불능이 아니다. 그 구제 불능이었던 모습만 벗어던지면 되는 것이다.

스타일은 만들어 나가는 것이며, 변화할 수 있는 것이어야 한다.
당신이기 때문에 고정된 영원히 변하지 않는
스타일을 소유한 사람은 매력 없는 사람일 뿐이다.

Cool한 솔로 스타일

1. 혼자 있는 시간을 즐기자. 혼자 있는 시간을 여유롭게 즐길 줄 아는 사람이 되자. 책을 읽고, 운동을 하고, 음악을 듣고, 쇼핑을 하고 문화 생활을 영위하며, 자신만의 즐거움을 만들 줄 아는 사람이야 말로 Cool한 솔로다.

2. 새로운 목표를 세우자. 연애 때문에 잃어버렸던 시간들을 다시 되찾도록 하자. 그 동안 미루어왔던 꿈을 향해 도전하자. 새로운 목표와 계획을 세우고 무언가를 이루기 위한 노력에 힘을 기울이자. 비록 애인의 달콤한 키스는 받지 못할지라도 당신이 이룬 그 성취감은 그 이상의 효과를 나타나게 해 줄 것이다.

3. 화끈한 변신을 하자. 헤어스타일 변신, 스타일 변신, 다이어트 등을 통하여 자신의 외모를 한 단계 더 업그레이드 시켜보도록 하자. 새 마음, 새 기분으로 더 멋진 사랑을 꿈꾸어 보도록 하자.

4. 함부로 사귀지 않는 사람이 되자. 당신은 가치 있는 사람이다. 아무하고나 사귈 수는 없는 법. 자신의 가치를 인정하고 보다 진취적인 자세로 연애에 임하자. 지금 잠시 외롭다고 아무나 사귀는 오류를 범하지 마라. 당신은 그냥 솔로가 아니다. Cool한 솔로다! 못 사귀어서 안 사귀는 사람이 되지 말고, 사귈 수 있음에 안 사귀는 사람이 되어라. 이제 더 이상 섣부른 선택으로 상처를 받는 사람이 되지 마라. 당신은 누구보다 아름다운 사람이다.

5. 타인의 연애를 부러워하지 마라. 타인의 애정 행각, 연애를 하면서 누릴 수 있는 기쁨만을 보고 부러워하지 마라. 그들도 그들 나름대로의 슬픔과 아픔이 있다. 항상 연애가 즐거울 수만은 없듯이 말이다. 현실에 만족하고 현재 주어진 상황에서 최선을 다 하라. 그 즐거움을 맛볼 줄 아는 사람이 되어라. 당신은 사랑받아 마땅한, 그리고 너무나 멋진 Cool한 솔로일 테니 말이다.

이 5가지를 지켜나갈 때 새로운 이성이 그런 당신의 매력에 빠져 당신을 커플로 만들어 줄 것이다.

항상 혼자 있는 시간이 무료하다면,
그 사람은 절대 Cool한 솔로가 될 수 없다.

송창민의 러브 어록

타고난 스타일이란 없다. 단지 그런 스타일을 만들어 나갈 뿐이다.

한 가지 스타일만을 고집하는 사람의 매력 기한은 지극히 찰나다.

이미 태어난 몸이다. 가진 것 안에서 최선을 다하다 가지지 못한 다른 것을 가지도록 하라.

작은 네 안에서...큰 너를 깨워라...잠시 잠자고 있었던 거대한 너를...
멋진 스타일을 가진 사람 모두가 부자가 아니라는 사실을 망각하지 마라.

VII

연애
응용 기술

Skill of adaptation for Love

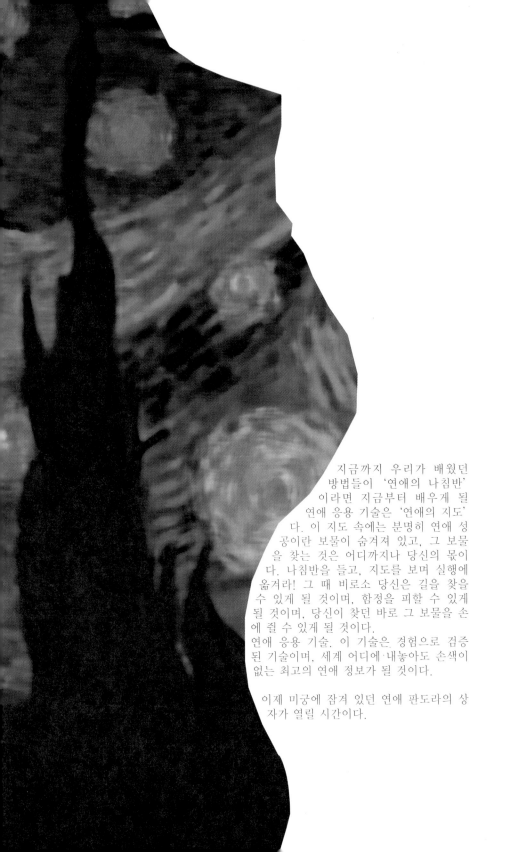

지금까지 우리가 배웠던
방법들이 '연애의 나침반'
이라면 지금부터 배우게 될
연애 응용 기술은 '연애의 지도'
다. 이 지도 속에는 분명히 연애 성
공이란 보물이 숨겨져 있고, 그 보물
을 찾는 것은 어디까지나 당신의 몫이
다. 나침반을 들고, 지도를 보며 실행에
옮겨라! 그 때 비로소 당신은 길을 찾을
수 있게 될 것이며, 함정을 피할 수 있게
될 것이며, 당신이 찾던 바로 그 보물을 손
에 쥘 수 있게 될 것이다.
연애 응용 기술. 이 기술은 경험으로 검증
된 기술이며, 세계 어디에·내놓아도 손색이
없는 최고의 연애 정보가 될 것이다.

이제 미궁에 잠겨 있던 연애 판도라의 상
자가 열릴 시간이다.

남자와 여자를 선택할 때

남자를 선택할 때

여자는 어긋난 남자의 선택으로 인생을 망쳐 버릴 수도 있다. 세상 그 어떤 선택보다 신중해야 하는 것이 바로 남자의 선택이다. 먼저 당신이 결혼하지 않았다면 당신은 보다 광범위한 선택을 할 수 있는 입장에 놓여 있다고 보면 된다. 결혼 후의 선택은 이혼이 아니면 끝없는 인내 둘 중 하나의 선택이기 때문이다.

보통 여자들이 남자를 선택할 때 기준을 두는 것이 능력과 조건이다. 그 다음 성격이나 외모를 맞추어가는 경우가 대부분이다. 사랑하는 감정이 우선이지만 현실은 사랑보단 돈을 쫓아가게 되어 있고, 보다 행복한 미래(행복의 척도가 돈이 아님에도 불구하고 현실은 그렇다)를 누리기 위해서 자신이 많은 것을 양보하고 맞추어가기 위한 노력을 하게 된다.

그러나 인내에도 한계점이 존재하고, 남자의 변심으로 인해 자신이 가진 많은 것을 잃어버릴 수도 있다는 사실을 잊지 말아야 한다. 능력과 조건보다는 현재 사랑하는 마음을 선택 기준 제1로 두고, 그 다음 남자의 비전을 제2로 두도록 하자. 외모와 스타일은 차차 당신이 꾸며주면 되는 것이다.

누군가의 도움으로 돈이 많은 사람보다는 자신의 능력으로 돈을 벌어 나갈 수 있는 남자가 좋다. 독단적이고 고집이 센 남자보다는 자상하고 배려 있는 남자("그래? 친구들과 함께 있다고… 그럼 조심해서 놀다 들어와!" 만약 그가, "친구는 무슨 친구야! 당장 집에 들어가!"라고 한다면 당신은 보다 많은 자유를 침범당하게 된다)를 선택하는 것이 좋다.

무뚝뚝하고 신중한 남자가 애교 많고 거짓말 잘 하는 남자보다 나으며, 여자에 대한 자신감보다 자신의 미래에 대한 자신감이 충만한 남자가 좋다. 어른을 공경할 줄 아는 남자는 당신 가족을 공경할 줄 아는 남자이며, 당신의 실수를 묵묵히 덮어주는 남자는 보다 더 당신을 이해할 줄 아는 남자다.

열심히 운동을 하는 남자는 그렇지 못한 남자보다 정신적으로 건강하며, 사소한 것을 지나치지 않고 챙겨 줄 수 있는 남자는 당신의 사소한 마음까지 받아들일 줄 아는 남자다. 목적(섹스 · 돈)을 달성하기 위해 강요하고 다그치는 남자보다 참을 줄 알고 기다릴 줄 아는 남자가 좋으며, 사랑한다는 이유로 여자가 가진 것을 쉽게 소유하려 하는 남자를 조심해야 한다.

연애 경험이 전혀 없는 남자는 순진할 순 있으나 보이지 않는 많은 문제점들을 가지고 있는 경우가 많고, 1년 이상 연애를 유지할 수 있었던 남자가 1개월 이상 연애를 유지할 수 없었던 남자(연애 경험이 부족한 남자일수록 교제 기간이 길면 많은 피해를 보게 된다)보다 여자와 연애에 대해서 더 잘 아는 남자다.

연애 상대의 선택은 어디까지나 진심이 전제되어 있는 사랑의 선택이어야 하며, 구매와 쇼핑과 같은 실리에 중점을 둔 선택이 되어선 안 될 것이다. 왜냐 하면 결국 당신을 지키는 것은 실리가 아닌 남자의 사랑이기 때문이다.

여자를 선택할 때

남자들은 여자를 선택할 때 엔조이(성적인 즐거움, 쾌락을 누리기 위해 여자를 만나는 행위) 상대냐, 연애의 대상이냐를 판단하고 여자를 선택하는 경우가 많다. 결혼하기 전엔 여자의 조건과 능력보다는 외모와 몸매를 쫓아가게 되어 있고, 쉽게 여자와 성적인 쾌락을 누릴 수 있는 남자일수록 엔조이를 위한 연애를 많이 하게 된다.

그러나 엔조이와 연애는 차원이 다른 개념이다. 특별한 연애의 대상을 선택하기 위해선 어느 누군가와 1년 이상 연애의 경험을 쌓아둘 필요성이 있으며, 외모가 줄 수 있는 마음의 만족도가 생각보다 크지 않다는 사실을 알고 있어야 한다.

여자를 선택함에 있어서 외모도 중요하다. 그러나 외모는 어디까지 선택 기준의 50%를 넘어서는 안 된다(어느 날 침대에 누워 있는 그녀의 모습이 아름답게 보일 때란 외모 때문이 아닌 사랑하는 마음 때문이다. 외모만을 봤더라면 '어떻게 저런 여자랑 평생 살지'라는 생각을 하게 된다). 입이 싸고 생각이 비어 있으며, 미래에 대한 관념이 없는(능력 없이 카드를 쓴다, 명품을 산다, 놀면서도 차를 굴린다, 허세에 눈이 멀어 있다) 여자보단 재미없더라도 입이 무겁고 내실이 다져진, 그래서 믿을 수 있는 여자가 좋다.

타인과 자주 비교하고 가지지 못한 것을 불평하는 여자보다 인정하고 함께 충족시켜 나가기 위한 노력을 기울이고 자신감을 심어주는 여자가 좋으며, 모든 남자들에게 잘 보이기 위해 노력하는 여자보다는 당신에게 잘 보이기 위해 노력하는 여자가 좋다.

자신을 꾸미는 일에 손을 놓아 버린, 그래서 귀찮아하는 것이 많은 미련한 곰탱이보다는 자신을 꾸밀 줄 알고, 활동적인 여우 같은 여자가 차라리 더 낫다. 한 가지 잘못으로 쉽게 이별을 이야기하는 여자, 어른들을 우습게 보는 여자, 자기만의 기준을 가지고 상대방을 평가하는 그런 여자는 되도록 피하는 것이 상책이다. 그리고 지금 당장 즐거운 외모와 탄력적인 가슴과 엉덩이가 당신의 사랑을 언제까지나 충족시켜 주고, 사랑을 유지시켜 줄 전부가 될 수 없음을 잊어서는 안 된다.

당신에게 자신감을 심어주고, 사랑으로 보살펴 줄 수 있는 마음이 아름다워 외모가 아름답게 느껴지는 여자를 선택하라. 여자는 결국 어머니가 되며, 당신은 어머니와 같은 그녀의 품에 기대게 된다.

그래도 사랑한다면 선택하라... 그러나 책임을 회피하지는 마라.

고백을 해야 할 때

연애를 시작하기 위해선 먼저 고백의 관문을 통과해야 한다.

그러나 많은 사람들이 고백에 서툴며, 어떻게 고백을 해야 하는지조차 모르는 것이 현실이다. 고백은 감정의 표현이며, 자신과 사귈 명분을 제시하는 일종의 설득이며 제안이다. 당신이 사랑한다는 이유만으로 상대방이 당신과 사귀어 줄 것을 강요해서는 안 된다.

고백에 힘이 실리기 위해서는 고백 전에 좋은 이미지를 심어 둘 필요성이 있다. 그리고 고백 후엔 충분한 기다림의 시간을 가지고 상대방에게 생각(승낙)할 수 있는 여유를 줘야 한다. 당장 사 귀자는 말에 기다렸다는 듯이 "예!"라고 대답하는 사람은 드물다 (심지 이론 : 저마다 심지의 길이가 다를 수 있기 때문에 폭탄이 터지는 시간의 차가 존재한다).

자신의 마음을 고백할 땐 직접 고백(만나서 얼굴을 보고)하도록 하자. 큰 그림자는 작은 그림자를 삼키듯 자신보다 더 괜찮은 친구에게 고백을 부탁한다면 당신의 매력이 친구의 매력에 가려질 수가 있다. 고백하기 전에 '자신의 고백이 거절당하지 않을까?' 하는 두려움에 빠지는 사람들이 많다. 그러나 이러한 생각은 '이소룡과 타이슨이 붙으면 누가 이길까?'라고 상상하는 것과 다름 없는 생각이니, 자신감과 용기를 가지고 고백을 해 보는 것이 가장 확실한 해답을 구할 수 있는 지름길이다. 그렇다고 해서 무작정 고백부터 하고 보잔 식의 행동은 피해야 한다. 자신이 고백할 대상을 잘 관찰한 다음 신중하게 결정을 내리고, 자신의 마음이 진심이란 확신이 섰을 때 그 때 과감하게 고백하도록 하자.

자칫 잘못하면 당신의 고백이 상대방의 놀림거리가 될 수도 있다("뚱뚱하고 못생긴 주제에... 내가 그렇게 만만하게 보였나...""저 남자가 내게 고백했어! 웃기지도 않아... 주제 파악도 못하나 보지..." 진심이 코미디로 전락하기란 순식간이며, 당신의 마음을 받아들이기도 전에 무시하는 사람들이 많다는 사실을 잊지 마라). 상대방이 당신을 알고 있다는 전제하에서는 문자·메일·편지 등을 이용하여 고백하는 것도 좋은 방법이다. 그러나 상대방이 당신이 전혀 누군지 모를 경우엔 직접 만나서 고백하는 것이 좋다(간접적 고백은 직접적 고백 다음에 이루어져야 한다).

고백을 할 때는 자신의 매력을 숨김없이 다 보여줄 필요성이 있다(매력을 다 보여주되 마음을 다 보여주어선 안 된다 — '사랑합니다'보다는 '관심이 있습니다'부터 시작하자). 자신이 보여 줄 수 있는 가장 아름다운 모습과 아름다운 표현으로 상대방의 마음을 설득시켜 보도록 하자. 그리고 평상시 자신의 마음을 내보이지 않다가 갑자기 의외적인 고백을 했을 경우, 그 의외성의 힘으로 인하여 고백의 성공 확률이 높아질 수도 있다(고백할 것처럼 보였던 사람이 고백했을 때와 전혀 고백하지 않을 것처럼 보였던 사람이 고백했을 때와의 느낌은 사뭇 다르다). 고백은 어디까지나 자신의 마음을 상대방에게 알리게 되는 마음의 표현일 뿐이다. 다음 만남의 기회를 얻게 되는 과정일 뿐임으로 고백에 거절당했다고 해서 바로 포기하거나, 상대방을 비난할 필요는 없다. 거절당하더라도 다시 도전해 보는 용기가 필요하며, 그렇게 도전하는 가운데 상대방의 마음도 서서히 당신에게 길들여져 가게 되는 것이다.

진실한 마음과 참을성 있는 태도는 상대방을 길들이게 만든다.
그렇게 서서히 길들여져 가게 되고,
당신은 그 고백에 대한 책임을 져야 하는 것이다.

연상과 연애할 때

점점 연상 연하 커플이 많아지고 있는 추세다. 여기서 말하는 연상 연하의 연애는 그러니깐 누나와 동생과의 연애를 뜻한다(오빠와 동생과의 연애는 이미 일반화되어 있다).
만약 당신이 좋아하는 사람이 나이가 많은 연상일 경우 당신은 어떻게 해야 할까?

그렇다면 지금부터 차근차근 연상을 유혹할 수 있는 전략에 대해 알아보도록 하자.

1. 먼저 누나를 누나로 부르지 않는 것부터 시작하자.

말이 씨가 된다는 말이 있다. 자꾸 "누나! 누나!" 할수록 당신과 그녀 사이엔 알 수 없는 벽이 존재하게 되고, 정말 그렇게 되어 간다는 것이다. 본인 스스로 자신을 동생처럼 느껴지게 만들 필요는 없다. 존대말을 사용하되 상대방을 부를 때 누나라고 부르지는 마라. 어차피 그녀는 누나가 아닌 한 여자이지 않았던 가?(조금 건방지더라도 양해를 구하고 상대방의 이름을 부르는 것이 더 나은 전략이 된다)

2. 나이로 극복할 수 없는 부분을 다른 부분을 통하여 극복해 나가도록 하자.

매너와 자상함을 겸비하라. 적당한 어른스러움을 가지고 있어야 한다. 매너와 자상함을 통해 어리다는 편견을 깨어 버리도록 하자. 그녀에게 의지하려 하지 마라. 누나라고 해서 항상 당신의 의지 상대가 될 순 없다.

상대방은 정장, 당신은 캐주얼. 만약 상대방이 정장 스타일이라면 당신도 정장 스타일로 맞추어 입는 노력이 필요하게 될 것이다. 스타일의 차이가 세대 차이를 실감나게 만든다.

세대 차이 난다는 말을 하지 마라. 그 말이 습관이 되면 곧 그 말이 현실이 된다. 그녀의 말과 고민을 진지한 자세로 들어주어라. 어쩌면 당신이 유일하게 어른스러워 보일 수 있는 기회가 될지도 모른다.

상대방이 의지할 수 있는 사람이 되어라.

여자는 수동적이며 의지하고 싶어한다. 오히려 당신이 나이가 어리다는 이유로 여자에게 의지하려 해선 안 된다. 여자는 남자의 넓은 가슴이 필요하나, 당신이 마냥 어리게만 느껴진다면 애인으로 발전하고 싶지 않을 것이다.

사귀기 전엔 그녀의 친구들과 만나지 마라. 친구의 60% 이상이 당신과 헤어질 것을 강요하거나 어리다는 이유로 사귐을 방해하게 될 것이다.

3. "사랑에 나이 차이는 아무것도 아니야!" 최면을 걸어라!

연하인 당신을 만났지만 당신이 연하란 생각이 들지 못하도록 만들어야 한다. 가장 좋은 방법으로 최면요법이 있다. 상대방에게 나이차를 극복할 수 있는 최면을 걸어라.

"이 정도면 어려도 괜찮지!" "나이 많다고 다는 아니야!" "저 남자는 나이도 많으면서 철이 없는 것 같아! 나는 안 그런데!" "가만히 보니 내가 더 오빠 같네!" "네가 더 어린 것 같다!"

자신이 어리다는 이유를 상대방이 이해해 줘야 하며, 그러한 점을 극복해야 한다는 부담감을 안겨줘선 안 된다. "제가 어리고 아는 것도 없고 가진 것도 없지만 좀 받아 주세요…"

4. 금지해야 할 사항을 금지하는 것만으로도 연상과의 연애를 성공적으로 이끌 수 있다.

누나이기 때문에 섹스 경험이 많을 것이라는 생각을 하지 마라. 나이와 섹스 경험이 항상 비례하는 것만은 아니다. 누나이기 때문에 돈이 많을 것이라는 생각을 하지 마라. "어떻게 누나가 동생에게 얻어 먹으려 하지…" 스스로 만나기 부담스러운 존재가 되어가는 것은 아닌가? 당신이 어리다고 해서 어리다는 사실을 강조해서는 안 된다. "어려서 그런 것이니 이해해 주세요..." "언제 영계랑 한번 사귀어 볼래요..." 누가 어린 사람이 좋다고 그랬는가?

농담으로라도 늙어 보인다거나 노티 난다는 말은 하지 마라. "눈에 주름 좀 봐봐... 웃지 마! 이상해!"

5. 눈높이를 맞추어라.

고등학생과 대학생, 결혼할 나이의 여자와 학생, 유부녀와 미혼 남(이것은 불륜이다. 대개는 불륜을 운명적으로 연출하기도 한다), 즉 이와 같은 사이에 놓여 있다면 여러 가지 장애들로 인해 연애가 더 어려워질 수가 있다. 이럴 경우엔 현재보다 긍정적인 미래를 제시해 주며, 보다 더 상대방을 이해해 줘야 하는 부담을 안게 된다.

6. 연하 남과 사귀는 여자의 준칙

또래 남자들과 연하 남의 비교는 금물. "넌 왜 차가 없니?"

맞추어 주길 바라지 말고 맞추기 위해 노력하라. 그러는 과정에 사랑의 감정이 돈독해진다.

자신의 상황을 비난하여 해석하지 마라. "이 남자랑 분명히 결혼은 힘들 것이야!"

한번 어리고 철없다 느껴지기 시작한다면 모든 부분이 그렇게 생각되어진다. 그걸 감수해야만 한다. 시간은 되돌릴 수 없는 것... 후회는 어리석은 자의 변명일 뿐이다.

당신은 위와 같은 전략을 실천에 옮김으로 인해서 무턱대고 돌진할 때 보다 많은 리스크를 줄이게 되고, 연상과의 연애를 보다 더 효과적으로 이끌어 낼 수 있게 되는 것이다. 그런 가운데 서서히 연상 연하의 장벽을 자연스럽게 무너트릴 사랑이란 감정이 싹트게 되는 것이다.

당신이 상대방을 사랑하게 만들 때만이
연상이라는 장벽이 무너지게 되는 것이다.

옛사랑의 그림자가 자리잡고 있을 때

상대방의 마음 한 구석에 옛사랑의 그림자가 자리잡고 있을 때 우리는 불안한 감정에 휩싸이게 된다. 그리고 현재의 사랑까지 의심하게 된다.

현재 자신과 사귀고 있으면서 왜 과거의 흔적을 지우지 못하고 추억하는가에 많은 의문을 품기도 하겠지만, 이럴 때일수록 현명한 대처가 필요하다.

마음은 아프겠지만 먼저 그런 상대방에게 과거를 잊을 것을 강요하거나 자신과 옛사랑과의 애정을 저울질하려는 생각은 버려야 한다(어리석은 비교로 인해 당신을 질리게 만들지 마라). 예를 들어, 만약 당신이 "잊어버려! 과거에 집착하는 이유가 뭐야! 내가 전화 걸어 줄까?"

"나를 선택하든지 그 사람을 선택하든지 둘 중 하나를 선택해!" 이런 식으로 나오게 된다면 상대방은 옛사랑의 기억을 지우기에 앞서 먼저 당신부터 지우려 할지도 모른다.

현재 당신이 상대방을 사랑하는 만큼 과거의 기억을 존중해 줄 줄 알아야 한다(현재 당신과 사귀고 있다고 해서 당신이 상대방의 과거까지 독점할 수는 없다). 물론 힘들고 납득이 잘 가지 않겠지만, 당신이 상대방의 과거를 인정해 주지 않는다면 그것은 진정으로 상대방을 사랑하는 것이 아니다. 더 이상 추궁하려 하지 마라. 과거는 과거일 뿐이며, 현재 상대방을 지키고 있는 사람은 바로 당신이다! 두려워하지 마라! 차라리 옛사랑의 그림자를 지울 수 있는 햇볕을 만들어라!

햇볕 전략

1. 당신은 당신도 모르게 과거의 애인과 비교당하고 있을지도 모른다. 최대한 좋은 모습을 보여 줄 수 있도록 노력하라. "과거 애인은 저러지 않았는데…" 옛사랑을 지우지 못한 사람의 저울은 생각보다 자주 저울질하며, 당신도 모르게 당신은 비교당하고 있을지도 모른다.

2. 상대방의 과거를 캐물으려 하지 마라. 묻지 말고 감싸안아 주어라. 과거를 고백할수록 상대방은 과거에 대한 미안한 감정을 가지게 되고, 당신과의 사이가 부담스러워진다.

3. 상대방 스스로 과거의 흔적을 지울 수 있는 시간을 주어라. 시간이 약이다. 그리고 현재의 사랑이 과거를 지워주는 법이다.

4. 더 큰 믿음으로 상대방의 마음 속에 자리잡고 있는 불신의

찌꺼기를 제거하라. 믿는 만큼 상대방은 당신을 의지하려 하고, 그 믿음으로 과거의 그림자를 지워나가는 것이다.

5. 상대방의 의도적인 질투심 유발 작전일 수도 있으니 지켜보는 여유를 가져라. 고전적인 질투심 유발 작전 중 하나가 바로 옛 사랑을 들먹이는 작전이다.

6. 과거 애인에게 받았던 선물 버리기를 강요하지 마라. 상대방을 사랑하는 만큼 상대방의 과거도 존중해 줘야 할 의무가 있다. 그러한 강요가 사랑하는 마음과 상관없이 당신에 대한 반감을 크게 만들 수가 있다. 만약 자신의 연애에 제3자가 개입된다면 제3자보다 더 나은 모습으로 제3자를 물리쳐야 한다. 자신이 애인이라는 이유로 제3자를 물리치려다간 제3자에게 자신의 자리를 빼앗길지도 모른다(삼각 관계에서도 마찬가지다).

그림자를 지우기 위해 더 큰 그림자를 만들어선 안 된다.

선을 볼 때(소개팅 코드)

이성을 만날 기회의 부족으로 많은 사람들이 결혼정보업체를 이용하여 선을 보게 된다.

소개팅과 코드는 비슷하나 그 성격에서 차이가 나며, 주의해야 할 사항들이 곳곳에 존재하게 된다. 선은 결혼과 이어지는 중요한 만남이니만큼 선을 성공하기 위한 필수 전략을 숙지해 두도록 하자(이 전략은 소개팅과도 연결되는 전략이다).

1. 금지해야 할 행동

나이부터 묻지 마라. 명함부터 내밀지 마라. 왜 지금까지 결혼을 하지 못했는가에 대한 이유를 궁금해하지 마라. 몇 번째 보는 선이라는 말을 하지 마라. 결혼을 서두르고 있는 모습을 보이지 마라. "선을 보기 위해 어제 사우나에 다녀왔어요!" 같은 아저씨 뻘 나는 말은 삼가라. 첫만남부터 자신의 과거를 자랑처럼 떠들어대지 마라. 나이 많은 것을 자랑처럼 생각하지 마라. 자신의 단점을 대화의 소스로 만들지 마라. 돈만 많으면 어떤 이성과도 결혼에 성공할 수 있을 것이라는 착각에서 벗어나라. 담배는 참을 수 있을 때까지 참아라. 노처녀 티를 내지 마라. 상대방보다 음식에 집착하지 마라. 머리에 기름을 바르지 마라. 앞으로 예약되어 있는 선을 발설하지 마라. 부모님 때문에 마지못해 나왔다는 말을 삼가라.

2. 능력적인 부분보다 인간적인 부분에 초점을 맞추어라

어차피 선을 보기 전에 상대방의 직업과 능력을 파악하고 나온다. 만나서까지 그런 부분에 초점을 맞출 필요는 없다.

예를 들어 "차는 뭔가요?"보다 "참 자상해 보이시네요!" "연봉이 얼마예요?"보다, "보기보다 젊어 보이시고, 스타일도 좋으세요!" 이런 식의 접근이 보다 더 효과적인 접근이 되는 것이다(상대가 인간적일수록 인간적으로 빠져들게 된다).

3. 3개월 이 전에는 결혼 이야기를 꺼내지 마라

성급하게 결혼 이야기를 꺼내게 되면 상대방의 눈은 더욱 예리해지게 된다. 연애 상대로 당신을 보는 시각과 결혼 상대로 당신을 보는 시각의 차이는 크다. 사랑하기 전에 결혼 상대자의 시각으로 당신을 바라보게 된다면 당신의 작은 실수마저도 결혼을 하지 말아야 할 이유가 되어 버릴 수도 있다.

4. 지금까지 자신을 어떻게 관리해 왔느냐에 따라 선의 성공 확률이 달라진다

아직 선볼 나이가 아니라면 당신은 더욱 유리한 입장에 놓여 있는 사람이다. 지금부터 자신을 관리하라. 자신을 어떻게 관리하느냐에 따라 선을 볼 상대방의 연령 분포가 다양해지게 된다. 만약 당신이 30대의 나이임에도 불구하고 40대와 같은 외모를 지니고 있다면?

5. 결혼은 미래와의 약속이다

현재에 만족하지 않고 보다 나은 미래를 꿈꾸고 있는 사람처럼 보이는 것이 좋다. 예를 들어 "저는 결혼하면 1000원도 아낄 것입니다. 영화요? 그런 건 집에서 비디오로 보면 되죠", "저는 보수적이라 저와 결혼하게 되면 당신은 직장을 그만두어야 하고 집에만 있어야 할 것입니다.""저는 결혼하면 모든 돈 관리는 제가 다 할 거랍니다"와 같은 처참하고 암담한 미래를 제시할 필요는 없다는 것이다.

어느덧 우리도 선을 볼 나이가 되고, 풋풋한 시절의 연애를 그리워하게 된다. 그러나 이미 당신은 수많은 기회를 잃어버려 왔고, 이제는 선을 볼 나이가 된 것이다. 대신 당신은 연애와 바꿀 수 있었던 능력을 계발해 왔겠지... 만약 이것도 저것도 아니라면 당신의 선과 당신의 결혼에 대해 그 어느 누구도 호언 장담할 수 없으며, 당신 앞에 붙은 노총각 · 노처녀란 수식어는 쉽게 지워지지 않을 것이다.

> 참고   선의 최대 단점 : 관심 → 결혼할 분위기 형성 → 부담(단순히 관심을 가지고 만나고 싶지만 상대편에서는 결혼을 요구한다)

결혼을 목적으로 선을 보지 마라.
사랑할 대상을 찾는다는 마음가짐으로 선을 봐라.

애인 있는 사람을 공략할 때

먼저 애인 있는 사람에게 접근할 땐 자신의 의도를 숨기고 접근해야 한다.

애인의 존재를 알면서도 자신의 감정만을 앞세운 채 저돌적으로 돌진하다간 상대방의 마음을 돌릴 수 있는 최소한의 기회마저도 잃어버리고 만다(당신의 감정, 당신의 사정을 강요해선 안 된다, 절대 피해야 할 논리 : "내가 당신 애인보다 더 당신을 사랑하니 당신 애인을 버리고 나에게 오시오!").

친구 감투를 써라! 부담 없이 상대방과 대화를 나눌 수 있는 그런 편한 관계부터 시작하도록 하자(처음부터 부담을 주는 관계에서 시작한다면, 잘 보일 기회조차 박탈당할 수가 있다). 상대방의 고민을 들어주고, 부담스럽지 않게 만날 수 있는 친구와 같은 거리... 비록 힘들겠지만 그 거리에서부터 시작해서 천천히 상대방과 당신과의 거리를 좁혀 나가야 한다.

상대방 애인의 험담을 늘어놓거나, 잘못된 점을 들었다고 해서 상대방 애인을 비난하거나 헐뜯어선 안 된다. 친하지만 상대방은 아직 당신 편이 아닌, 어디까지나 애인의 편이기 때문이다. 그렇게 친해지다 보면 허물없는 사이가 되고, 상대방은 당신에게 자신의 정보를 흘리게 될 것이다. 애인과의 이야기도 흘러나오게 될 것이며(취미·기호·스타일, 남자 친구가 자신에게 해 줬으면 하는 바람 같은 것), 그런 정보를 수집하면 당신은 정말 그런 사람이 되기 위해 노력해야 할 것이다.

상대방 애인과 반대되는 사람. 상대방 애인이 할 수 없는 일을 하고, 갖추지 못했던 부분을 충족시켜 줄 수 있는 사람이 된다면 조금씩 상대방은 당신에게 호감을 가지게 될 것이다(비교 심리를 이용하여 당신을 상대방 애인보다 더 유리한 입장에 놓여 있게 만들어야 한다).

상대방이 자신의 애인과 사귀게 된 지 6개월쯤(6개월을 기다리라는 말이 아니라 6개월 넘은 골키퍼가 교체하기 더 쉽다는 말이다) 넘어가게 되면 서서히 그들 사이에 많은 문제점들(권태기·성격 차이·조건·환경 등)이 나타나게 되고, 당신은 비로소 기회를 얻게 되는 것이다. 그 때를 이용하여 집중적으로 잘 해 주고 상대방의 애인과 정말 비교될 정도로 멋있는 사람이 된다면 아마도 상대방의 마음은 흔들리게 될 것이다.

그러나 상대방이 애인과 헤어지게 된다고 해서 갑자기 고백을 해선 안 된다. 누군가를 지우고 금방 또 다른 누군가를 받아들이긴 힘든 법이다(사귄 기한이 길어질수록 마음이 굳게 잠기게 된다. "이젠 여자 안 사귈래…"란 마음을 품을 수도 있다). 지금까지 기다려

왔던 만큼 기다리면서 서서히 상대방의 마음 속에 자리잡고 있는 상대방의 애인을 지우고 당신이 그 자리를 차지해야 하는 것이다.

　반전 : 힘들게 마음을 얻었지만, 잊지 못하고 다시 자신이
　　　　사귀었던 애인에게 되돌아가게 될 수도 있다. 연애
　　　　자체를 거부하게 될 수도 있다. 섹스는 했지만 마음
　　　　을 얻지 못할 수도 있다.

당신의 사랑이 소중하듯
상대방의 사랑도 소중하며 그 상대방을 사랑하는 사람의 사랑도
소중하다는 사실을 잊어서는 안 될 것이다.

친구에서 연인으로 발전시킬 때

　무턱대고 친구에게 다가가 사랑하고 있으니 사귀고 싶다고 말했다간 친구 관계마저도 위협받게 될지 모른다. 갑자기 친구 이상의 감정을 느끼게 되었거나, 처음부터 거절당해 친구의 이름을 빌리지 않을 수 없었거나 결과는 마찬가지다.

　이미 설레임보단 익숙함이 자리잡은 상태라, 당신의 고백 역시 새로운 사람의 고백보단 그 효과가 떨어지게 되며, 당신에게 이성의 감정을 느끼기가 쉽지 않다(익숙함이 설레임과 호기심을 반감시키게 된다. 그로 인하여 고백의 힘이 약해지게 된다).

　정말 친구에서 연인으로 발전시키고 싶다면 기회를 틈타 상대

방의 마음을 어느 순간 확 휘어잡아야 한다. 먼저 상대방에게 투자했던 시간을 자신에게 전환시켜 보도록 하자. 만남도 잠시 미루고 전화도 줄이고, 그 시간을 자신의 외모를 꾸미는 데 쏟아부어야 할 것이다.

"이야... 이 친구에게 이런 모습이..."라 느낄 수 있을 정도의 변화가 없다면 당신은 끝없는 기다림과 무조건적인 잘 해 줌으로 상대방의 마음을 돌릴 수밖에 없을 것이다.

그렇게 두세 달 정도 있다가 상대방에게 전화를 걸어 데이트 약속을 잡아라. 아마 오랜만에 만나기 때문에 반가운 감정으로 데이트를 승낙하게 될 것이다. 만약 당신이 열심히 자기 계발에 많은 시간과 노력을 투자했다면 상대방은 친구인 당신에게 새로운 매력을 발견하게 되고, 전과 다른 느낌을 가질 수 있게 될지도 모른다.

그 다음 전략은 해와 달 전략이다. 해와 달처럼 자리를 비우지 않고, 상대방과 약간의 틈을 둔 거리에서 상대방을 지켜주고 보살펴 주도록 하자. 나중에 그 자리를 비웠을 때 상대방의 마음이 허전해질 수 있도록 최선을 다 하자. 그런 다음 '휴대폰 노이로제 법칙'을 이용하도록 하자.

우리가 실수로 휴대폰을 깜빡 잊고 집을 나섰지만, 그 날 하루 종일 휴대폰 걱정에 아무 일도 못 하는 것처럼, 당신이 지금까지 항상 곁을 지켜주고 큰 힘이 되어준 사람이라면 휴대폰을 놓고 갔을 때처럼 상대방은 당신의 허전함과 소중함을 깨닫게 될 것이다. 그 때... 그 기분이 들 때... 그 때가 바로 고백이 성공할 가장 높은 확률을 가진 시기이며, 비로소 친구에서 연인으로 발전할 기회의 날이 되는 것이다.

과거 나는 친구에서 연인으로 발전시키려다 실패했던 경험이 있었다. 그러나 1년 후에 우연히 마주친 버스 안에서 너무나 괜찮아진 나의 모습을 보고 나를 친구 이상 생각하지 않았던 그녀는 친구 이상의 감정을 느끼게 되었다고 나에게 고백했다.

그래... 바로 그것이었다. 지금까지 생각해 왔던 것과 전혀 다른 이미지... 그 이미지가 바로 친구를 애인으로 만들어 주게 되는 것이다.

한번 친구는 영원한 친구...
그러나 내가 변해 갈 때 그 말을 했던 너는 후회하기 시작하지...
그리고 내게 고백하게 되지...
친구로 지내긴 넌 너무 아까운 사람이었다고...

한국 남자와 연애할 때

그 동안 배워왔던 남자와의 연애 방법은 대부분 외국에서 들어온 정보들이어서 한국 남자의 실정과는 다소 거리가 있었다.

"남자는 다 같은 남자라고?"

그러나 한국 남자는 어쩔 수 없는 한국 남자이며, 결코 다 같은 남자가 아니다. 한국 남자의 특성을 알지 못한다면 한국 남자와 연애하는 당신의 연애가 힘들어질 수도 있다. 그렇다면 먼저 한국 남자의 가장 기본적인 특성부터 살펴보도록 하자.

첫째로, 한국 남자가 가장 민감해하는 부분이 있다. 그것은 바로 여자의 과거와 자신의 주머니 사정이다. 겉으론 여자의 과거에 대해 관대한 것처럼 행동하지만, 사실 여자의 과거를 그리 쉽게 받아들이진 못한다. 만약 당신이 처녀가 아니라면 "과거에 얼마나 많이 했었을까?" "음...결혼할 여자는 아닌 것 같군..."과 같은 생각을 하게 된다는 것이다. 더 나아가 과거를 기준으로 현재를 평가하기도 한다.

당신은 지금 사귀고 있는 남자에게 과거를 용서받아야 할 의무가 없다는 사실을 잊지 말고, 숨길 수 있다면 과거를 숨기는 것이 좋다.

한국 남자는 자신의 주머니 사정에 아주 민감한 반응의 소유자다. 혼자 돈을 다 쓸 것처럼 행동하지만, 속으론 울고 있는 남자가 더 많으니, 먼저 지갑을 열어주는 여자의 센스가 필요하다(얻어먹는 것도 상식적으로 이해할 수 있는 범위 내에서 얻어먹어야 하는 것이다).

둘째로, 당신이 생각하는 것 이상 소심한 남자가 바로 한국 남자다. 씹힌 문자 하나에 괴로워하는 것이 바로 한국 남자다. 당신은 그런 소심함을 이해해 주고 배려해 줄 필요성이 있다. 의외로 잘 토라지기도 하며 어린아이처럼 굴기도 하겠지만, 다 당신을 좋아해서 하는 행동이니, 다른 남자와 비교하려 하지 말고 잘 달래주도록 하자.

셋째, 한국 남자는 착각을 잘 하며 자신의 연애에 대한 자신감이 강한 편이다. 여자의 한 번 웃음도 그냥 지나치지 않고 자신을 좋아해서 그럴 것이라 착각하고, 자신이 하고 있는 연애는 문제가 없다고 자만하며 여자의 충고를 쉽게 받아들이지 못한다.

'왕자병＋도끼병'에 빠져 있는 남자들이 많으니 참고해 두기를 바란다(남성 우월주의의 영향도 있다).

넷째, 섹스를 하고 나면 여자가 자신을 쫓아다닐 것이라 믿고 있다. 섹스와 동시에 자신이 쫓아다니는 입장에서 여자가 쫓아다니는 입장으로 역전할 것이라 믿고 있지만, 당신은 그렇지 않다는 것을 보여 줄 필요가 있다. 섹스를 허락하고 나서 튕긴다면, 한국 남자는 더 애가 타 당신을 쫓아다니게 될 것이다.

마지막으로 한국 남자는 점점 자신감을 잃어가고 있다.

당신은 한국 남자에게 자신감과 용기를 심어줄 필요가 있으며, 연애 초반부터 무리하게 튕겨선 안 된다. 자신감이 없는 만큼 더 쉽게 포기하고, 더 다루기 편한 여자를 찾기 때문이다. 그런 그들을 사랑으로 감싸줄 줄 알고 사랑으로 이해해 준다면 단순히 예쁘고 콧대 높은 여자보다 더 많은 사랑을 받을 수 있는 그런 여자가 될 수 있을 것이다.

기타 한국 남자들의 특성 : 피임이 필수라는 사실을 모른다, 권위적이다, 늦바람이 무섭다, 섹스 상대의 수를 자랑으로 생각한다, 무뚝뚝하다, 자기 관리가 부족하다, 패션 감각이 떨어진다, 자신의 상태와 상관없이 예쁜 여자를 찾는다, 자신이 하면 다 되는 줄 착각하고 있다, 술과 여자의 연결 고리가 깊다. 처녀가 아닐수록 섹스를 보다 더 쉽게 허락할 것이라 믿고 있다.

한국 남자와 연애하기 위해선
먼저 애기 다루는 법부터 배워야 한다.

싸이월드에서 이상형을 찾았을 때

미니 홈페이지 파도타기하다 우연히 만났던 이상형(단 투멤의 경우는 성공 확률이 줄어든다). 우연일까? 운명일까? 우연이라면 그냥 타던 파도를 계속 타고, 운명이라면 싸이월드 연애 코드를 이용하자.

싸이월드 연애 코드 : 이상형 관찰 → 홈페이지 꾸미기 → 흔적 남기기 → 도토리 → 1촌 신청 → 쪽지 → 만남

1. 이상형 관찰 — 1촌평, 사진첩, 방명록, 쥬크박스, 프로필, 다이어리 등...

지피지기면 백전백승이란 말이 있다. 먼저 상대방을 관찰하는 것부터 시작하도록 하자.

1촌평 : 상대방에 대한 친구들의 평가를 엿볼 수 있다.

사진첩 : 상대방의 스타일, 기호, 좋아하는 장소, 여러 가지 얼굴 표정과 더불어 애인의 유·무 등을 살펴볼 수 있다. 사랑에 관련된 퍼온 자료들을 잘 살펴보면 상대방의 연애관을 엿 볼 수 있다. 사진 밑 코멘트를 살펴보면 그 사람의 인기와 기타 반응을 가늠해 볼 수 있다.

방명록 : 상대방과 관련된 수다, 애인 유무, 기타 개인적인 활동 사항을 예상해 볼 수 있다.

쥬크박스 : 상대방이 좋아하는 음악적 기호를 예상해 볼 수 있다. 음악 가사를 이용하여 상대방의 심적 상태를 유추해 볼 수도 있다.

프로필 · 다이어리 : 상대방의 개인적인 정보를 습득할 수 있다. 그 날의 기분을 엿볼 수 있다.

기타 : Today, Total을 이용한 인기도 및 게시판을 통한 여러 가지 정보 습득. 단 1촌 이상 공개라면 1단계 전략이 무(無)로 돌아갈 수도 있다.

2. 홈페이지 꾸미기

이상형의 방문에 대비하여 자신의 홈페이지를 멋지게 꾸며 놓도록 하자.

전략에 들어가기 전에 먼저 자신의 홈페이지를 예쁘게 꾸며 놓도록 하자. 가장 잘 나온 사진을 올리고, 좋은 글과 이미지를 많이 준비해 두면 당신의 홈페이지를 구경하기 위해서라도 자주 방문하게 될 수도 있다.

그리고 당신에 대한 친구들의 비평이나 욕설을 지우고, 친구들에게 부탁해 1촌평을 멋지게 준비해 둘 필요성이 있다(공개는 1촌까지 공개가 아닌 제한 없음으로 해두어야 한다. 쉽게 당신의 홈페이지를 구경할 수 있어야 하며, 실물과 다소 차이가 많이 나는 사진보다는 실물과 가까운 사진을 올리는 것이 좋다. 실물을 보고, "헉... 누구세요?" 이렇게 되면 대략 난감하다)

3. 흔적 남기기

부담스럽지 않은 인사와 일상 안부로 자신의 존재를 알리자.

"첫눈에 반했어요..." 처음부터 이러한 말은 절대로 금지해야 할 사항이다. 방명록은 당신과 상대방만 보는 것이 아니기 때문에 상대방의 입장을 곤란하게 만들 수도 있다.

홈페이지를 방문한 경로를 설명하고, 간단한 인사와 생활 안부를 물어보는 것부터 시작하도록 하자. 상대방의 사진첩에 칭찬을 하는 것도 좋다("실물이 더 괜찮을 듯해요... 멋져요..."). 지속적으로 방문하는 만큼 상대방은 당신을 의식하게 될 것이며, 당신에게 조금의 호기심과 관심을 가지게 될 것이다. 그리고 로그인한 상태에서 방명록을 남기는 것이 좋다. 그래야 바로 파도를 탈 수가 있기 때문이다.

4. 도토리

도토리를 이용하여 자신의 마음을 간접적으로 표현하자.

상대방의 홈페이지를 잘 관찰해 보면 상대방의 기호를(음악 장르·분위기·느낌·기분·감정 등) 충분히 파악할 수가 있을 것이다. 상대방이 좋아하는 가수가 있다면 그 가수의 좋은 노래를 선곡하여 선물하는 것도 좋고(노래 가사로 자신의 마음을 간접 고백해 볼 수도 있다), 홈페이지가 초라해 보인다면 당신의 도움으로 부담 없이 꾸밀 수 있도록 스킨·배너·배경·미니미 같은 선물을 해 주는 것도 좋다. 도토리 선물은 크게 부담을 주지 않고, 자신의 마음을 간접적으로 표현할 수 있는 좋은 '아부성 도구'가 된다.

5. 1촌 신청

1촌 신청으로 상대방의 경계심과 친근감을 알아볼 수 있다.

이제 1촌을 신청해 보도록 하자. 1촌 명을 적을 때 역시 "좋은 사람" "알고 싶은 사람" 정도로 해야지, "사랑하는 사람" "내 이상형" 이런 식으로 해선 상대방에게 적절한 부담감과 거부감을 줄 수 있게 된다. 상대방이 1촌을 허락했다면 당신은 전혀 모르는 사람에서 말 그대로 1촌이 되는 것이며, 위의 전략을 유지하면서 당신을 조금씩 알려가면 되는 것이다.

6. 쪽지

쪽지를 이용하여 연락처를 얻어내도록 하자. 1 : 1 대화를 이용하여 상대방과의 거리를 좁혀나가자. 연락처를 물어 볼 때는 쪽지를 이용하는 것이 좋다. 연락처는 당신이 그 동안 어떤 이미지를 심어주었느냐에 따라 가르쳐 주게 될 것이다. 1촌을 이용하여 상대방과 1 : 1 대화를 나누어 보는 것도 좋다(연락처를 물어보는 것도 좋지만, 먼저 자신의 연락처를 가르쳐 주는 것도 좋다).

7. 만남

만남은 위의 전략을 꾸준히 시행하고, 최소 1개월 이후에 만나는 것이 유리하다.

만약 상대방이 당신과의 만남을 허락했다면 절반의 성공을 의미한다. 왜냐 하면 1~2차적 검증을 거쳐 당신과 만나기 때문이다(1차적 검증 — 자신의 눈, 2차적 검증 — 친구의 눈). 그러나 홈페이지로 보여진 이미지와 실물의 차이는 엄연히 존재함으로 만남을 서두르기보단 자신의 좋은 모습을 좀더 보여주고 난 이후에 만나는 것이 바람직하다. "사진은 별로인데 시간이 지날수록 멋진 매력을 가진 사람인 것 같아..." 즉, 이러한 마음을 상대방에게 먼저 심어준 다음 만나야 하는 것이다.

이 전략은 미니 홈페이지뿐만 아니라, 채팅·블로그, 기타 인터넷에서 발생될 수 있는, 만남에 유용하게 사용될 수 있는 전략이니 숙지해 두고 있다가 광범위하게 활용해서 사용하길 바란다(응용만이 살길이다).

과거의 애인을 찾았을 때...

그냥 홈페이지를 닫아라... 당신의 마음을 닫았던 것처럼...
그 사람이 당신을 버렸던 것처럼...

환경이 연애를 가로막고 있을 때

상대방의 환경적인 요인으로 인하여 연애의 장벽(집안 문제 · 개인 문제 등)이 발생되었을 땐 어떻게 대처해야 할까?

먼저 상대방의 아픔을 아는 척하지 않는 것부터 시작하도록 해야 한다. 꼭 자신이 그런 일을 당해 본 사람처럼 상대방을 위로해선 안 된다. "일단 사귀고 보자... 다 잘 될 거야... 나도 그런 아픔 알고 있어... 내가 다 이해해 줄게..." 괜한 동정심으로 오히려 상대방의 심기를 더 불편하게 만들어 버릴 수도 있다는 사실을 잊어서는 안 된다(위로와 동정 사이는 종이 한 장 차이다).

또한 상대방의 환경적인 요인을 무시하고 자신의 감정만을 앞세운 이기적인 강요를 해서는 안 된다. 예를 들어, "나는 너를 이렇게 사랑하는데, 너는 왜 안 된다는 거야!"와 같은 말을 하게 되었을 경우, 상대방은 당신의 감정을 존중해 주기보단 오히려 당신의 감정에 반감을 가지게 될 수 있기 때문이다.

당신은 일단 당신의 감정을 숨기고 부담스럽지 않은 입장에 서서 상대방이 장벽을 잘 극복해 나갈 수 있도록 옆에서 힘이 되어 주는 사람이 되어야 한다. 그리고 상대방이 가지지 못한 부분을 대신 충족시켜 주려 해선 안 된다. 이미 문제가 되어 있는 부분은 상당히 민감해서 자칫 잘못 건드리게 되면 터져 버릴 수가 있기 때문이다.

예를 들어, 빚이 많아 돈이 없는 상대방과 함께 백화점에 명품을 사러 간다면 상대방은 당신을 뭐라고 생각하겠는가? 대학에 들어가지 못한 상대방에게 대학 축제 이야기를 꺼낸다거나, 대학 가도 소용없다는 말을 꺼내어선 안 된다는 것이다.

상대방이 극복할 수 없는 문제들이 당신에겐 아무런 문제도 되지 않는 그런 사소한 일이란 생각이 든다면 상대방은 당신보다 작아진다는 느낌을 받게 되고, 그런 당신을 멀리 하게 될 수도 있는 것이다.

도움을 줄 때는 조심스럽게 도움을 줘야 하며, 당신은 장벽을 대신 해결해 주는 사람이 아닌 옆에서 상대방 스스로 그 장벽을 이겨낼 수 있도록 도움을 주는 사람이 되어야 한다("내가 다 해 줄게!"가 아닌, "내가 옆에서 조금의 힘이라도 되어 줄게!"). 그렇게 문제가 조금씩 해결될 때쯤 상대방의 마음 속엔 여유가 생기게 되고, 비로소 당신을 받아들일 수가 있게 되는 것이다.

누구나 심각한 환경의 장벽에 부딪히게 되면 사랑이 사치스럽게 느껴질 수가 있다. 이럴 경우엔 왜 사치스러운지 그 이유를 묻거나, 그 생각이 잘못된 생각이라 설득하기보다는 힘든 그 장벽을 사랑으로 함께 극복해 나갈 수 있도록 옆에서 큰 힘이 되어주어야 한다. 그 때 비로소 사랑은 사치가 아니라 함께 어려움을 극복해 나갈 수 있는 위대한 힘이었다는 사실을 상대방 스스로가 깨닫게 되는 것이다.

힘들 때 대가 없이 옆을 지켜준 사람은 어려움이 지나간 후
더 큰 사랑으로 그 대가를 지불받게 된다.

집착에서 벗어나고 싶을 때

하루 종일 전화기만 만지작거리고 있는 당신의 모습이 보이는가?

작은 말 한 마디에도 큰 의미를 부여하고, 걱정하고 의심하는 당신의 모습이 보이는가?

하루라도 보지 않으면 미칠 것 같고, 돈을 훔쳐서라도 데이트를 하고 싶은가?

그렇다! 당신은 사랑이란 이름으로 집착을 하고 있는 것이다. 당신은 집착이 이별역으로 향하는 KTX(고속 열차)란 사실을 망각한 채 이미 탑승해 버리고 말았다.

그렇다면 내려라!

왜?

당신이 사랑이라 믿고 행동하는 것들이 상대방에게는 큰 부담이 될 수 있으며, 당신을 멀리해야 할 이유가 될 수도 있기 때문이다.

효과적인 집착 탈출 방법

1. 상대방에 대한 집착을 분산시키기 위한 취미를 만들어라. 어긋난 약속과 상대방과 함께 할 수 없는 시간을 대신할 수 있는 즐거운 시간을 만들어 두도록 하자. 독서 · 음악 감상 · 운동 · 영화 감상 · 쇼핑 등과 같이 자신이 좋아할 수 있는 취미 한 가지를 만들어 두는 것도 집착을 분산시킬 수 있는 하나의 좋은 방법이

된다.

2. 더욱 괜찮은 사람이 되기 위한 노력을 하라. 상대방이 오히려 그런 당신의 모습에 매혹당하도록 만들어 버려라. 그럼 당신이 아닌 상대방이 당신에게 집착하게 될 것이다.

3. 집착 때문에 연애를 실패했던 과거의 경험을 거울로 삼아라. 벌써 잊었는가? 그렇게 잘 해 줘도 부담스럽다는 이유로 당신을 버렸던 사람들이 아니었던가!

4. 혼자 있는 시간을 좀더 여유롭게 즐길 줄 알아라. 전화기만 바라보고 있다고 해서 시간이 빨리 가는 것은 아니다. 오히려 그러면 그럴수록 시간은 더욱 느리게 간다는 사실을 느끼게 될 것이다.

5. 집착을 하더라도 숨겨라. 집착하고 있는 당신의 모습을 숨길 수 있다면 상대방은 당신이 집착하고 있다는 사실을 알아챌 수가 없을 것이다(집착을 드러낼수록 당신에 대한 부담이 가중된다).

6. 타인의 경험에 귀를 기울여라. 인터넷을 뒤져보라! 연애 경험이 있는 친구들에게 물어보라! 아마 분명히 집착 때문에 연애를 실패한 사람들이 있을 것이다. 그들의 경험에 귀를 기울여라. 똑같은 실수를 반복해서 연애를 실패하지 마라.

7. 자신을 믿어라. 당신은 충분히 사랑받을 수 있는 사람이다. 왜 벌써부터 상대방이 당신을 사랑해 주지 않을 것이라 믿고 있

는가! 어쩌면 상대방이 당신에게 집착하고 있지만 당신이 너무 집착해서 숨기고 있을지도 모르는 법이다. 자신을 믿는 만큼 상대방의 마음을 믿어 주어라.

집착은 사랑의 단면이다. 그러나 이별의 단면이기도 하다.

스킨십을 유도할 때

스킨십은 연인과의 또 다른 대화이며 마음의 표현이다.

'Love is touch'란 말처럼 사랑은 접촉이다. 올바른 방법을 통한 스킨십은 죄책감을 줄여주고, 스킨십 때문에 나타날 수 있는 리스크를 막아준다. 그렇다면 지금부터 스킨십 코드에 대해 알아보도록 하자.

스킨십 코드 : 사랑 → 아슬아슬 → 의외성 → 계단식 접촉, 명분 제공 → 사랑의 결과

1. 사랑

스킨십의 전제는 사랑이어야 하며, 사랑의 목적이 되어선 안된다.

단순히 이성의 촉감을 느껴보고 싶어서? 더 이상 손가락 5형제를 부르고 싶지 않아서? 어제 본 포르노 여주인공이 눈앞에 아른거려서? 스킨십을 거절하면 남자가 떠나갈 것 같아서? 연애의 목적이 단지 스킨십이나 섹스라서? 무조건 따먹고 보는 것이 당

신의 연애 철칙이라서? 그렇다면 그만둬라! 스킨십은 어떠한 경우에라도 사랑의 목적이 될 수 없다. 스킨십은 사랑의 결과다. 사랑이 전제되어 있지 않은 접촉은 기계적인 접촉일 뿐이다. 그만큼 마음이 차가워진다는 사실을 알고 있는가?

2. 아슬아슬

일단 가벼운 터치부터 시작하도록 하자.

꼭 껴안고 입을 맞추어야지만 스킨십이 되는 건 아니다. 함께 붙어 있는 공간(영화관·비디오방·차 안)에서의 아슬아슬한 부딪침도 일종의 스킨십이며, 상대방의 애간장을 녹이는 좋은 기술이 된다. 상대방의 얼굴에 무언가를 털어주는 것도 좋으며, 상대방의 머리를 쓰다듬어 주는 것도 좋다.

가까이 있을 때 후각을 자극하는 향수를 사용해도 좋다. 가까이 있어야지만 맡을 수 있는 향기는 스킨십을 유도하는 촉매제가 된다.

3. 의외성

이 보 전진을 위한 일 보 후퇴!

스킨십이 예상되는 장소가 있다(둘만의 공간, 비디오 방, 모텔, 차 안, 골목길 등). 사람들이 볼 수 없는 둘만의 밀실에서 스킨십을 할 수도 있겠지만, 참고 손만 잡는 의외성도 필요하다. 그러한 의외성이 더 큰 장소(?)와 사랑으로 이끌 수 있는 믿음을 제공해 주게 되는 것이다.

4. 계단식 접촉, 명분 제공

접촉은 한 계단씩... 명분을 제공하며 이해시키기.

키스도 하지 않았는데 갑자기 가슴부터 만진다면? 사귀지도 않는데 섹스를 요구한다면? 결과는 불 보듯 뻔하다. 손을 잡아주고 따뜻한 마음으로 안아주는 것부터 시작하자.

상대방이 스킨십을 거부한다면 이유가 있기 때문이니, 적절한 명분을 제공하여 상대방을 이해시키도록 하자. 친구의 사례를 ("친구는 어제 키스했다고 자랑하더라…" "보통 서로 사랑하기 때문에 스킨십도 하고 그런다더라…" "스킨십은 아름답고 자연스런 마음의 표현이야!" 적당히 스킨십을 미화시키자) 설명해 주는 것도 좋고, 진심이 담긴 자신의 마음을 표현해 보는 것도 좋다. 보통 영화에서 보면 키스가 시작되기 전 달콤하고 로맨틱한 말을 속삭이지 않던가! 그리고 분위기를 잡는 것도 하나의 좋은 전략이 된다.

조용한 곳에서 밝은 조명보단 약간 은은한 조명 아래 분위기 있는 음악과 함께 달콤한 사랑을 속삭여라. 그 다음 천천히 조심스럽게 한 계단 한 계단씩 올라가면 되는 것이다(때에 따라선 강하게 '확~' 해 버리는 기술도 필요하다. 그러나 이 기술은 득보다 실이 많은 기술이다).

5. 사랑의 결과

상대방의 믿음이 부족할수록 스킨십을 유도하기가 힘들어진다.

굳이 스킨십을 유도하기 위한 전략을 사용하지 않아도 정말 사랑한다면 자연스럽게 흘러가게 되어 있는 것이 바로 스킨십 진도다. 상대방의 몸을 만지기 전에 먼저 상대방의 마음을 따뜻하게 어루만져 주어라. 몸은 마음이 여는 것이다. 몸을 먼저 열려 하는 자는 오히려 마음의 문을 닫게 만들어 버리고 경계의 대상이 되고 만다. 그리고 정말 자신의 마음이 진심이고 상대방에게 충분한 믿음을 보여 주었다면 용기를 내서 스킨십을 하면 되는 것이다.

몸이 느끼기 전에 마음이 먼저 느꼈기 때문에 누구나 젖어들어 가리라.

참고 : 사랑과 관계 없이 만날 때마다 스킨십을 하고 싶어하 진 않는다. 처음에야 허용 범위(가슴까지만...)를 가지 지만, 그 범위는 곧 깨어져 버리고 만다. 처음보다 두 번째가 더 힘들게 하라. 사랑 없는 스킨십은 몸은 몰라도 마음이 느끼게 되어 있다.

스킨십은 흥분을 가져 준다.
그러나 사랑이 담긴 따뜻한 체온은 사랑받고 있다는 사실을
몸으로 느낄 수 있게 만들어 준다.

더치 페이를 유도할 때

'헌법 제 몇 조 몇 항 데이트를 할 땐 남자만 돈을 써야 한다.'
헌법에는 위의 법 조항이 명시되어 있지 않다.

그러나 남자들의 마음 속엔 법보다 더 무섭게 명시되어 있다고 해도 과언이 아니다. 자연스러운 더치 페이는 애정과 비례한다. 상대방이 얼마나 당신을 좋아하느냐에 따라 편하게 더치 페이를 유도할 수 있고, 돈 없이 상대방을 만날 수가 있는 것이다.

흔히 남자들이 더치 페이를 두려워하는 이유는 바로 이러한 생 각 때문이다. "혹시 내가 더치 페이를 제안했다가 나를 싫어하면

어떻게 하지...?" 그렇다면 믿음과 확신을 가지고 자신을 꾸미는 일부터 시작하도록 하자.

어떤 여자든 좋아할 수 있는 대상, 호감을 가질 수 있는 대상에겐 함께 하는 시간과 돈을 아깝게 생각하지 않는다(당신이 마음에 들지 않을수록 시간, 돈 쓰는 일을 아까워하며 꺼리게 된다). 그 다음 자신을 믿고 상대방에게 자연스럽게 더치 페이를 제안해 보도록 하자.

여기서 바로 중요한 사실이 하나 있다. 그것은 바로 상대방에게 제안을 하는 것이지 강요를 해선 안 된다는 사실이다(연애에서 어떤 경우든 제안해야 한다. 강요를 해선 안 된다).

"영화는 제가 보여 드릴게요... 그렇다면 저녁은..." 이렇게 제안했는데 거절할 사람은 아무도 없다. 또한 이런 제안을 했다고 해서 당신이 갑자기 싫어지거나 미워진다면 그런 사람과는 더 이상 만나지 않는 편이 더 낫다.

이런 식으로 제안하다 보면 더치 페이가 습관이 되고, 그렇게 당신과 상대방은 더치 페이에 익숙한 관계가 되어지는 것이다. 그렇다고 해서 상대방에게 항상 더치 페이를 요구할 필요는 없다. 당신이 돈이 많은 날엔 더 쓸 수도 있고, 상대방이 돈이 많은 날엔 당신이 덜 쓸 수도 있는 법이다(법칙을 정해 놓기보다는 유연하게 해결할 수 있는 해결책을 준비해 두고 있도록 하자).

서로가 좋아져 가는 만큼 돈에 대한 부담이 줄어들게 되고, 사랑과 비례하여 당신의 돈에 대한 부담과 걱정들이 사라지게 된다. 그리고 만약 학생과 직장인의 관계라면, 주로 학생이 직장인에게 먼저 돈을 내길 원하는데, 직장인은 직장인 나름대로 부담을 느끼게 되고, 학생과 사귀기를 꺼리게 된다.

이럴 경우 학생은 지나치게 데이트 자금을 직장인에게 떠넘겨선 안 되며, 돈을 적게 내는 만큼 상대방에게 더 큰 정성과 사랑으로 보답해야 할 것이다.

당신은 돈 때문에 그 사람을 선택했습니까?
당신이 아니었듯 상대방도 마찬가지다.

밀고당기기를 할 때

'꾸준히 잘 해 주었던 행동을 잠시 멈추는 것...'

이것이 바로 밀고당기기의 핵심이다. 사람은 누구나 자신에게 반복적으로 행해졌던 행동들에 대해선 당연한 것처럼 느끼게 된다(반복 코드 : 잘 해 줌 → 감사 → 반복 → 당연함 → 더 큰 기대). 그리고 자신이 마음대로 할 수 있는 사람에겐 빨리 식상해지며, 연애 초반만큼 공들이지 않는 것이 사실이다.

가장 적합한 밀고당기기 타이밍은 연애를 시작하고 약 3개월 이후부터가 좋다. 밀고당기기를 할 때는 상대방이 확실하게 눈치 챌 수 없는 혼동을 야기시킬 수 있는 그런 기술을 사용해야 한다. 예를 들어 완전히 전화를 하지 않는 것보다 전화를 받아주되 그 이전보다 조금씩 줄여 나가는 것이다(전화를 자주 하지 않고 만나서 잘 해 주는 전략도 효과적인 밀고당기기 전략이다). 문자를 씹기보단 문자 단어 수를 줄이는 것이 효과적이며, 데이트를 완전히 거절 하는 것보다 미루거나 줄여나가는 것이 좋다.

만남을 거절할 땐 마냥 바쁘다는 핑계를 대기보단 무언가 할 일 이 있다는 사실을 설명해 주고 거절하는 것이 좋다. 자신의 스타일을 몰라보게 변신시켜 새로운 이미지를 보여주는 것도 하나의 밀고당기기 기술이 된다. 당신이 더욱 멋지게 변했을 땐 당신의 가치를 다시 확인하게 되고, 더 소유하고 싶은 소유욕이 발생되기 때문이다.

밀고당기기는 권태기가 다가오기 전에 사용하는 것이 좋다. 왜냐 하면 권태기가 오지 않게 하기 위해서 쓰는 기술이기 때문이다. 밀고당기기의 리듬은 '강 약약약'이다. 한 번 민 다음 3번 당기고 다시 한 번 민 다음 3번을 당김으로 인해 상대방에게 혼동을 주는 것이다.

분명히 자신을 좋아하고 있다고 믿고 있을 때의 튕김은 상대방을 불안하게 만들고, 더 잘 해야겠다는 결심의 마음을 심어주게 된다.

밀고당기기의 효력은 상대방이 당신을 좋아하고 있고, 당신이 꾸준히 잘 해 준 행동들이 있을 때 커지게 되는 것이다. 당신을 좋아하지 않는 상대방에게 튕긴다거나, 잘 해 준 일도 없으면서 튕기다간 영원히 튕겨져 나갈 위험이 있다. 그리고 보통 밀고당기기를 실패하는 이유 중 하나가 바로 자신의 집착을 참지 못하고 밀고당기기를 중도 포기하는 것인데, 좀더 여유를 가지고 일정한 거리를 유지해 줄 필요가 있다.

이제 무조건 잘 해 주는 것만이 대세였던 시대는 지나갔다. 당신이 잘 해 준 만큼 그 잘 해 줌의 소중함을 상대방이 잊지 않도록 가끔씩 밀고당기기 기술을 사용해야 하는 것이다.

그러나 단순히 더 사랑받기 위한 욕심의 마음으로 시작하는 밀고당기기라면 그만두는 것이 좋다. 차라리 자기 계발을 통하여 더 사랑받을 수 있는 자신부터 만들어 두도록 하자.

참고 : 집착과 동시에 밀고당기기 성공 확률은 제로가 된다.

> 너무 가까이 붙어 있는 나무는 서로의 그늘에 가려져
> 햇빛을 받지 못하고 썩어 없어져 버리게 된다.
> 약간의 틈... 그 틈이 사랑을 지킨다.

헌팅을 할 때

헌팅 : 길거리에서 우연히 마주친, 혹은 연애를 목적으로 타인에게 자신의 마음을 표현하는 일. 길거리에서 꼬신다 · 꽈대기 · 까대기라는 은어로 표현되기도 함.

헌팅의 장점 : 이상형을 찾을 수 있는 가장 확실한 방법, 실패해도 손해가 없음, 스릴 만점.

헌팅의 단점 : 소개팅 · 미팅보다 성공 확률이 낮음, 중독성이 강함, 실패를 거듭할수록 자신감 상실, 보이지 않는 리스크가 많음.

헌팅 코드 : 목격 → 동선 확인 → 떨림 → 자신감 · 용기 확보 → 접근 방법 모색 → 헌팅

1. 목격
버스 · 지하철 · 길거리 · 매장 · 기타 이성과 마주칠 수 있는 공간.

운명이다! 심장이 떨려오기 시작하고 말이라도 걸어보고 싶다.

지금까지 스쳐지나가는 누군가를 보고 이렇게 흥분되긴 처음이다. 진심인가? 진심이라면 다음 단계를 진행하도록 하자(단, 상대방의 정면을 보지 못했다면 정면을 보고, 실망할 수도 있다는 사실을 알고 있어야 하며, 이 때는 "아... 아는 사람인 줄 알고... 죄송합니다."라고 대처하면 된다).

2. 동선 확인
상대방의 움직임을 잘 관찰하라.

상대방의 움직임에 주목하라. 버스에서 내리는지, 급하게 약속 장소로 걸어가는 것은 아닌지, 망설이다 놓치고 만다. 끝까지 상대방에게 시선을 떼지 마라. 걸음의 속도는 상대방의 거리와 최소 15미터 간격을 유지하는 것이 좋다.

3. 떨림
떨리지 않는 헌팅은 없다. 주위의 시선을 의식하지 마라.

누구나 떨린다. 당신도 떨릴 것이며 나도 떨릴 것이다. 경험자라도 떨리며 잘생긴 사람도 못생긴 사람도 다 떨린다. 당연한 증상 때문에 발걸음을 돌려선 안 된다. 주위에 사람이 많다고 해서 머뭇거려선 안 된다. 기회는 찰나다.

4. 자신감 · 용기 확보
당신은 할 수 있다. 당신을 믿어라!

당신이 상대방에게 말을 건다고 해서 상대방이 경찰에 신고하는 것은 아니다. 순간의 창피함과 민망함을 참으면 그뿐이다. 순간의 쪽팔림을 모면하여 사랑을 쟁취할 수 있다면 한번 해 볼 만한 일이 아닌가?("혹시 거절하면?" 이 따위 생각은 아예 버리는 것이

상책이다). 하다 보면 자신도 모르게 자연스럽게 그 분위기에 몰입되는 신비한 경험을 하게 될 것이다.

5. 접근 방법 모색

직접 말을 걸 것인가? 쪽지를 전해 줄 것인가?

길거리에서 마주친 상대방이라면 직접 말을 걸어도 좋고, 쪽지를 전해 줘도 좋다.

그러나 상대방이 일을 하고 있는 장소(매장·직장 등)에 직원이라면 쪽지를 전해 주는 것이 더 효과적인 방법이 된다(사장의 눈치, 주위의 시선으로 인한 부담).

단, 어떤 경우에라도 친구를 시키진 말자. 만약 친구가 원빈이고 당신이 옥동자라면?

6. 헌팅

용기 있게, 자신 있게, 그러나 조금은 쑥스럽고 창피하게...(헌팅에서 프로가 될 필요는 없다)

쪽지를 적어보낼 때, 메일 주소(연락처를 받았어도 낯선 누군가에게 전화를 걸기란 부담이다. 메일은 그 부담감을 줄여준다)와 연락처를 적어 주는 것이 좋다. 쪽지 내용은 관심 있어서 용기를 내어 연락처를 준다는 형식으로 적으면 된다. 그림 실력이 있다면 그림을 곁들여도 상관은 없다. 쪽지를 주고 뒷걸음질칠 때엔 도망가듯이 수줍어하는 표정을 지으며 사라지는 것이 좋다(그 모습이 귀여워 보이기도 하며, 프로란 의심을 잠재워 준다).

7. 직접 말을 걸 때

먼저 "저기요..."로 상대방의 발걸음을 멈춘다. "저기요... 있잖아요... 저기... 할 말이 있는데..." 이렇게 꾸물거리고 있을 틈...
상대방은 당신을 훑어보고 아주 빠르게 판단해 버린다. 당신의
말을 들을지 말지... 일단 말을 걸었다면 말을 흘리지 말고 자신
의 의사를 명확하게 표현하도록 하자.

　그러나 말투는 약간 떨리게... 이런 일이 처음인 듯... "우연히
거리를 걷다가 그 쪽을 보게 되었어요... 저 지금 떨리는 거 보이
시죠... 그렇지만 용기 하나 믿고 이렇게 말을 걸었습니다..." 그
러면서 휴대폰을 꺼내어 상대방이 연락처를 꼭 가르쳐주기라도
할 것처럼 폴더를 열고 상대방 연락처를 찍을 준비를 하라. 당황
한 상대방, 그 순간을 모면하고 싶은 상대방은 얼떨결에라도 당
신에게 연락처를 가르쳐 주게 된다(무언가를 얻고 싶을 때 망설일 시
간을 제공하지 마라. 상대방에게 생각할 시간을 줄수록 당신이 불리해질
수가 있다).

8. 주의 사항

　"오늘 시간 있으면 함께 놀래요?"란 식의 접근으로 헌팅을 성
공하긴 힘들다. 지방에서 헌팅을 할 경우, 사투리 때문에 지역적
경계를 받을 수가 있다("저...잠시만..." "육지에서 오셨죠? 그럼 재미
있게 놀다 가세요..." "헉... 섬에서 헌팅하기 힘드네..."). 그 날 어떤 스
타일을 하고 있느냐에 따라 ±30% 오차가 발생될 수도 있다. 긴
장되는 마음에 담배 한대 피고 접근하는 경우가 많은데, 삼가길
바란다. 비흡연자의 경우 혐오감을 느끼게 될 수 있다. 헌팅에
있어서 다음 기회란 없다.

　헌팅에도 전제가 있다. 그것은 바로 축적된 자기 계발이다. 낯
선 누군가에게 말을 걸었을 때 당사자가 당신을 보고 최소한 혐

오스럽다고 생각해선 안 된다. 그러기 위해선 꾸준히 자신을 계발하기 위한 노력을 해야 하며, 그 노력에 많은 시간을 투자해야 할 것이다.

담뱃불 빌리는 용기, 길 물어보는 용기만 있다면
충분히 성공할 수 있는 것이 바로 헌팅이다.
헌팅은 용기 있는 자만의 특권이다.

원거리 연애를 할 때

때로는 상대방과 뜻하지 않게 멀리 떨어져야 할 상황(유학·군대·지방·출장 등)이 발생하게 된다. 이럴 경우 우리는 어떻게 해야 상대방의 마음을 멀어지지 않게 붙들 수 있을까?

어떻게 하면 효과적으로 원거리 연애를 성공할 수 있을까?

먼저 보이지 않는 상대방을 의심하지 않고 집착에 빠지지 않는 것부터 시작하도록 하자.

몸이 멀어진 거리를 좁힐 수 있는 것은 사랑과 믿음뿐이다.

당신이 상대방을 믿지 못하고 집착하는 만큼 상대방과 멀어지게 된다.

그런 다음, 당신이란 존재의 의미를 일깨워 줘야 한다. 전화·메일·문자·편지 등을 이용하여 멀리 있지만 당신이 곁에서 항상 힘이 되어주는 사람이란 사실을 잊지 못하도록 만들자. '먼저 연락 오는 사람이 더 사랑하는 사람'이란 공식을 지우고, 먼저 연락하는 사람이 되도록 하자. 괜한 자존심은 서로의 거리감만 가중시킬 뿐이다.

미니 홈페이지(블로그)를 함께 꾸며가며 사진으로라도 자신의 모습을 지속적으로 보여주는 것이 좋다. 그리고 사소한 것들을 챙겨주면서 자신의 마음이 변하지 않았다는 사실을 증명해 주도록 하자. 꼬박꼬박 기념일을 챙겨주고, 상대방이 아프다면 약을 사서 보내어 주고, 갑자기 생각나서 보내는 선물이라며 선물과 함께 편지를 소포로 보내는 것도 거리와 상관없이 자신의 사랑을 느끼게 해 주는 효과적인 전략이 된다(갑자기 보고 싶다며 찾아가는 방법도 좋다).

만약 상대방이 보고 싶다는 투정을 부릴 때가 온다면 지금 당장 보지 못하더라도 곧 보게 될 것이라는 희망을 심어주도록 하자. "벌써 1개월이나 지났네... 이제 2개월 남았다. 금방이네..." "조금만 있으면 너 볼 수 있겠다. 너무 신난다!"

잠시 외롭다고 해서 한눈을 판다거나 바람을 펴선 안 된다.

상대방에게 숨길 순 있지만 대신 당신은 많은 거짓말을 해야 하며, 결국 그 거짓말로 인해 상대방은 당신의 행동을 예감할 수 있게 되는 것이다.

함께 할 수 있는 긍정적인 미래를 제시해 주는 전략을 사용하자. "지금은 이렇게 멀리 떨어져 있지만 가까이 오게 되면 누구보다 더 잘 대해 줄게... 더 많이 사랑해 줄게..." "함께 있을 때 어디도 가고 어디도 가자... 우린 아마 지금보다 더 행복해질 거야..." 이러한 즐거운 미래가 기다리는 사람에게 기다릴 수 있는 큰 힘이 되어 준다.

원거리 연애... 보고 싶을 때 볼 수 없고, 함께 하고 싶을 때 함께 할 수 없는 힘든 연애...

그러나 사랑한다면 힘들지만 당신이기에 기다릴 수 있고, 상대

방이기에 참을 수가 있는 것이다. 그 사랑은 우주 끝까지의 거리
라 해도 멀어지게 만들 수 없다.

몸이 멀어지면 마음도 멀어진다.
그러나 정작 몸이 멀어졌을 때 마음을 멀어지게 만드는 것은
멀어진 몸이 아니라, 상대방을 믿지 못하는 불신과 집착이다.

나보다 못 한 친구는 애인이 있을 때

"도대체 나보다 뭐가 잘났길래 저렇게 괜찮은 애인과 사귈 수
있었을까?"

얼굴도 자신보다 못생겼고, 성격도 그다지 좋은 편도 아닌데 괜
찮은 애인을 둔 친구들이 많다. 그러나 당신이 애인이 없는 이유
는 반드시 존재하며, 설사 그럴 만한 이유가 없다고 해도 당신이
느끼지 못했을 뿐이다. 당신의 눈에 비친 친구에겐 분명히 당신
이 알지 못하는 매력이 존재하고, 당신이 망설이고 있을 때 먼저
다가갈 줄 아는 용기와 자신감을 가지고 있었을 것이다. 어쩌면
당신이 생각하고 있는 단점을 숨기고 접근했을 수도 있으며, 거
짓말로 유혹했을지도 모른다. 그러나 중요한 것은 현재 애인이
있다는 사실이고, 당신은 보다 나은 조건을 가지고 있음에도 불
구하고 애인이 없다는 것이다.

그렇다면 당신은 과연 이 불합리한 상황을 어떻게 극복해 나가
야 할까?

먼저 당신에게 잠재되어 있는 연애의 악습부터 고쳐야 한다. 너

무 눈이 높아서, 혹은 자신을 너무 높게 평가한 나머지 마음을 열고 다가오는 사람을 무시하거나 무조건 거부했던 것은 아니었는가? 커플이 되기를 꿈꾸고 있으면서 솔로가 누릴 수 있는 권리에 미련을 버리지 못하고 있는 것은 아니었는가? 자존심이 너무 강해서 먼저 다가가지 못하고 항상 다가오기만을 기다렸던 것은 아니었는가? 상대방에게 자신을 알릴 기회와 그런 상대방을 알아갈 수 있는 시간을 주지 못했던 것은 아니었는가?

먼저 마음을 열지 않고서 상대방이 마음을 열어주길 바란다면 그것은 헛된 바람일 뿐임을 명심해야 할 것이다. 아주 못생긴 친구 하나가 있었다. 그러나 그 친구는 항상 애인이 있었으며, 그만의 특별한 5가지 전략을 가지고 있었다.

1. 자신이 못생겼다고 해서 쉽게 포기하지 않았으며, 단점을 숨기기보단 다른 장점으로 단점을 극복해 나갔다("코가 못생겼지만 웃는 모습은 예뻐! 그래, 자주 웃도록 하자!").

2. 애인이 없다고 한숨지을 시간에 자신감과 용기를 가지고 먼저 다가가는 적극성을 보였다. 남들을 부러워하기 이전에 자신을 먼저 사랑했다. 행동파 실천주의!!!

3. 외모의 단점을 스타일을 통하여 극복해 나갔다(선천적인 단점을 후천적인 장점으로 극복하라 — 머리가 크기 때문에 헤어스타일은 짧고 깔끔하게! 가슴이 작기 때문에 뽕브라로 커버!).

4. 남들이 3번 쫓아다니다 포기하는 것을 10번 넘게 쫓아다니며 성공으로 이끌었다(3번째에 포기했다고? 어쩌면 4번째에 넘어갔을지

도 모른다).

5. 적극적인 자세로 활동 범위를 넓혀 남들보다 더 많은 이성을 접할 수 있었다(학원·운동·동호회, 기타 모임 등에 적극 참여-개인 플레이에서 협동 플레이로 전환하라).

당신은 어땠는가? 정말 당신이 그 친구보다 잘났다고 생각하는가? 당신이 당신 입으로 당신을 자랑하는 사람이 되지 말고, 남이 당신을 자랑할 수 있는 사람이 되도록 하자. 연애에 있어서 그어떤 평가도 자신이 아닌 상대방이 한다는 사실을 잊지 마라.

> 너보다 괜찮은 사람은 아닐지라도
> 너보다 연애를 잘 하는 사람일 수가 있다.
> 괜찮은 조건을 갖춘 사람만이 연애를 잘 하게 되는 것은 아니다.

권태기를 극복해야 할 때

내 너를 만나러 가는 길이 의무적이라 느껴지고, 만나러 가는 설레임은 그 빛을 바래... 이젠 사랑조차도 의심스러워지는구나... 반복되는 일상과 지루한 만남의 반복... 그래... 이런 것이 권태기였어...

권태기... 연인이라면 한 번쯤 겪어야 하는 시련... 누구나 겪는 시련이기에 누구나 극복할 수 있는 것이 바로 권태기다. 그렇다면 권태기를 극복할 수 있는 방법을 알아보도록 하자.

1. 9 : 1 법칙의 희생자가 되지 말자

9가지의 장점보다 1가지의 단점 때문에 상대방을 타인과 비교하게 되고, 그 1의 단점으로 9의 단점까지 전염시켜선 안 된다.

"아... 가슴만 조금 더 컸더라도... 다른 여자들은 어떨까... 보면 볼수록 싫증난단 말야..." "키만 좀더 컸더라도... 다른 남자들은 다 키도 큰데... 이 남잔 뭘 먹었길래..."

2. 그 동안 상대방에게 얽매였던 시간을 분산시켜 보자

바람을 피란 말은 아니다! 항상 상대방을 위해 집중되어 있던 시간을 자신에게 투자해 보도록 하자. 그렇게 함으로 인하여 상대방에게 집착했던 집착을 분산시킬 수도 있고, 자기 계발로 인해 더 멋진 모습을 상대방에게 보여 줄 수 있게 된다. 그런 변화와 새로움이 권태기를 극복하는 효과적인 전략이 된다.

3. 또 다른 즐거움을 찾아 보도록 하자

예를 들어 항상 만나서 섹스를 했다면 섹스를 조금 참아보는 것도 좋으며(거절해 보는 것도 좋다), 섹스를 대신할 다른 즐거움을 찾아보는 것도 좋은 전략이다(여행·맛집 기행·운동·취미 생활-함께 동참할 수 있는 다른 무언가를 만들어 두도록 하자. 그 속에서 새로운 감정이 싹트게 될 수도 있다. 고정된 스타일에서 벗어나 자신의 스타일을 새롭게 변화시키는 것도 좋은 전략이 된다. "이야... 우리 애인에게 저런 멋진 면이 있었다니...").

4. 당신으로 새로워질 수 없다면 새로운 환경과 도구를 이용하라

기존의 데이트 코스를 분석하여 새로운 데이트 코스로 개편하고, 기존의 스타일과 좀더 색다른 스타일을 연구하고, 상대방에게 관대하지 못했던 부분을 관대하게 받아들이고, 평상시 꺼려했던 일을 시작해 보면서 상대방에게 새로운 느낌을 심어 줄 수가 있는 것이다.

5. 재생 전략

권태기가 다가오기 전에 상대방과 함께 하고 있는 증거들을 많이 수집해 두고 있어라(함께 본 영화의 표, 함께 한 장소에서 찍은 사진, 상대방에게 받은 선물 등). 때에 따라선 과거의 즐거웠던 추억을 상기시켜 줄 필요성이 있다. 처음 만났던 그 설레임을 재생시켜야 할 때가 있다.

권태기는 연애의 필수 코스다.
그러나 사전에 예방할 수 있는 코스이기도 하다.

여자가 짝사랑에 빠졌을 때

짝사랑하는 여자의 가장 가까운 친구는 다이어리다. 그러나 다이어리는 그녀에게 아무런 말도 해 주지 않는다. 여자의 짝사랑... 그 길고 힘든 외로운 터널을 벗어날 수 있는 방법은 무엇일까? 방법은 단 두 가지로 축약된다. 하나는 자신의 마음을 고백하는 것이고, 다른 하나는 포기하는 것이다(새로운 방법, 획기적인 방법 따윈 없다. 이 둘 중 하나의 선택을 통해서 짝사랑의 열병을 치유할 수가 있는 것이다 - 시작하자. 과정을 걷는 가운데 사랑하는 마음이 생겨나게 되는 것이다. 시작 없인 과정도 없고 사랑도 없다).

먼저 고백할 마음이 있다면 고백 방법으론 자신의 마음을 직접 표현하는 방법과 간접적으로 표현하는 방법이 있다. 직접 표현하는 방법은 상대방에게 자신의 마음을 말이나 편지를 이용해서 표현하는 방법(표현을 할 땐 자신의 마음을 완전히 고백하지 말고 "관심이 있어서 만나보고 싶습니다." 정도의 표현만 하도록 하자. 그래야 나중에 뒤탈이 없게 된다)이고, 간접적으로 표현하는 방법은 상대방의 친구나 주위 사람들에게 자신의 마음을 털어놓고 그 비밀이 상대방의 귀에 들어가게 하는 방법이다. 고백의 성공 전제는 당신이 지금까지 만들어 놓은 이미지(외모·스타일)와 눈높이다(학생과 선생, 유부남과 미혼녀 등의 경우는 힘들어진다).

모르는 사람을 짝사랑하는 것은 그 상처가 얕고 상상으로 미화된 자기만의 왕자를 만들어 사랑에 빠지는 경우가 많지만, 아는 사람을 짝사랑하고 있을 경우엔 그 짝사랑의 고통과 기다림의 시간이 배가 된다. 그리고 아는 사람을 짝사랑할 경우엔 짝사랑 상대의 마음을 돌리기가 힘들어진다.

첫 이미지로 상대방의 마음을 돌릴 수 없다면 혼자 사랑하고 있는 그 깊은 아픔을 뒤로 하고 상대방의 마음이 변할 때까지 묵묵히 기다려야 한다. 남자는 한 번 아니면 영원히 아닌 경우가 많아서 마음을 돌리기가 정말 힘들지만... 때에 따라선 여자의 정성에 감명받아 마음을 열기도 한다.

포기도 하나의 전략이다. 불러도 대답 없는 사람, 당신의 마음을 알면서도 모른 척하는 사람, 조금만 가까워져도 어색함이 느껴지는 사람, 마음이 없으면서 당신이 자신을 좋아한다는 이유로 섹스를 요구하는 사람, 언제나 걸리는 눈빛에 스스로를 포기하고 싶을 정도라면 그 정성과 기다림 뒤로 하고 이제 그만 너를 놓아 주어라.

그가 아닌... 그렇게 사랑받고 싶어했던... 너를...

참고 : 자신이 짝사랑함에도 불구하고 상대방이 자신을 사
　　　랑해 줄 때 그 때 다가가려 해선 안 된다. 그 타이밍
　　　이 짝사랑하고 있는 당신의 마음을 불태우고 재로
　　　만들어 버리고 만다.

짝사랑을 가만히 놔두지만 마라!
그것이 답이다. 가만히 놔두다 터지면 증오와 복수심으로
불타오르게 되고, 결국 자신만 힘들어진다.

헤어지고 싶을 때

　사귀게 된 지 몇 주 정도의 애인이라면 그냥 무시하는 것이 좋
다. 바빠지고 소홀해지면 알아서 이해하고 연락이 줄어들게 되다
가 자연스럽게 헤어지게 된다.
　반복되는 상대방의 단점이 싫어서 헤어지고 싶다면 한 달간 묵
묵히 모든 행동을 다 이해해 주고 수렴해 주는 것처럼 행동하라.
그리고 한 달 후에 그 단점을 빌미로 이렇게 말하는 것이다. "이
젠 도저히 못 참겠다..." 자신의 명백한 잘못을 알고 있는 상대방
은 당신의 말을 수렴하고 질타와 비난 없이 헤어짐을 수긍하게
될 것이다.
　헤어지고는 싶지만 정 때문에, 사랑하는 마음은 없지만 상대방
이 너무 좋은 사람이라서 미안해서 헤어지지 못할 때가 온다면

더 이상 착한 가면은 벗어던지고, 만나서 진지하게 당신의 마음을 고백하는 것이 좋다. 이미 당신은 오랜 시간 동안 당신도 모르게 마음이 식은 모습을 보여 주었고, 말은 하지 못했지만 상대방은 당신의 마음을 알고 있다. 시간을 끌수록 상대방이 더 힘들어진다는 사실을 잊지 말고 이제 그만 놓아주도록 하자. 헤어짐은 누구의 몫도 아닌 자신이 짊어지고 해결해야 할 몫이다. 마음이 없다면 포기하게 만드는 것이 상대방에 대한 최선이며, 마지막 배려다.

사실 어떤 특별한 방법 없이 지금까지 만나왔던 상대방의 성격과 특성을 파악하여, 서로가 상처를 받지 않는 범위 내에서 이별을 약속하는 것이 좋다. 누군가와 사귀는 일이 하나의 소중한 약속이라면 이별 역시 하나의 소중한 약속이기 때문이다.

그리고 진심으로 사랑하지 않은 사람일수록... 헤어지는 기술을 궁금해하게 될 것이나... 그것은 순전히 그들이 책임져야 할 몫이므로 그 해법에 대해선 생략한다.

참고-헤어질 때에는 헤어질 핑계를 대기보단 합당한 이유를 설명해 주는 것이 좋다. 확 끊어도 될 상대인가, 그렇지 못할 상대인가를 잘 파악한 후 관계를 끊어라. 헤어지면 복수하겠다는 말 따위에 연연하지 마라. "갑자기 싫어졌어!"보다, "오랫동안 생각하고 또 생각한 끝에 결정 내린 이별이야!"란 말이 이별의 수긍을 강하게 이끌어 낸다.

이별을 미화시키기 힘든 이유는 그 어떤 미화도 이별 앞에선 설득력을 상실해 버리기 때문이다. 이별을 합리화시키기 위한 거짓말이 상대방을 두 번 죽인다. 헤어졌다고 해서 함부로 대해도 될 사람이란 생각을 하지 마라. 낙태 · 궁합, 부모의 반대 등으로 인해 헤어지게 된다면 본인 스스로에게 다시 한 번 더 물어보길 바란다. 과연 정말 그 이유 때문이었는가를...

다만 헤어진 그 사람을 대신할 수 있는 사람은 없다.

송창민의 러브 어록

자신의 모든 상황에 집중하라. 왜냐하면 상황이 새로운 방법을 가르쳐 주기 때문이다.

10분을 보기 위해 3시간 거리를 갈 수 있다면 그 사람은 그 10분 때문에 상대방의 마음을 붙잡아 둘 수 있는 사람이다.

항상 같은 말과 행동만을 반복하게 된다면 사랑도 반복적인 일상이 되어버리고 만다.

알고 있기 때문에 이미 당신은 자신 있는 사람이다. 이제 그 자신감을 믿고 행동으로 옮길 차례다.

연분홍빛

VIII 눈물

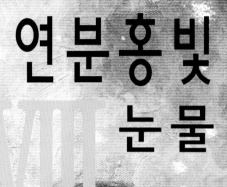

Tears of azalea

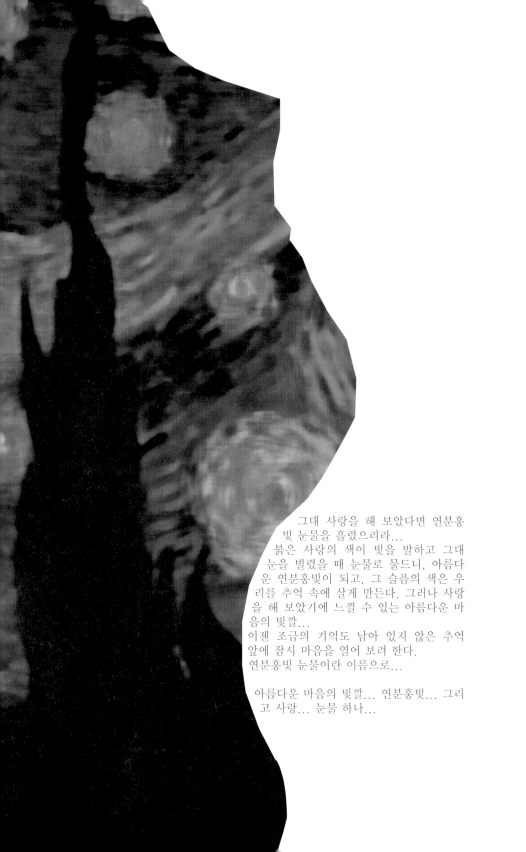

그대 사랑을 해 보았다면 연분홍
빛 눈물을 흘렸으리라...
　붉은 사랑의 색이 빛을 발하고 그대
눈을 빌렸을 때 눈물로 물드니, 아름다
운 연분홍빛이 되고, 그 슬픔의 색은 우
리를 추억 속에 살게 만든다. 그러나 사랑
을 해 보았기에 느낄 수 있는 아름다운 마
음의 빛깔...
이젠 조금의 기억도 남아 있지 않은 추억
앞에 잠시 마음을 열어 보려 한다.
연분홍빛 눈물이란 이름으로...

아름다운 마음의 빛깔... 연분홍빛... 그리
고 사랑... 눈물 하나...

미라클

그 사람을 볼 수 있다는 것이 기적이었고...
그 사람을 한없이 기다릴 수 있었다는 것이 기적이었다.
그 사람을 사귈 수 있다는 것이 기적이었고...
그 사람과 영원할 수 있다 믿었던 것이 기적이었다.
그러나 헤어지고 나서야 깨닫게 된 기적이었다.
당연하다 믿었던 것들의 기적...
그 기적이 기적처럼 다시 일어나긴 너무나 힘들다는 사실을
왜 그 때엔 깨달을 수 없었던 것일까...
기적과 같은 내 사랑이 지나간 후에 어리석은 내 그림자를 보게
된다.
기적 앞에 서서 또 다른 기적을 꿈꾸었던 초라한 한 사람의 그
림자를...

사랑 앞에 서서 사랑이라 믿지 않는 자에겐 기적은 보이지 않는다.

담배

아버지... 담배 피시고 싶으시면서 끝끝내 담배의 해악을 늘어놓으며 나 때문이라며 참으신다.

어머니... 내가 어떤 껌을 좋아하는지 몰라 이것 저것 사와서는 담배 피고 싶을 때 씹으라며 내미신다.

내미실 때... 간절함이 젖어 있는 눈빛 사이로 나의 모습이 비치고...

나는 그 눈빛을 기억하며 금연이란 이름으로 담배를 참는다.

아직 젊다는... 끊을 이유보다 필 이유가 많은 난...

사랑하는 나를 위해서... 사랑하는 사람들을 위해서...

오늘도 담배를 참고 살아간다...

참는다는 것...

참을 수 있기 때문에 더 많은 사랑을 지켜낼 수가 있는 것이다.

파도, 그리고 슬픔 하나

문득 싸이월드(미니 홈페이지) 파도타기를 하다가, 혹은 사람 찾기를 하다가 잊고 있던 옛사랑을 보게 된다. 그러나 누군가와 함께 꾸며진 그 사람의 홈페이지를 보고 묘한 기분에 휩싸이게 되고, 그 때의 추억들이 어렴풋이 떠오르기 시작한다.

무엇을 꿈꾸기 위해 나를 버리고 갔는지, 아니 지금의 이 사람

364

과 잘 되기 위해 나를 버렸는지... 이젠 질투 날 리조차 없는 다정스러운 한 쌍의 연인을 보며 쓰지도 달지도 않은 웃음만을 날린 채 홈페이지를 닫아 버린다.

그 자리에 당신이 없어서 슬픈가? 그 사람보다 모자람 없는 당신인데...

더 이상 당신을 버렸다는 생각은 하지 마라. 그냥 홈페이지를 닫을 때처럼 그 사람의 기억도... 슬픔도... 그렇게... 닫아 버려라...

그랬지만... 그랬지만... 잊고... 살아가고...
또다시 누군가를 만난다... 그게 연애의 길이다.

존재의 즐거움

너무나 깊게 생각하는 당신... 사랑하는 연인이 있고, 날마다 데이트를 하는 당신...

상대방과 함께 영화도 보고, 식사도 하고, 이곳 저곳을 놀러다닌다.

오늘도 멋진 곳에 가서 즐겁게 놀고 맛있는 것을 사먹어야지... 생각만 해도 신이 난다.

상대방과의 유쾌하고 풍족한 데이트가 잦아질수록 문득 알 수 없는 의구심 하나가 생긴다.

잠깐! 내가 상대방을 좋아서 이렇게 설레는 것일까...

상대방과 재미있게 놀러다니는 것에 설레는 것일까...

혹 재미있고 즐겁고 멋진 곳을 가지 않는다면 내가 과연 이렇게
설렐까... 내가 과연 이렇게 기다릴까라고...
　생각이 깊은 당신... 영리한 당신은 언젠가는 이런 식으로 헷갈
릴지도 모른다. 하지만 곧 알게 될 것이다. 연인과의 사랑이란
행위의 즐거움보다 존재의 즐거움이 먼저라는 것을...

함께 있어서 즐겁지 못하다면
함께 무언가를 해도 진심으로 즐거울 수는 없다.

디카

디카(디지털 카메라)...
너무 좋았어... 언제든 편하게 너를 찍을 수 있었거든...
　너의 웃는 모습... 장난스러운 표정... 아름다운 추억의 장소에
서 우린 둘만의 사진첩을 만들어 갈 수 있었지...
　그러나... 너와 헤어지고 난 이후에...
　네가 나를 쉽게 지웠던 것처럼... 우리의 사진도 한 번의 클릭으
로 쉽게 지울 수 있었어...
　불에 태울 일 없이... 찢어 버릴 필요 없이...
　한 번의 클릭으로 우리의 추억이 모두 사라져 버리는 거야...
　네가 내게 백 번을 사랑한다 말했으나, 한 번 이별하자는 말로
끝나 버린 것처럼...

그 어떤 것이든... 쉬운 것은... 쉽게 끝나 버리고 말았지...

공중 전화

한적한 공중 전화 박스를 찾아 이리 헤매고 저리 헤매었지...

겨울엔 추웠고 여름엔 모기 때문에 괴로웠지만...

너와 통화할 수 있는 시간만큼은 그 작은 박스 안은 천국이 되었지...

떨어지는 동전 소리에 안타까워 했었지...

빨리 전화를 끊으라고 다그치는 뒷사람의 성화가 너무나도 얄미웠지...

그래도... 그래도... 잊을 수 없는 꿈결 같은 추억이었지...

이젠 누구보다 편하게 침대에 누워 전화를 걸 수 있다. 휴대폰이 있다.

그런데 그리운 건 무엇일까... 그 때가 그리운 이유는 무엇일까...

편한 사랑을 한다고 해서 애절하고 간절해지는 것은 아니다.

사랑이 더 쉬워지는 것만은 아니다.

기억하는가?

공중 전화 박스 안의 그 동전 떨어지는 소리에 애타하던

소중한 추억들을...

일상

이젠 잘 보일 의무조차 느끼지 못하고, 편한 복장으로 당신을 만나러 간다.

돈이 없어도 없단 말을 맘 편히 할 수 있고, 특별한 기념일조차 하나둘 잊어간다.

당신 앞에 옷을 벗고 있어도 부끄럽지 않으며, 말을 거를 필요도 없이 하고 싶은 말을 다 해도 된다. 사랑의 떨림은 그렇게 시간과 함께 사라져 버리고, 당신은 나의 그렇고 그런 일상 속의 한 부분이 되어간다.

특별할 것도 소중할 것도 없는 일상을 공유하는 너를 사랑하는 사람. 그러나 너를 잃고 나서야 깨달을 수 있었지...

너와의 일상을 버렸을 때...사랑이라 믿지 않았던 일상이...

다시 찾을 수 없었던 너무나 편하고 행복한 일상이었다는 사실을...

공감이 바닥을 드러냈을 때 나는 너를 버렸지...
그 바닥 속에 진정한 사랑이 숨어 있다는 사실을 모른 채...
더 큰 사랑을 찾기 위해 너를 버렸지... 그렇게 너를 버렸지...

아는 짝사랑

모르는 사람을 짝사랑한다면

어쩌면 그것은 아는 사람을 짝사랑하는 일보다
한결 쉬운 짝사랑일지도 모른다.
아는 사람을 짝사랑하는 일...
혼자 아파하고...
혼자 고민하고...
혼자 슬퍼하고...
혼자 그리워하고...
지켜보는 것만으로 행복하면서 왜 눈물은 말라 더 흘릴 수도 없
는지...
그냥 잊으리라 몇 번을 다짐했으면서 왜 포기할 수 없는지...
지켜보는 짝사랑은 슬픈 전설의 사랑보다 더 슬프다...

그가 웃으며 소개시켜 준다... 새로 생긴 애인이라며...
기다림의 끝은... 무슨 공식이라도 되는 것처럼... 늘 그런 식이다...

성인 광고

오지 않는다.
그녀의 문자는 오지 않는다.
그렇게 기다리다 잠이 들고 만다.
아침이다.
깨지 않은 잠을 깨우는 문자 알림음...
혹시...???
설레는 마음으로 폴더를 열었다.

그러나...
내게 온 문자라곤 성인 광고뿐이다...

문자를 기다리듯... 그렇게 너를 기다렸지만... 역시나...

연애질

주제에 연애질은 무슨 연애질이야... 그랬지...
토익 점수도 형편 없었고... 성적도 형편 없었지...
다들 취직이나 할 수 있을지 의심했었고...
사랑은 사치라고 했었지...
한심한 눈빛으로 나를 쳐다봤었지...
그리고 넌 안 된다고... 너는 할 수 없다고...
내 존재의 의미마저 짓밟았었지...
세상의 법칙에 무릎 꿇은 지친 어깨
그 어느 누구도 감싸주지 않았었지...
그런데 너만은 아니라고 했었지...
넌 누구보다 소중한 사람이니깐 잘 해 낼 수 있다고 말했지...
내 연애의 대상...
유일한 존재의 의미를 일깨워 준 유일한 사람이었지...
남들이 하지 말라고 했던 연애질을 통해...
나는 나의 의미를 깨닫게 되었고...
사랑으로 세상을 바라볼 수 있는 눈을 가질 수 있었지...

연애질하지 마라고 하면서 번호판 가리며

부인과 자식 등지고 모텔로 젊은 여자와 함께 발걸음을 옮기고

있는 당신의 행동은 도대체 무엇이란 말인가?

없다...

너를 보낸 이후로... 기다림도... 집착도... 울 일도... 불안함
도... 의심도... 이젠 없다...

그러나...

네가 없다는 사실을 그 사실을 대신해 줄 수 있는 것은... 술
도... 담배도... 아무것도... 아무것도 없다...

미안해요...우리 다시는 만나지 말아요...거짓말을 하네요...

바보 사랑

영희 : 또 돈을 빌려달라고 한단 말이야! 너 그 때 그 돈도 떼먹
었잖아!

명숙 : 그래도... 빌려줄래...

영희 : 얘가! 너 정말 미쳤구나! 그놈 완전히 사기꾼이야! 또 떼
먹고 도망갈게 틀림없어!

명숙 : 괜찮아... 내가 좋으니깐... 그래도 내가 좋으니깐... 사

랑하니깐...

　영희 : ......

　명숙이를 보고 우리는 미쳤다고 한다. 바보라고 한다. 그러나 한 켠으로는 씁쓸하다.

　그런 사랑... 그런 바보 같은 사랑의 기억조차 없는 우리 자신의 모습을 보면 명숙이가 때로는 부럽기까지 하다... 그런 사랑이... 그립기도 하다...

　　　맹목적인 사랑은 바보 같은 사랑이다...
　　그러나... 미친 듯 사랑하는... 정말 사랑만이 세상의 전부라 믿는
　　　그런 사랑하는 사람들의 가슴이 부러워지는 이유는...
　　　　　　그 이유는 무엇일까...

길들이다

여자는 그렇게 길들여져 간다.

그에게... 그에 맞추어... 그렇게 조금씩...

소중했던 것들을 포기하면서...

그를 위해 그렇게 길들여져 간다.

그러나... 그는 없다.

길들여진 자신의 모습을 봤을 땐...

그렇게 젖어들어갔을 땐...

더 이상 그는 없다.

남아 있는 것이라곤 처절한 외로움뿐...

그렇게... 그렇게 길들여져 갔었는데...
그는 없다.

내가 변했을 때 너는 없다...
변한 내 모습이 네가 그토록 간절히 원했던 모습이었는데도...

사랑하기 때문에 헤어진다

멀리 떨어진 그를 사랑한다.
보이지 않는 그를 사랑한다.
너무 보고 싶을 때 혼자 되뇌던 자신의 모습...
마른 눈물 더 이상 닦지 못하는 자신의 모습...
몇 번을 더 불러보던 그 이름...
그래서... 그만 그를 놓아 버린다.
싫어서가 아닌, 너무 사랑해서...
너무 사랑해서 그를 포기하고 만다...

"공주는 말했단다. 100일을 꿈쩍하지 않고 기다리면 문지기의
사랑을 받아주겠다고...
 비가 오는 날에도, 눈이 오는 날에도 문지기는 꿈쩍도 하지 않
고 기다렸지...
 그러나 99일째 되던 날에 그만 집으로 돌아갔단다... 이유는...
이유는 나도 몰라... 더 이상 묻지 마라..."

-영화 시네마 천국 中-

정말 사랑하면 또한 알게 되지...

그 사람이 있어야 할 곳을... 자신이 있어야 할 곳을...

주홍글씨

또 다른 여자의 이름을 새기다...
또 다른 여자의 마음에 피를 흘리게 만드네...
그 피가... 네 영혼을 조금씩... 외롭게 만들어가리니...
너... 사랑이란 이름으로 또 다른 사랑을 버릴 적에...
사랑이란 이름으로... 사랑을 잃어가리라...

주홍글씨... 새겨진... 여자의 마음...
지워도... 지워지지 않는... 그렇게 만든... 너...

우리 식구

이혼을 합니다.
외도를 해서, 성격 차이가 나서, 빚을 지게 되어서...
저마다 이유는 다르지만 이혼을 합니다.
10년도 20년도 30년도 상관 없습니다. 현재가 중요합니다.
추억도 정도 사랑도 필요 없습니다. 현재가 중요합니다.
그렇게 이혼을 하게 됩니다.

축복받던 그 날의 부케가 던져지듯...

그들의 사랑도 그렇게 던져져 버립니다.

우리는 연인이기 이전에 식구였음을...

우리는 개인이기 이전에 가족이었음을...

우리는 섹스를 나누는 그런 관계 이전에 힘든 길 함께 걸어가던 동반자였음을...

낭만적인 글 따위 집어치우고 현실을 직시해!

그래요, 글을 멈춥니다.

그러나 글은 멈출지라도...

버리고 간 가족들의 눈물은 도대체 언제쯤 멈추게 될까요...

곤히 자고 있는 가족들의 모습을 보며... 이런 생각을 해 본다...

우리 식구... 다음 세상에도 다시 만났으면...

가난해도 다시 이 사람들을 만나서 살아갔으면...

기다리는 이에게

예측 없이 사랑에 빠졌다면 당신의 마음은 더욱 아파오게 될 것이다.

그 기다림은 당신을 무너져내리게 만들고, 당신은 아픔을 감당하지 못하고 당신의 생활을 망쳐 버리고 만다.

그러나 기다리는 이여... 그 기다림에 있어서 당신의 생활을 져 버리지 말기를... 당신 스스로를 버리지 말기를... 때는 오게 되어 있고, 그 때에 당신은 이미 망가져서도 무너져 있어서도 안 됨을...

자신의 할 일을 다 하지 않은 번데기는 나비가 되지 못한다.

이 시대의 햄릿

죽이느냐 살리느냐 그것이 문제로다!

누구는 태어나서 축복이고 누구는 죽어줘서 다행이다.

낙태... 극과 극... 이런 극단적인 상황이 현실이며, 이런 상황은 번번히 일어나게 된다.

아직 당신은 이런 의문을 토해 낼 필요는 없겠지...

그러나 당신이 연애를 하게 되면 끊임없이 당신을 갈등하고 고민하게 만들지도 모른다.

주의해라! 피임에 주의하고 사랑하는 사람의 몸을 주의하라!

낙태... 언제든 당신의 이야기가 될지도 모른다.

더 슬픈 일은 수술대에 올라간 그녀에게
진정으로 사랑해서 내가 그런 것이라 말할 수 없는 현실이
다가올 때지... 그냥 장난으로 저질렀을 뿐이었는데...

여자 친구의 친구

친구야! 우린 단짝 친구였었지...

쇼핑을 하고 맛있는 음식을 먹으면서 너로 인해 난 외롭지 않았단다.

속상한 일이 있을 땐 가장 먼저 날 위로해 준 네가 있어 고마웠단다.

슬픈 우리 서로 눈물도 닦아주고 속마음 담긴 편지도 주고받으며 장난도 많이 쳤었지...

그러다 내가 애인이 생기고 나서부터는 너와 함께 하는 시간이 조금씩 줄어들게 되었단다.

남자 친구와 힘들 때 너에게 이런저런 투정도 부려보고 함께 술 한잔 기울이고 그랬었는데... 그러나 네가 날 필요로 할 땐 난 네 곁을 지켜주지 못했단다. 네가 서운할 것이라는 사실을 알면서도 말야... 그랬단다, 너보다 날 더 사랑해 주는 사람은 내 남자 친구일 거라 생각했거든... 조금씩 너와의 거리가 멀어져 간다는 사실을 느꼈을 때도 난 먼저 손을 내밀지 않았었지... 너의 자리를 남자 친구가 대신해 줄 수 있을 거라 믿었거든...

그런데 친구야! 이제 그와 헤어지고 난 지금 내 곁엔 정말 아무도 없는 것 같아...

사랑을 우정보다 우선이라 믿었던 내가 잘못인 걸까... 가장 힘들 때 다시 널 찾았지만 가장 힘든 내 곁엔 이젠 나밖에 없네...

나중에 당신이 사랑하는 연인과 헤어지게 되었을 때
당신 편에 서서 진심으로 위로해 줄 사람이

지금 당신이 서운하게 만들고 있는 바로 그 친구란 사실을 잊지 마라.

다른 세상의 너에게

길거리에 서서 오뎅 국물 뜨거울까 후후 불어주던 내 모습이 천해 보였던가...

좌석 버스 안에서 네가 잘 모르는 동네 열심히 설명해 주던 내 모습이 한심해 보였던가...

몇 시간 고르고 골랐던 네 선물이 이미테이션이라 창피했던가...

나도 고기를 썰 줄 안다.

나도 좋은 차를 가지고 싶었고...

너를 편하게 집까지 바래다 주고 싶었다.

나도 명품이 무엇인지 알고 있다.

그러나... 너는 나와 맞지 않는다고... 나를 버렸다.

나의 사랑이... 네 수준 미달이었다면...

나도 그만 널 놓으려 한다.

네가 나를 버렸기에 널 놓는 것이 아니라...

너는 내 사랑을 받을 그릇이 못 되기에...

너를 놓으려 하는 것이다...

착한 네 사랑이 세상의 법칙에 무릎 꿇더라도
너는 무릎 꿇지 말 거라... 네 사랑은 위대했다...

지독한 아이러니

나를 사랑해 주었던... 너의 그 고마운 마음 알면서도 외면하게 되고...

나를 거들떠보기조차 않는 그 사람에겐... 너보다 수백 배 잘해 주기 위해 노력하게 되고...

마음은 그 사람보다 네 마음이 더 큰 사랑임에도 내 마음은 왜 움직이려 하지 않는지...

그 사람이 네가 되기를 한없이 바라보지만 그 또한 나의 이기주의... 더 큰 사랑의 마음을 가졌음에도...

왜 너이기에 안 되는 것일까...

단지... 껍질 하나 다를 뿐인데...

지독한 아이러니...

자신을 사랑해 주는 사람은 맘에 들어오지 않고...

자신이 짝사랑하는 사람은 자신을 맘에 들어하지 않고...

너무나 슬픈 아이러니...

너는 혹시?

사귀긴? 미쳤냐! 그런 여자랑 사귀게! 다 엔조이지... 꼴릴 때만 만나서 따먹는 거지...

돈에 눈이 멀어 명품 하나 사주면 좋아라 입을 '헤~' 벌리지...

이제 슬슬 질릴 때도 되었으니 정리해야겠다... 그래도 가슴 하나는 끝내줬는데... 그런 여자는 놀다가 버릴 여자야! 결혼은 무슨... 요즘 골빈 여자들이 엄청 많은 것 같아... 휴... 나중에 그런 여자랑 결혼하게 될까 무섭다...

당신 앞에서 그가 달콤한 말로 사랑을 속삭이고 몸을 안으며 미래를 약속하지만... 과연 그 미래 속에 당신이란 사람이 존재할지는 의문이다.
무언가에 눈이 멀어 쉽게 몸을 허락했다면... 너는 혹시?

그녀는 알지 못합니다. 자신이 그에 있어서 어떤 존재라는 사실을.

로맨스

상상 속에 존재하는 아름답고 화려한 그녀는 아니지만, 사랑 앞에서의 그녀는 유일한 매력을 가지고 있는 사람이 되어가고, 나 또한 그것을 알아차릴 수 있는 유일한 사람이 되어간다.
늘 똑 같은 일상이지만, 함께 공유할 수 있음에 소탈한 기쁨과 익숙해 질수록 정을 느끼면서, 그렇게 둘만의 로맨스를 만들어 간다.
때로는 그렇다. 기대 없이 젖어든 인연에 감사해하고, 특별하지 않은 내 이웃과 같은 사람과 사랑에 빠지게 되며, 소탈한 행복을 사랑이라 느끼게 된다.
평범한 친구와 같은 사랑도 로맨스였음을...

풀잎이 원래 이슬에 맺히는 것이 아니라 사랑하기 때문에 맺히는 것임을...

누구나 화려한 로맨스를 꿈꾸게 된다.
그러나 우리가 머무르는 곳은 항상 편안한 그 곳이었다.

●●● Sad day

날 속였다는 사실에 속상한 것보다는 아무것도 몰랐던 나한테 화가 나서 참을 수 없었다.

한동안 멍하게 있다가... 나말고 네 생각이 나더라... 네가 나에 대한 진실한 마음이었더라면 지금쯤 네가 참 많이 속상해하고 있을 거란 생각...

참 많이 슬플 거란 생각이 들더라... 친구들이랑, 모두 잊고 아무 생각 없이 있어보려 했는데, 기분이 이상하더군... 집에 와서 너한테 전화가 왔다. 너무 묻고 싶은 것도 많고 화도 내고 싶은데 아무런 말이 나오질 않더라... 그런 나한테 넌 너무도 미안해하고 있었지...

오히려 그 동안 날 속이면서 아파했을 널 몰라준 내가 미안해지게 하더라... 그래도 그거 알지? 충분히 이해하고 또 이해하지만, 자신이 믿고 좋아하는 사람에겐 어떤 식으로든 상처를 주면 안 된다는 사실을 말야...

정말 사랑하는 사람은...

무언가를 속였던 상대방을 질책하기보다는...

그 마음을 이해하고 덮어주려 노력한다...

그러나 우리는 그 마음을 모른 채 또다시 속이고 또 속인다...

이번에도 그냥 넘어갈 것이라 믿으며 슬픈 하루하루를 선물한다...

작업 선수 VS 제비(연애 반전)

작업 선수

흔히 여자를 잘 꼬시는 사람을 '작업 선수'라고 한다. 그들은 화려한 언변을 구사할 줄 알며, 이성에게 호감을 얻을 수 있는 방법이 무엇인지 꿰뚫고 있으며, 축적된 경험과 노하우가 바탕이 된 임기 응변 능력을 보유하고 있으며, 상대방을 환상 속에 가둘 줄 아는 기술을 보유하고 있으며, 언제나 자신 만만하고 집착이 없는 편이다.

제비

그들에겐 사랑이 아닌 '제2의 목적'이 존재하며, 그들의 주된 방법은 걸출한 외모와 과장된 이미지를 바탕으로 나이 많은 여자에게 접근하여 이제는 인정해 주지 않는 그녀의 외모를 숭배 해주고, 그녀가 잊었던 낭만을 되찾아 줌으로 인하여 환심을 사게 되고, 그렇게 육체적 접근을 시도하여 성공하면 약점을 잡아 처음에 계획했던 목적을 이룩한다.

그들의 공통점

382

1. 과장된 이미지(스타일 · 매너 · 감언이설 · 가짜 직업 · 허풍)

2. 항상 여자를 상위의 입장에 놓이게 하는 것(여자를 공주처럼 모신다).

3. 집착이 없다는 것(목적은 있으나 집착은 없다. 그러므로 더욱 쉽게 여자를 애타게 만들 수 있으며, 결국 여자가 쫓아다니게 만든다).

4. 그들만의 축적된 경험과 노하우(그들의 임기 응변 능력과 상황 대처 능력은 일반인들이 생각하는 그 이상이다 — 반복적인 만남을 통해 축적된 작업 기술).

5. 환상 속에 빠지게 만드는 기술(환상을 이용해 상대방의 이성을 상실하게 만든다. 그들에게 빠져들면 자식도, 남편도, 돈도, 친구도 다 잊어버린다).

그리고...

그들은 외롭다.

쉽게 몸을 얻을 수 있다고 해서
상대방의 마음을 쉽게 얻을 수 있는 것은 아니다.
주위에 여자가 많다고 해서 외롭지 않은 것은 아니다.

전부를 건 사랑...

사람은 10가지를 가졌어도 사랑한다는 이유로 10가지 모두를 다 주지는 못한다.

결국 우리가 전부라 믿고 있던 것은 지극히 일부분일 뿐이며 자신조차 알지 못했던 자신의 한계점일 뿐이다.

헤어지고 나서야 깨닫게 된다.

쉽게 잊을 수 있었다는 사실을...

그 사람의 전부를 가진 듯했으나 가지지 못했음을...

자신의 전부를 줬다고 믿었으나 단지 일부분이었을 뿐임을...

전부를 걸었지만 헤어지기도 하고 잊고 살아가기도 한다.

전부를 걸었지만 전부가 아니었다고 부정하며 살아가기도 한다.

그 때의 전부가 지금의 전부가 아니었음을...

그대 그 때는 그게 전부라 믿었었지...

연애 ing & end

연애 ing

너를 바라보며...

너를 닮아가고...

너는 내가 되며... 나는 네가 된다.

너로 인한 것들의 용서...

아직 밟아가지 않은 미래의 다짐...

영원할 것 같은 행복...

그리고... 둘이 하나...

연애 end

그 동안의 시간에 대한 허탈...

나는 내가 되고 너는 네가 된다.

추억과 기억은 저편의 다른 이야기...

너로 인한 다짐과 용서는 거품처럼 사라져 버리고, 우연이라도 마주친 어느 날에 그토록 간절히 널 바라보던 눈빛은 숙이는 고개와 함께 떨구어진다.

그리고 사랑은 철저히...영원한 과거가 되어 버린다.

삶을 살아가면서 우리는 몇 번의 연애를 경험하게 될까...

몇 번을 더 열정적으로 냉정적으로 변해가야 할까...

그렇게 그 사람을 바라보아야 할까...

약국에 팔지 않는 약

아픈 머리를 위해 입에다 두통약을 처박아 넣고 목에다 물을 흘러 내리면 머리는 잠시 안정을 취하고 취해간다.

아픈 마음을 위해 입에다 담배를 처박아 넣고 목에다 연기를 흘러 내리면 마음은 잠시 안정을 취하고 취해 간다.

그러나 마음은 아직도 울고 있다.

네가 떠난 날 미친놈같이 울었던 내 모습처럼...

약으로라도 잊을 수 없는 너를 잊기 위해 내가 무엇을 해야 할까?

다시... 이것 저것을 뒤척여 본다...

어머니

어머니는 많은 것을 바라시지 않았지만 우리는 그 바람조차 채워주지 못한다.

자신의 방을 치우는 것조차 귀찮게 생각하고... 설거지는 언제나 당신의 몫으로만 생각한다.

애인 생일을 기억하고 있어도 당신의 생일은 기억하지 못하고 잘 되라 타이르시는 말씀조차 잔소리로 생각해 버린다.

당신도 꽃을 좋아하고 마음 여린 여자임을 알지 못하고 그냥 어머니로 치부해 버린다.

돈이 남아 샀던 군밤 한 봉지에 즐거워 하시는 당신...

마음먹고 샀던 예쁜 옷이지만 비싸다고 손 절래절래 흔드시던 당신...

당신도 아름다운 여자였음을...

가장 위대한 연애의 대상이었음을...

아주 조금 늦은 후에나 알게 되었습니다.

사랑합니다. 당신을 사랑합니다.

어머니...

어머니를 감동시킬 수 없는 사람이라면
그 어떤 사람도 진심으로 감동시킬 수 없다.

다시 담은 이별

어떻게 하면 그녀를 마음 아프지 않게, 어떻게 하면 자연스럽게 내가 싫어져 이별할 수 있을까? 나의 이런 마음을 느꼈다면 나의 마음을 알았을 텐데...

더욱 잘 하려고 더욱 노력해서 내가 변하도록 애를 쓰는 그녀... 나의 마음은 변할 리 없는데... 애써 웃음 지으며...우리의 사랑 지키려 노력하는 그녀.....

헤어져야 하는데... 너와 난 아닌데... 오늘도 이별이란 말을 입에서 반쯤 꺼내었다가 다시 담아 버리고 만다.

차라리 나쁜 사람이었다면...
미련조차 남기지 못하게 모질게 대할 텐데 너무 착한 그녀이기에
냉정해지지 못하는 우리의 모습을 보게 된다.

사랑의 버림

3년을 사랑했던 한 남자가 있었습니다. 그는 그녀를 사랑했고 그녀 역시 그를 사랑했습니다. 그녀는 그에게 너무나 많은 것을 주었고, 그 또한 그녀의 사랑을 감사해 하였습니다. 그러나 남자의 변심으로 인해 그녀는 버림을 받게 되었고, 그 후 남자의 마음속엔 무서운 생각 하나가 자리잡게 되었습니다. 그것은 여자를 버릴 때 마다 면죄부처럼 들먹이던 생각 하나...

"그래... 그 때 그렇게 나를 사랑해 준 여자도 버렸는데... 이 정
도의 여자쯤이야..."

그는 그렇게 사랑을 되돌려 주지 못하고 더욱더 냉정해져 갔습
니다. 그녀에게 받은 사랑을 다른 누군가에게 되돌려 주지 못하
고 그렇게 외로워져 갔습니다...

큰 사랑을 버린 남자는 사랑을 해 본 적 없는 남자보다
더 쉽게 사랑을 버릴 수도 있다.
사랑을 버린 사람은 또다시 사랑을 버릴 수가 있다.

하늘 선물

사랑인가 싶기도 하고...
세상에 더 큰 즐거움이 많을 것 같기도 하고...
그 사람의 장점보다 더 큰 장점을 가진 사람들이 많을 것 같기
도 하고...
차라리 혼자 있는 것이 더 나을 것 같기도 하고...
그렇게 헷갈리기 시작할 때부터 누구나 일탈을 꿈꾸게 된다.
그러나 헷갈리더라도 그거 하나만은 헷갈리지 말기를 바란다.
바로 지금 당신 곁을 지켜주고 있는 사람이 세상에 하나밖에 없
는 하늘이 내려준 소중한 선물이란 사실을...

누구나 헷갈린다. 그러나 사랑만은 헷갈리지 마라.

에필로그(Epilogue)

연애를 처음 시작할 때 나는 무조건 나니깐 연애를 하면 잘 할 줄 알았고, 사랑을 성공적으로 이끌어나갈 수 있다고 믿었었다.

왜? 내가 하는 일은 운명이라도 되는 것처럼 순조로울 것이라 믿었으니깐... 그렇게 특별하다 생각했었으니깐... 그러나 현실은 그렇지 못했다. 우리가 우리 자신을 특별하게 생각하는 것만큼 현실은 우리를 특별하게 생각해 주지 않았다. 믿고 있던 특별함이 착각이란 사실을 깨달았을 때, 그 존재의 허무감이란 이루 말할 수 없었고, 세상 앞에서 점점 작아져 가는 우리 자신을 발견했을 때 이미 우리는 너무나 작아진 뒤였다.

우리가 특별해질 순 있겠지만 우리이기 때문에 항상 특별할 수만은 없는 것 같다. 당연히 우리이기 때문에 될 수밖에 없는 것이 아니라 우리가 노력했기 때문에 될 수 있었던 것이었음을... 나는 그 사실을 조금 늦은 후에야, 많은 사람들을 떠나 보낸 후에야 비로소 깨닫게 되었다.

우리는 우리의 연애를 성공적으로 이끌어나가기 위해, 사랑을 지키기 위해 보다 많은 것을 참아내야 하며, 노력해야 한다. 저울의 눈금을 줄이기 위해 먹고 싶은 것을 참아내야 하듯 지금보다 나은 미래를 위해 힘들지만 참아내야 한다. 그렇게 참아낼 때만이 비로소 우리는 보다 나은 모습으로 성장해 나갈 수가 있는 것이다. 이 책을 읽은 시점은 과거다. 그러나 당신의 모습은 더 이상 과거와 똑같아서는 안 된다.

여기 있는 수많은 정보를 잘 활용하여 연애를 성공하기 위한 기회를 만들어 나가야만 한다. 또한 단순히 여기에 있는 정보를 읽었다고 해서 지금 당장 당신의 연애가 성공하게 될 것이라 믿거나, 남보다 특별해졌다고 믿는다면 그것은 당신의 자만심일 뿐이다.

최소 3번 이상을 읽어라! 알고 있었던 것, 몰랐던 것을 하나하나 실행에 옮기도록 하라. 습득된 정보를 현실에 적용하여 활용할 때 비로소 그 정보는 당신의 것이 되는 것이고, 당신은 그 이전과 다른 성공적인 사랑을 이룩할 수 있는 사람이 될 것이다.

연애는 모든 대인 관계의 기본이며, 우리가 반드시 겪게 될 필수적인 과정이다. 연애를 공부하는 자세에 있어서 편견을 가지지 말고, 보다 더 적극적이고 열정적인 자세로 임해 주길 바란다. 그리고 이제는 당신의 연애가 시작되어야 한다.

특별한 사랑이 당신을 이끌기만을 기다리지 말고, 당신이 특별한 사랑을 이끌어나가도록 하자. 기회는 반드시 찾아오게 되어있고, 그 기회를 잡는 것은 우리의 몫이다.

《연애 교과서 2》와 함께라면 충분히 그 기회는 당신의 것이 될 것이다!

끝으로 연인들이 많은, 서로 사랑하는 사람들이 많은 그런 세상이 되기를 꿈꾸며 《연애 교과서 2》를 마치려 한다.

부디 이 글을 읽은 당신의 사랑이 세상의 법칙에 무릎 꿇지 않기를 바라며...

사랑으로 사랑하라... 그 행동은 언제나 정당하다.
사랑의 눈은 정확하기 때문이니깐...

"언제든 연애가 힘들 때 이 책은 당신에게 많은 도움을 주게 될 것이다... 사랑을 시작하는 순간부터... 영원할 그 순간까지..."

사랑은 지극히 비폭력적이지만 때에 따라선 사람을 폭력적으로 돌변하게 만든다.

세상에 잊을 수 없는 사람은 없다.
다만 잊지 않으려 노력할 뿐이다.

추억 속에 사는 당신에겐 내일이란 존재하지 않는다. 시간이 없음에도 불구하고 말이다.

눈물을 흘리는 것은 지금일 뿐이고 그 눈물은 더 큰 사랑으로 거두어진다. 다만 그 시간이 조금 늦어질 뿐이다.

예쁘게 사랑할 시간도 부족한 지금... 좋은 모습만 보여주기에도 부족한 지금... 우리는 어떤 생각으로... 우리의 시간을 낭비하고 있는가...

선영사 추천 도서
- 연애 관련

연애교과서

송창민 지음 / 선영사 펴냄 / 신국판 382쪽 / 13,000원

연애성공=진심(방법+용기)+자아 발전
이 공식은 가장 성공적으로 연애를 이끌기 위해 필요한 요소들을 공식화한 것이다. 저 수치가 높게 올라갈수록 당신의 연애 성공 확률은 높아져 갈 것이다.
당신은 저 수치 중 진심만 담아라. 방법과 용기, 자아 발전의 노하우는 연애교과서가 책임쳐 줄것이다.

연애인

송창민 지음 / 선영사 펴냄 / 양장 313쪽 / 9,500원

국내 최초 연애 컨설팅 전문가의 연애 컨설팅을 소설형식으로 풀어간 책.
연애초보 범수는 항상 차이기만 한다는데, 바람둥이 동헌이로부터 연애비법을 전수받는다.
'글로 표현할 줄 아는 사람이 되어라'를 비롯한 50가지 연애에 대한 전략과 사랑, 연애, 이별, 집착, 권태기, 정 모든 감정에 대한 연애 코드를 밝히는 책이다.

커플북

김범석 · 송창민 지음 / 선영사 펴냄 / 양장 157쪽 / 8,000원

내가 만나는 그 사람은 어떤 취향, 어떤 성격, 어떤 내면을 가진 사람일까?
사랑하는 연인에게 또는 단짝 친구에게 던지는 100가지 질문에 대한 답을 번갈아 써가면서 서로 주고받는 사랑의 앙케이트 북이다.

연인과 만나는 72가지 방법

샘 로스 지음 / 서지혜 옮김 / 선영사 펴냄 / 신국판 252쪽 / 7,000원

이 책에서는 성숙한 남자와 한 여자가 만나는 시작점에서부터 그 갖가지 과정, 그리고 결혼에 이르기까지, 혹은 이별에까지, 혹은 그 이별 후까지 과연 어떤 방법으로 이끌어나가는 것이 현명한가를 이해하기 쉬운 사례를 풍부히 들어 섬세하게 설명해 주고 있는 명쾌한 사랑의 해법서이다.

지혜로운 아버지가 사랑하는 아들에게 보내는 47가지 삶의 길잡이

필립 체스터필드 지음 / 정영일 옮김 / 선영사 펴냄 / 신국판 252쪽 / 7,000원

18세기 영국의 외교관이며 정치가로서 탁월한 능력을 발휘했던 저자가 자기의 아들에게 당부하는 진심어린 격려와 충고의 말로, 영국의 처칠 수상과 재상 디즈 레일리가 읽고 극찬한 바 있는 인생론의 최고 명저이다.
세상의 험난한 파도를 헤치며 살아가야 할 장성한 아들에게 꼭 한번 읽혀야 할 인생 지침서!!

지혜로운 어머니가 사랑하는 딸에게 보내는 31가지 삶의 이야기

캐디 C. 스펠맨 지음 / 이선종 옮김 / 선영사 펴냄 / 신국판 254쪽 / 7,000원

사랑하는 딸에게 꼭 한번 전해주고 싶으면서도 그 마음을 전하지 못한 채 엄마 와 딸의 시대가 다 지나가 버리는 것은 아닌지.
자녀 교육에 실패하는 것은 자신의 솔직한 본심을 자녀에게 제대로 전해주지 못하기 때문이다. 10대의 탈선이 빈발하는 요즈음, 지혜로운 어머니가 들려주는 따뜻한 이야기는 당신 자녀의 가슴 속에 영원히 남을 것이다.

당당한 여자 & 예쁜 여자

진 베어 지음 / 서지혜 옮김 / 선영사 펴냄 / 신국판 258쪽 / 7,000원

자기를 존중하며 사는 삶은 어떤 것일까?
이것은 참으로 쉬운 듯하면서 까다로운 문제라 아니할 수 없다. 여성의 사회 활 동도 활발해져 각 분야에서 활약하고 있는 여성들의 수가 갈수록 증가하고 있으 며, 어느 분야에나 여성들의 능력이 높이 평가되고 있는 것을 이제는 굳이 강조하 지 않아도 너무나 자연스러운 일이 되었다.

귀여운 여자라는 말보다 지혜로운 여자라는 말을 듣고 싶다

오 메이 신 지음 / 남여명 옮김 / 선영사 펴냄 / 신국판 319쪽 / 10,000원

'도대체 남자란 무엇일까? 여자가 알아야 할 남성의 모든 것, 완벽한 남자에게 는 적극적으로 표현하라. 남자는 이런 여자를 싫어한다. 일을 핑계로 그이가 사랑 을 등한시할 때, 무기력에 빠진 남편을 다시 일어서게 하려면, 사랑하는 사람이 괴로워할 때, 똑똑한 여자는 남편을 무능하게 하지만, 현명한 여자는 남편을 더욱 유능하게 만든다 외 80여 항목 수록.

청소년 추천 도서
- 옛것에서 배운다

부수로 배우는 상식 한자

이상기 편저 / 선영사 펴냄 / 신국판 304쪽 / 7,000원

　우리는 오랫동안 한글 전용이라는 명분에 묶여 한자를 제대로 가르치지도 않으면서, 현실적으로는 한자를 강요하는 이중 언어 구조 속에서 살아왔다. 현실은 한자 병용인데 교육은 한글 전용에 치중해 온 절름발이 교육이었던 것이다.
　이 책에서는 기존에 나와 있는 책들과는 달리 배우기 쉬우면서도 깊이 있게 만들었다.

청학동 고사성어

이상기 · 편집부 공저 / 선영사 펴냄 / 신국판 376쪽 / 7,000원

　각각의 고사 성어가 생기게 된 유래와 그림을 곁들여 보다 흥미롭고 쉽게 이해할 수 있도록 꾸민 학습서로, 한문 고전에 담긴 전통 사상을 접할 수 있을 것이다.
　그러나 학습적인 차원뿐만 아니라 최근의 일상 생활에서 많이 쓰이는 고사 성어와 잡지에서 자주 사용되는 한자를 수록하여 실생활에서도 도움이 되도록 꾸몄다.

새 맹자 해설집

이상기 편저 / 선영사 펴냄 / 신국판 320쪽 / 6,000원

　공자의 인(仁) 사상을 발전시켰으며 인간의 본성은 착하다는 성선설을 주장한 맹자의 언론을 모아 엮은 이 책은, 논어 · 대학 · 중용과 더불어 사서(四書)의 하나로서 유교 경전으로 추존되고 있다. 유교를 공맹지교(孔孟之敎)라 일컫는 것 또한 유교 전통 사상으로서의 공자와 맹자의 사상을 중히 여긴 까닭이다.

청학동 명심보감

김승호 편저 / 선영사 펴냄 / 신국판 316쪽 / 6,000원

　명심보감은 말 그대로 우리의 마음을 밝게 비추어 주는 보배로운 거울과 같은 귀중한 책으로, 올바른 처세를 위한 좌우명, 인생에 지혜가 될 만한 말씀들을 다양하게 수록하였다.
　이 책은 인생을 천리(天理)에 순응시켜 선악을 분별하여 몸가짐을 올바르게 닦도록 우리를 이끌 것이다.

세계 문학 추천 도서
– 명작 속으로

남방우편기

생텍쥐페리 지음 / 곽재현 옮김 / 이용인 그림 / 라인북 펴냄 / 양장 286쪽 / 8,500원

외로움에서 벗어나기 위해 발버둥치지만 결국 베르니스를 구원해 주는 것은 비행사로서의 역할이었다. 사랑의 아픈 기억을 떨치고 다시 남미 항로에 오르는데……
생텍쥐페리는 이 작품에서 인간이 갖는 한계성을 극명하게 조명하면서 더 넓은 세상, 즉 하늘을 날아다니는 조종사를 대입시킴으로써 삶의 차원으로 도약하게끔 우리를 일깨워 준다.

노인과 바다

해밍웨이 지음 / 임석래 옮김 / 이용인 그림 / 라인북 펴냄 / 양장 238쪽 / 8,500원

"인간은 파괴될지 모르지만, 패배되지는 않는다."
노인이 마알린(청새치)과 벌이는 사투는 단지 먹을 것을 위한 생존 때문만이 아니었다. 그것은 어부로서의 자존심과 직업의 완벽한 수행을 위한 대상이었던 것이다. 퓰리처상에 빛나는 해밍웨이의 화제작.

동물농장

조지 오웰 지음 / 임석래 옮김 / 이용인 그림 / 라인북 펴냄 / 양장 250쪽 / 8,500원

돼지들이 서서 걸어다닌다. 인간을 내쫓고 농장을 차지한 동물들, 그러나 돼지들의 착취에 어리석은 동물들은 더욱더 힘겨운 생활을 살아가게 되는데…… 스탈린 독재하의 소비에트를 공격하는 통렬성을 우화 형식을 빌려 쓴 이 작품은 제2차 세계 대전이 종전된 지 이틀 후 출간되었고, 나오자마자 전세계에 반향을 불러일으킨 조지 오웰의 작품.

마지막 잎새 (오 헨리 단편선)

오 헨리 지음 / 편집부 옮김 / 이성미 그림 / 라인북 펴냄 / 양장 283쪽 / 8,000원

미국의 저명한 작가 오 헨리의 주옥 같은 명작 단편 가운데 전세계적으로 가장 많이 알려져 있고, 가장 흥미 진진한 작품들만 엄선하여 〈경관과 찬송가〉 〈추수감사절의 두 신사〉 〈현자의 선물〉 〈차를 기다리는 동안〉 〈떡갈나무숲의 왕자님〉 등 오 헨리 단편 총 40여 편 가운데 특히 두드러진 14편의 작품을 엄선하였다.

여기......
가슴 설레이는
아름다운 만남이 있습니다.
'어린 왕자'와의 만남
잃어버린 한 조각의 만남
잃어버린 한 조각 나를 찾아서의 만남
아낌없이 주는 나무와의 만남
'꽃들에게 희망을 주는 나비와의 만남
그리고
아낌없이 주는 나무는
사랑을 말해 줍니다.
마지막 남은 사과나무의 밑둥치는
늙은 소년의 보금자리이며
사랑의 뿌리 입니다.

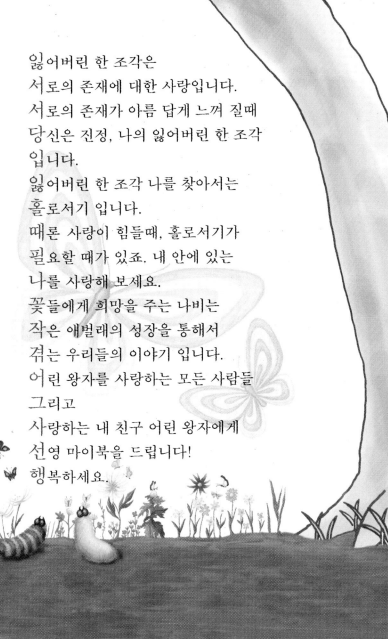

잃어버린 한 조각은
서로의 존재에 대한 사랑입니다.
서로의 존재가 아름 답게 느껴 질때
당신은 진정, 나의 잃어버린 한 조각
입니다.
잃어버린 한 조각 나를 찾아서는
홀로서기 입니다.
때론 사랑이 힘들때, 홀로서기가
필요할 때가 있죠. 내 안에 있는
나를 사랑해 보세요.
꽃들에게 희망을 주는 나비는
작은 애벌레의 성장을 통해서
겪는 우리들의 이야기 입니다.
어린 왕자를 사랑하는 모든 사람들
그리고
사랑하는 내 친구 어린 왕자에게
선영 마이북을 드립니다!
행복하세요.

연애 교과서 2

1판 1쇄 인쇄 / 2005년 6월 30일
1판 5쇄 발행 / 2010년 8월 30일

지은이 / 송창민
펴낸이 / 김영길
책 편집, 디자인 / 김범석
일러스트 / 이용인
표지, 재킷 / 선영 디자인(SUNYOUNG DESIGN), 김윤곤
펴낸곳 / 도서출판 선영사
서울시 마포구 서교동 485-14 영진빌딩 1층
TEL / (02)338-8231, (02)338-8232 FAX / (02)338-8233
E-MALE sunyoungsa@hanmail.net
Web Site www.sunyoung.co.kr

등록 / 1983년 6월 29일 제 카1-51호

ISBN 89-7558-164-0   03810
ISBN 978-89-7558-164-9   03810

· 잘못된 책은 바꾸어 드립니다.
· 홈페이지를 이용하시면 선영출판사에 관한 모든 정보를 보실 수 있습니다.